AF398369

M.L. Busch hat nicht Medienkommunikation studiert, ist keine Journalistin und arbeitet auch nicht für verschiedene Zeitschriften als freie Autorin. Sie wurde nicht bekannt durch Auftritte im Radio oder Fernsehen. Auch wöchentliche Kolumnen gibt es keine.

Die Autorin lebt in Nordrhein-Westfalen und schreibt „Tussi-Literatur". In ihren Happy-End-Geschichten geht es immer um die Liebe und das Leben. Auch im wirklichen Leben der Autorin gibt es den Humor, der regelmäßig in ihren Büchern zu finden ist.

M. L. BUSCH

Sommerliebe im Paradies

Erstausgabe Mai 2025

Copyright © 2025 dp Verlag, ein Imprint der
dp DIGITAL PUBLISHERS GmbH
Made in Stuttgart with ♥
Alle Rechte vorbehalten

Sommerliebe im Paradies

ISBN 978-3-98998-949-8
E-Book-ISBN 978-3-98998-941-2
Hörbuch-ISBN: 978-3-98998-950-4

Copyright © 2022, dp Verlag, ein Imprint der
dp DIGITAL PUBLISHERS GmbH

Dies ist eine überarbeitete Neuausgabe des bereits 2022 bei dp Verlag, ein Imprint der dp DIGITAL PUBLISHERS GmbH erschienenen Titels Ein Baby für Mr Right (ISBN: 978-3-96817-791-5).

Covergestaltung: Larissa Siepmann
Umschlaggestaltung: ARTC.ore Design

Unter Verwendung von Abbildungen von
shutterstock.com: © Ahmed-Moussa, © Hibrida
stock.adobe.com: © DesignLands
generiert mit Adobe Photoshop: Leuchtturm

Lektorat: Stephanie Schilling

Satz: dp DIGITAL PUBLISHERS GmbH
Druck und Bindung: Books on Demand GmbH, Norderstedt

Vorwort

Abflug

The Aloha State ist der schönste Ort der Welt. Zumindest ist das meine Meinung. Ich habe schon viele atemberaubende Plätze besucht und fand es nirgendwo so wundervoll wie auf Hawaii.

Umso mehr freue ich mich, euch mit der Herzklopfen auf Hawaii-Reihe ein wenig davon zeigen zu können.

Be seated, please!

Schnallt euch an, zieht die Gurte fest und genießt die Reise.

Prolog
Chris

Oktober, vier Wochen zuvor

Urlaub zu Ende! Das denke ich, als der Handywecker mich aus meinen Träumen reißt. Verfluchter Mist! Niemand sollte zu dieser unchristlichen Uhrzeit aufstehen müssen. Was hat meinen Freund Pierce nur geritten, eine frühe Maschine wie diese zu buchen? Bestimmt hätte es spätere Abflugmöglichkeiten gegeben, um von Honolulu nach Chicago zu gelangen. Sollten wir es pünktlich zum Flughafen schaffen, werde ich ihn darauf hinweisen. Für die Zukunft. Falls wir erneut in eine unzumutbare Situation wie diese geraten.

Müde reibe ich mir über die Augen. Ich habe keine Lust aufzustehen und versuche es, so lange es geht, hinauszuzögern. Zwei Minuten habe ich noch. Mindestens.

Mit einem Seufzen drehe ich mich auf die Seite und betrachte die Schönheit, die neben mir liegt. Ihre schwarzen, langen Haare fächern sich in Wellen über das Kopfkissen und die geschlossenen Augenlider zucken leicht im Schlaf. Vielleicht träumt sie gerade – von mir. Bestimmt träumt sie von mir.

Auf Nikas schlankem Hals befindet sich ein roter Abdruck. Ein Knutschfleck, den ich dort hinterlassen habe. In voller Absicht als wäre ich ein Höhlenmensch, der eine Markierung setzen muss. Nika soll etwas haben, das sie in den nächsten Tagen an mich und unsere unglaubliche Zeit auf O'ahu erinnert. Wer hätte gedacht, dass ich hier eine so wunderbare Bekanntschaft mache. Rein zufällig.

Ohne zu lügen, kann ich behaupten, dass ich die beste Zeit mit der besten Frau überhaupt hatte. Jemals. In meinem ganzen Leben. Einfach Wahnsinn – es ist kaum zu glauben! Im Stillen hoffe ich auf eine Wiederholung. Irgendwann. Mein Plan, in Zukunft regelmäßig Urlaub auf Hawaii zu machen, nimmt damit mehr und mehr Gestalt an.

Es war eindeutig Schicksal, dass ich vor gut zehn Tagen beschlossen habe, Pierce nachzureisen. Dieser spontane Entschluss, der aus einem Pflichtgefühl heraus entstanden ist, sollte eine Verstärkung an der Front symbolisieren. Jederzeit würde ich eine Reise wie diese wiederholen und das, obwohl ich meinem Freund bei seinen Problemen nicht wirklich hatte helfen können. Zum Glück ist er gut alleine klargekommen.

Mein Freund... Pierce.

Schreck! Es ist höchste Zeit.

Ich muss ihn anrufen. Am besten sofort. Wenn es mir schon schwer fällt aus dem Bett zu kommen, dann ist es nahezu unmöglich für Pierce Giffort Huxley jun. Der Mann ist ein notorischer Langschläfer und Morgenmuffel.

Da ich nicht vorhabe, den Flug zu verpassen, greife ich nach dem Haustelefon neben meinem Bett und lasse mich mit seiner Suite verbinden.

„Ja?", begrüßt mich eine niedliche Stimme, die zu Pierce' Freundin Ana gehört. Sie wirkt überrascht, aber nicht verschlafen. Höchstwahrscheinlich hat sie gerade ihre liebe Mühe mit meinem komatösen Freund.

„Kippe ihm eine Ladung Wasser ins Gesicht, sonst steht er nie auf."

„Kannst du durch Wände gucken?", fragt Ana und fängt an zu lachen.

„Nein, aber ich kenne diesen faulen Hund schon mein ganzes Leben. Er ist nie gerne früh aufgestanden. Und mit einer nackten Frau an seiner Seite dürfte es ihm um ein Vielfaches schwerer fallen." Während ich das sage, lasse ich meinen Blick über die wunderbare Frau neben mir schweifen. Sie schläft tief und fest und bewegt sich nicht, obwohl ich nicht gerade flüstere.

Wie schwer Aufstehen sein kann, merke ich gerade selbst. Blöder verlockender Anblick.

Empörtes Luftschnappen ist zu hören. „Woher willst du wissen, dass ich nichts anhabe?", fragt Ana mich herausfordernd.

Lügen ist zwecklos. Ich kenne meinen Freund und seine Vorlieben zu gut. Natürlich ist meine Gesprächspartnerin im Evakostüm. Da gibt es keine Zweifel.

„Wie ich schon sagte." Mir entschlüpft ein herzhaftes Gähnen. „Ich kenne meinen Freund. Außerdem würde ich das gleiche tun, wenn ich an seiner Stelle wäre." Dass ich ebenfalls neben einer nackten Frau aufgewacht bin, muss Ana nicht erfahren. Ein Geheimnis steht mir zu. „Ich glaube, Pierce wird diesen Urlaub niemals vergessen. Du bist wirklich toll, Ana. Wir haben uns in den paar Tagen nur flüchtig kennengelernt, aber ich sehe, wie Pierce auf dich reagiert. Er zeigt mir eine völlig neue Seite von sich." Wahre Worte.

„Ich werde ihn auch nicht vergessen." Ana stockt und ich vermute, dass sie mit den Tränen kämpft. „Wir sehen uns in fünfzehn Minuten in der Lobby." Bevor ich antworten kann, hat sie aufgelegt.

Hoffentlich konnte der Anruf etwas bewirken und Ana findet den Mumm, meinen Freund bei den Eiern zu packen. Anders wird sie ihn vermutlich nicht zum Aufstehen bewegen können. Was für ein verzückendes Kopfkino.

Ohne die Matratze großartig in Bewegung zu bringen, schleiche ich mich aus dem Bett und verschwinde ins Badezimmer. Eine Ladung kaltes Wasser wirkt bei mir besser als jede Tasse Kaffee.

Ich brauche fünf Minuten für eine eisige „Ruck-Zuck-Dusche" und drei, um mich anzuziehen. Die Bartstoppeln dürfen bleiben, beschließe ich, weil die Zeit drängt. Gut, dass ich den Koffer gestern schon gepackt habe.

Im Schlafzimmer setze ich mich ein letztes Mal zu Nika aufs Bett. Ich streiche ihr mit dem Finger über die Wange und freue mich, dass sie die Augen aufschlägt und mich anlächelt.

„Guten Morgen", flüstere ich, obwohl es nicht nötig ist. Wir sind allein. Außerdem ist es noch gar nicht Morgen. Es ist mitten in der Nacht.

„Musst du gehen?" Ihre Stimme klingt verschlafen und ein wenig rau.

„Ja. Das Flugzeug wartet nicht. Ich muss los." Meine Lippen berühren ihre, bevor sie etwas sagen kann.

Sanft küsse ich sie. Wenig später spüre ich ihren Körper, der sich gegen meinen lehnt. Dass ich weiß, dass sie unter dem dünnen Laken nichts anhat, macht es schwer, mich zu lösen. Ich streiche mit dem Finger über mein Abschiedsgeschenk – den Knutschfleck – danach bringe ich Abstand zwischen uns. Wann ist mir das letzte Mal etwas so verflucht schwergefallen? Keine Ahnung. Noch nie.

„Ich habe dir meine Visitenkarte dagelassen." Mit dem Finger deute ich auf das Kärtchen, welches ich auf den Nachttisch gelegt habe. „Solltest du etwas brauchen …", ich stocke und komme mir plötzlich blöd vor, „oder Lust haben, meine Stimme zu hören, ruf mich an." Warum ich das sage und auf die Karte deute, ist mir schleierhaft. Wir haben in den letzten Tagen die Handynummern ausgetauscht. Nika kann sich jederzeit melden. Sie braucht meine Büroanschrift oder meine Festnetznummer in der Kanzlei nicht. „Schick mir gerne eine Ansichtskarte", sage ich, um mich in irgendeiner Form für mein Gestammel zu rechtfertigen. Höchste Zeit, zu verschwinden.

„Du möchtest eine Ansichtskarte von mir?" Die Überraschung ist herauszuhören. Nika kräuselt niedlich die Stirn und versucht, nicht den Kopf zu schütteln, während sie sich ein Schmunzeln verkneift.

„Ein Liebesbrief wäre auch okay." Mein Grinsen ist breit und frech und überspielt meine Verlegenheit. „Ich habe noch nie einen Liebesbrief bekommen. Jetzt hast du meine Adresse. Überrasch mich." Ein letztes Mal küsse ich sie, bevor ich mich endgültig losreiße. „Wir sehen uns wieder. Versprochen."

1

Chris

Heute, Ende November

Ich bin schwanger, das ist alles was auf der Ansichtskarte steht, die heute mit der Hauspost in die Kanzlei geflattert ist. Eine Postkarte aus Hawaii, aus O'ahu, um genau zu sein. Was hat das zu bedeuten? Ist das ein Witz? Ich erinnere mich, dass ich Nika gebeten hatte, mich zu überraschen, aber das... ?

Es muss ein Scherz sein – ein schlechter. Vermutlich möchte sie damit einen Rückruf meinerseits provozieren. Anders als ich es ihr versprochen habe, habe ich mich nämlich seit vier Wochen nicht gemeldet. Asche auf mein Haupt. Kaum hatte mich die Arbeit fest im Griff, waren der Urlaub und die wunderschöne Hawaiianerin, die ich dort getroffen habe, vergessen. Leider. Traurig aber wahr. Die Pflichten eines Strafverteidigers nehmen nie ein Ende. Freie Zeit ist permanent knapp bemessen.

Immer noch fassungslos, starre ich auf die drei Wörter: *Ich bin schwanger.*

Ist das überhaupt möglich? Ganz ehrlich?

Ich krame in meinem Gedächtnis, kann mich aber an keine Material- oder Nachschubprobleme erinnern.

Wir haben jedes Mal ein Kondom benutzt. Ohne Ausnahme. Gummis an die Macht. Sogar bei unserer heimlichen Nacktbadeaktion habe ich darauf bestanden. Beim Thema Verhütung und Schutz mache ich keine Kompromisse. Ich habe ein aktives Sexleben und bin für Sicherheit auf ganzer Linie. In regelmäßigen Abständen lasse ich mich testen, weil es mir wichtig ist. Ich bin gesund. Und Nika ist ganz sicher *nicht* schwanger. Auf keinen Fall.

Das muss ein Irrtum sein.

Ein makabrer Spaß, der es schafft, mich von meinem hohen Arbeitspensum aufsehen zu lassen.

Wollte ich nicht einen Liebesbrief von ihr bekommen? Unter Umständen ist das ihre Art, Liebesbriefe zu schreiben. Haha. Ich konnte Liebeserklärungen noch nie etwas abgewinnen.

Zu kitschig.

Zu sentimental.

Zu viele Informationen zwischen den Zeilen.

Dass die Postkarte weder kitschig noch sentimental ist, noch versteckte Informationen enthält, ignoriere ich. Unverblümter als *Ich bin schwanger* geht es schließlich kaum.

Wieso habe ich Nika um einen Liebesbrief gebeten? An dem Morgen muss ich noch im Halbschlaf gewesen sein. Anders lässt sich das Dilemma nicht erklären. Für gewöhnlich verhalte ich mich anders.

Ein ziemliches Missverständnis. Ich muss völlig neben mir gestanden haben.

Fest entschlossen, Nika nach Feierabend anzurufen, lege ich die Postkarte mit der Schrift nach unten auf meinen Schreibtisch. Mir ist deutlich wohler, wenn ich nicht ständig das Wort schwanger vor Augen habe. Es verursacht mir eine Gänsehaut.

Der Plan, mit meiner Urlaubsliebelei erstmal zu telefonieren, ist gut, sogar grandios. Ich muss nicht Hals über Kopf in das nächste Flugzeug springen und nach Hawaii fliegen. Langsam an das Problem herantasten und nichts überstürzen, lautet meine Devise. Sollte Nika tatsächlich schwanger sein, wird sie mit mir am Telefon darüber reden. Und wenn sie es nicht von sich aus anspricht – aus welchen Gründen auch immer –, werde ich sie auf die wenig spaßige Liebesbriefpostkarte festnageln. Ich werde ganz sicher *nicht* Vater. Das ist unmöglich.

Ein Klopfen an der Tür holt meine Gedanken zurück ins Büro.

Argwöhnisch sehe ich auf die Uhr und rufe herein. Wer kann das sein? Termine habe ich heute keine mehr. Der Arbeitstag ist fast um.

„Hey." Mein Freund Pierce steckt den Kopf durch den Türschlitz. „Hast du Zeit oder bist du im Stress?"

„Komm rein." Da ich weiß, dass er aus dem Gericht kommt, wo gerade ein Fall verhandelt wird, bei dem sein Vater, eine nicht unerhebliche Rolle spielt, bin ich gerne bereit, meine kostbare Zeit mit ihm zu teilen. Dafür sind Freunde schließlich da. Pierce hat es gerade nicht leicht.

„Wie läuft es?", frage ich, kaum dass mein Besucher sich gesetzt und lange ausgeatmet hat. Dem Anschein nach könnte es besser gehen.

„Mittelmäßig", bestätigt Pierce meine Vermutung. „Der Staatsanwalt ist eine Ratte."

Mehr sagt er nicht.

„Eine Ratte?", frage ich nach.

„Yep. Eine fiese Irving-Ratte."

„Du kannst Owen Irving also nicht ausstehen und das, obwohl er deinem Vater hilft, sich aus dem Drecksloch, in das er sich selbst befördert hat, zu befreien?"

„Richtig erkannt." Pierce fährt sich durch die Haare, die ungewöhnlich zerzaust aussehen. Zweifellos rauft er sich die nicht zum ersten Mal am heutigen Tag. „Die Art, wie dieser eingebildete Gockel durch den Gerichtssaal spaziert, macht mich wahnsinnig. Dieser..." Mein Freund hält plötzlich inne – sein Blick ist argwöhnisch. „Warum liegt eine Ansichtskarte vom Diamant Head auf deinem Schreibtisch?"

Bravo und Tusch! Das hätte kaum schlechter laufen können. Mist!

„Äh..."

Natürlich ist es zu spät, die Post zu verstecken.

Der stets Wissbegierige schnappt sich die brisante Karte, bevor ich ihn aufhalten kann.

„NEIN!", versuche ich es trotzdem.

Er runzelt die Stirn und sieht hoch, kaum dass er die wenigen Worte gelesen hat. „Wer ist schwanger?"

Noch mal Mist!

Nun verspüre ich einen Drang, mir die Haare zu raufen. Gleich nachdem ich meinem Freund die Karte aus der Hand gerissen und sie in meiner Schreibtischschublade verstaut habe.

„Niemand. Das ist ein Spaß." Ich schnappe mir die Karte, lasse sie verschwinden und fahre mir durch die Haare.

„Wer ist Wanika?"

Steht ein Name auf der Karte? Ist mir gar nicht aufgefallen. „Kennst du nicht. Du wolltest mir etwas über den Staatsanwalt erzählen. Was hat Irving gemacht, außer eingebildet zu stolzieren?" Es ist ein schwacher Versuch, beim Thema zu bleiben.

Pierce mustert mich. Er wirkt perplex und verwirrt zugleich. „Wirst du tatsächlich Vater?"

Teufel! Bitte nicht!

„NEIN, zum Geier. Das ist ein Spaß. Ich werde Nika nachher anrufen und fragen, was dieser Quatsch zu bedeuten hat."

Mit schüttelndem Kopf zeigt Pierce mir seine Fassungslosigkeit. „Erzähl mir bitte nicht, dass du in unserem Urlaub auf Kondome verzichtet hast. Wir sind keine Teenager mehr, Chris. Muss ich dir ernsthaft einen Vortrag über Verhütung halten?"

Gott bewahre. Was für eine grauenhafte Vorstellung.

„NEIN!", kommt es zum dritten Mal lautstark über meine Lippen. Ich stehe auf, weil ich unmöglich sitzen bleiben kann. „Sex ohne Kondom kommt für mich nicht infrage", stelle ich klar, damit mein Freund aufhört, mich anklagend anzustarren. Mich trifft keine Schuld.

„Gut." Erleichterung ist rauszuhören. „Aber Kondome können Materialfehler aufweisen. Winzig kleine Löcher... du verstehst. Gummis sind nicht hundertprozentig sicher."

Grundgütiger. Der Mann kennt kein Erbarmen.

„Bist du bald fertig? Ich werde *nicht* Vater." Es auszusprechen, macht es irgendwie schlimmer. Ich muss dringend diese Unsicherheit loswerden. Was, wenn doch... ?

„Möchtest du mir von deiner Wanika erzählen?“ Der Spaßvogel vor meinem Schreibtisch hebt eine Augenbraue. „Arbeitet sie zufällig im *Lailani Beach Hotel*?“

Ich habe verloren.

„Sie wird nur Nika gerufen. Außerdem geht dich das nichts an.“ Ich lasse mich zurück auf meinen Stuhl fallen. „Fliegst du am Wochenende zu Ana?“

Pierce beginnt zu strahlen. Mit dem ganzen Gesicht. Mit dem ganzen Körper. „Jaaaa.“

Wie ist es möglich, diese Verliebtheit mit nur einem Wort auszudrücken? Für einen knallharten Strafverteidiger benimmt sich Pierce unmöglich.

Dass seine Hand prompt und wie ferngesteuert zu dieser Hässlichkeit um seinen Hals wandert, ist beängstigend. Ich glaube, es ist ein Reflex, genau wie das dämliche Grinsen. Pierce bemerkt es nicht mal. Immer wenn ich ihn nach Ana frage, fasst er die Krawatte mit dem Ananasprint an. Sie ist scheußlich und passt farblich nur zur Hälfte seiner Anzüge. Dass sie unglaublich billig aussieht, können auch die teuren Maßanzüge, die er tagtäglich trägt, nicht wettmachen. Vermutlich ist das Ding aus Polyester.

Da lobe ich mir meinen Schneider. Bei mir stimmt alles farblich und qualitativ überein. Für jeden Anzug habe ich mindestens drei Krawatten zur Auswahl. Kein einziges Stück in meinem Kleiderschrank sieht billig aus. Wie auch? Nichts davon war billig. Nichts habe ich geschenkt bekommen.

Ich zwinge meinen Blick weg von der Krawatte. „Schön für dich“, kommentiere ich das Verhalten und gönne mir einen Seufzer.

„Möchtest du mitkommen?", fragt er aus heiterem Himmel. „Ich könnte uns einen frühen Flug buchen." Mein Freund lacht über seinen eigenen Witz. Pierce hasst frühe Flüge, es sein denn, sie gehen von Chicago nach Honolulu. In dem Fall steht er auch mitten in der Nacht auf.

„Nein, danke", antworte ich, kann aber den Gedanken nicht vollständig verbannen. Je nachdem wie das Telefongespräch mit Nika verläuft, überlege ich es mir möglicherweise noch anders. Die Sache ist äußerst merkwürdig.

Nika

Meine Handflächen sind feucht, mein Mund ist trocken und mein Herz schlägt schneller als üblich. So elendig habe ich mich noch nie gefühlt. Seit zwanzig Minuten laufe ich vor der Klinik auf und ab. Mein Termin ist in fünf Minuten. Viel Zeit habe ich nicht mehr, um die benötigte Kraft aufzubringen. Ich muss nur durch die Tür treten, mich an der Information melden und die Papiere, die mir vorher per E-Mail zugeschickt wurden, abgeben. Unterschrieben habe ich sie längst.

Und dann...

Was dann? Dann würde der Spuk ein Ende haben.

Ich sehe auf die Einwilligungserklärung in meiner Hand. Möchte ich die Abtreibung wirklich machen lassen und zum Mörder werden? Die Frage stelle ich mir, seit ich den Termin gemacht habe. Will ich wirklich einem kleinen unschuldigen Geschöpf verwehren das Licht der Welt zu erblicken, nur weil ich unachtsam war?

Oh Gott!

Stopp!

Der Gedanke, ein Leben, wenn auch noch nicht richtig begonnen, zu beenden jagt mir Angst ein, doch jede Frau hat ein Recht auf Selbstbestimmung. Eine Abtreibung macht eine Person nicht zu einem schlechten Menschen – oder?

Warum habe ich diese Gedanken? Es ist falsch – grundsätzlich falsch. Das Wirrwarr in meinem Kopf macht mich verrückt. Seit zwei Tagen habe ich nicht geschlafen und zu wenig gegessen.

Meine Füße tragen mich zu der Bank, die vor der Klinik steht und, den Kippen auf dem Boden zufolge, häufig für eine Zigarettenpause genutzt wird. Mit schwerem Herzen lasse ich mich auf der Sitzfläche nieder und lege meine freie Hand vor den Unterbauch. Die unbewusste Geste verwirrt mich... und das nicht zum ersten Mal. Als wollte ich mein Kind vor mir selbst beschützen. Vor dummen und überstürzten Entscheidungen.

Es ist zum Verzweifeln.

Verdammt!

Ich will nicht.

Ich kann nicht.

Tief in mir drin möchte ich nicht da reingehen und ein ungeborenes Leben beenden. Es geht nicht. Es wäre höchstwahrscheinlich eine vernünftige Entscheidung, aber es wäre nicht die richtige. Bestimmt gibt es

Frauen, deren Zwangslage meiner ähnelt und für die eine Abtreibung die beste Entscheidung ist – mir steht ein Urteil darüber nicht zu, jede Situation ist anders – aber für mich möchte ich es nicht.

Nicht heute.

Niemals.

Obwohl ich das Gefühl verspüre, keine Wahl zu haben, stimmt das so nicht. Ich habe eine Wahl. *Man hat immer eine Wahl.* Der Leitspruch meiner Mutter hallt in mir nach, als hätte sie ihn in diesem Augenblick laut ausgesprochen. Warum muss ich ausgerechnet jetzt an sie denken?

Meine Mutter war gebürtige Hawaiianerin und eine unglaublich starke Frau. Eine der stärksten, die ich kennenlernen durfte. Inoa 'Aulani hat mich allein großgezogen und dadurch auf vieles in ihrem Leben verzichten müssen. Genau wie ich, arbeitete sie jahrelang als Zimmermädchen in verschiedenen Hotels auf O'ahu. Leider ist sie zu früh, mit achtundfünfzig Jahren, gestorben. Ich war gerade zwanzig geworden, als sie bei einem Verkehrsunfall starb und mich allein zurückließ. Meinen Vater habe ich nie kennengelernt. In meiner Kindheit habe ich meine Mutter oft nach ihm gefragt, aber sie hat sich stets geweigert über ihn zu sprechen. Er wäre nicht wichtig, lautete ihre Antwort meist. An einem melancholischen Tag, an dem zu viel Alkohol im Spiel war, verriet sie mir, dass er nicht auf Hawaii lebt und nie von mir erfahren hat.

Es ist erschreckend, wie das Leben sich in Dauerschleife wiederholt. Meine Mutter war ein alleinerziehendes Zimmermädchen ohne Perspektiven. Und ich?

Ich bin in neun Monaten ebenfalls ein alleinerziehendes Zimmermädchen ohne Perspektiven.

Repeat gedrückt. Alles auf Anfang gesetzt.

Mein Blick fällt auf die Einwilligungserklärung und schweift anschließend zur Eingangstür. Die Zeit rinnt. Die Ärzte warten nicht auf mich. Jetzt bin ich schon fünf Minuten über meinem Termin.

Bestimmt wird mir ein unverschämter Betrag in Rechnung gestellt, sollte ich den Eingriff, ohne abzusagen, sausen lassen. Aber das ist mir egal. Ich habe eine Entscheidung getroffen. Gerade eben. Spontan und aus dem Bauch heraus.

Mein Baby wird zur Welt kommen.

Ja, das wird es.

Wanika ʻAulani wird nicht kneifen und sich vor der Verantwortung drücken. Meine Mutter hat es auch nicht getan. Ohne ihren Schneit und den Mut, den es braucht, sich für ein Kind zu entscheiden, gäbe es mich nicht. Ich bin es meinem Baby schuldig, genauso zu handeln. Es gibt immer Möglichkeiten. Wenn ich es nicht behalten will oder kann, ist Adoption eine Lösung – eine von vielen. Mir wird schon etwas einfallen. Ich habe noch Monate lang Zeit, darüber nachzudenken. Genauer gesagt, knapp neun. Gut.

Einverstanden, schließe ich einen Vertrag mit mir selbst und streiche mir über den Bauch. Es wird klappen. Irgendwie.

Mein Herz schlägt augenblicklich ruhiger, seit ich den Entschluss gefasst habe, mein Baby zu behalten. Mit dem Gefühl, das Richtige zu tun, erhebe ich mich, drehe der Klinik den Rücken zu und atme tief durch. Ruhigen Schrittes mache ich mich auf den Weg.

Hoffentlich macht Paulo mir keinen Strich durch die Rechnung. Für alle Beteiligten wäre es am besten, wenn er niemals erführe, dass ich mich für das Baby entschieden habe.

Obwohl ich mir für die Abtreibung eine Woche frei genommen habe, mache ich mich schnurstracks auf den Weg ins *Lailani Beach Hotel*. In der Luxusunterkunft, in bester Lage zum Strand, arbeite ich als Zimmermädchen in Vollzeit.

Ich muss Bitsy umgehend von meinem Entschluss, das Baby zu behalten, berichten. Sofort. Elisabeth Sutcliff, Spitzname Bitsy, ist meine beste Freundin. Wir arbeiten seit zwei Jahren für das gleiche Hotel. Bitsy stammt ursprünglich aus Delaware und ist nach einem Backpackertrip in Hawaii geblieben. Sie hat keine besondere berufliche Ausbildung, liebt die Natur und das spontane Leben. Irgendwann kommt sicher der Punkt, an dem sie die Ruhelosigkeit überkommt und sie weiterzieht. Im Stillen hoffe ich, dass es noch ein wenig dauert bis das passiert. Denn ich habe die freche und sehr empathische Draufgängerin in den letzten Jahren liebgewonnen. Mit ihr kann ich über alles reden. Sie ist die Einzige, die von der ungewollten Schwangerschaft gewusst und mich zu nichts gedrängt hat. So wie es sich für eine echte Freundin gehört.

Verständlich, dass ich, kaum dass ich mich entschieden habe, das Bedürfnis verspüre, mit ihr zu reden. Im Stillen hoffe ich, dass Bitsy eine Lösung für mich parat hat. Sie ist kreativ, mutig und offen für alles. Wenn mir jemand helfen kann, den richtigen Weg samt Baby im

Gepäck zu finden, dann ist das Bitsy. Hätte ich sie gelassen, wäre sie heute mit mir zur Abtreibungsklinik gefahren, um meine Hand zu halten. Aber das Hotel ist personaltechnisch unterbesetzt, weswegen das nicht möglich war.

Ich lasse mir von James-Dean Makaio, den Bagagist des Hotels, die Tür aufhalten und betrete die Lobby. Der kleine, aber gutgebaute Hawaiianer zwinkert mir zu und zaubert mir mit seiner charmanten Art ein Lächeln ins Gesicht. James-Dean ist ein lieber Junge. Mit seinen sechzehn Jahren macht er sich wirklich gut. Das *Lailani Beach Hotel* kann sich glücklich schätzen, ihn ausbilden zu dürfen.

Schnurstracks biege ich nach links, um die Räume für das Personal anzusteuern, da bleibe ich abrupt stehen. Hat da jemand meinen Namen gerufen? Oder habe ich mich verhört?

Argwöhnisch drehe ich mich um und blicke zur Anmeldung. Nein. Keiner da.

Bevor ich mich abwenden und endlich nach Bitsy suchen kann, höre ich erneut meinen Namen. Diesmal lauter und aufgebrachter.

Oh Gott, Nika... es hört sich an wie...

„Chris?", kommt es mir über die Lippen, während ich mich der Stimme hinter mir zuwende. Überrascht und fassungslos starre ich auf das Szenario am Eingang.

Der Mann mit dem ich vor Wochen einen Urlaubsflirt begonnen hatte, versucht mit einem Handgepäckkoffer durch die Drehtür zu gelangen. Dabei stellt er sich äußerst ungeschickt an und bleibt mit dem ausgefahrenen Bügel im Innenbereich hängen. Die Ungeduld, die er dabei an den Tag legt, macht es ihm noch schwieriger, vorwärtszukommen. Warum nimmt er nicht den breiteren Eingang neben der Drehtür, der für die Gäste mit Gepäck gedacht ist? Und... noch viel wichtiger... was macht Christopher T. Markham auf Hawaii?

Kaum gedacht, fällt es mir wie Schuppen von den Augen. Mit Mühe versuche ich ein wenig trockene Spucke hinunter zu schlucken. Schockstarre.

Die Postkarte.

Die Offenbarung, dass ich schwanger bin.

Ups.

Boden tu dich auf und verschlucke mich. Mit einem Happs. Kurz und schmerzlos, bitte. Mach schnell.

Was habe ich angerichtet? So war das nicht geplant.

Teufel auch!

Der Tag, an dem ich auf das Stäbchen des Schwangerschaftstests gepinkelt habe, war der furchtbarste meines Lebens. Ich war auf das Ergebnis nicht vorbereitet. Das Pluszeichen, welches mir die Schwangerschaft bestätigt hat, hat mich völlig aus dem Konzept gebracht. Durcheinander und nicht zurechnungsfähig beschreiben meinen Zustand an dem Tag nur unzureichend. Ich war völlig durch den Wind. Total überfordert mit mir und der Situation.

Chris ist vor vier Wochen zurück nach Chicago geflogen und hat sich, anders als es ausgemacht war, nicht gemeldet. Nicht mal eine kurze Textnachricht hat er mir geschickt. Nada. Kein Lebenszeichen. Der Schwindler hat mir das Gefühl vermittelt, ich wäre nicht mehr als ein Urlaubsspaß, Sex inklusive. Sein Verhalten, das ich so nicht vorhergesehen hatte, hat mich verletzt und zu dieser wenig durchdachten Tat verleitet. Das war falsch. Ein Fehler, wie ich in diesem Augenblick feststellen muss. Für gewöhnlich verhalte ich mich nicht so kindisch und verbittert.

Für gewöhnlich lasse ich mich nicht mit Touristen ein. Außerdem gehöre ich nicht zu den Frauen, die auf One-Night-Stands stehen.

Ich bin achtundzwanzig und führe ein eher bedeutungsloses Leben. Es gab bisher lediglich zwei feste Beziehungen, die beide nicht länger als ein paar Monate gehalten haben. Dass ich Chris eine Chance gegeben habe, war eine Entscheidung, die ich spontan und unüberlegt getroffen habe. Der Anwalt aus Chicago ist, anders als zu Anfang vermutet, ein sympathischer und unglaublich lustiger Typ. Wir haben uns sofort verstanden und auf derselben Wellenlänge kommuniziert. Obwohl ich nicht an Liebe auf den ersten Blick glaube, war es irgendwie so ähnlich. Genau kann ich es nicht beschreiben. Es hat gefunkt und sich richtig angefühlt.

Wieso habe ich Dummkopf ihm nur diese Postkarte geschickt? Dieser Schnitzer wird sich nicht so leicht wieder ausbügeln lassen. Pech für mich.

Es hat nie in meiner Absicht gelegen, ihn nach Hawaii zu locken. Eigentlich wollte ich nur einen Rückruf provozieren. Nach der Hiobsbotschaft habe ich mich allein und verlassen gefühlt. Ich konnte zwar mit Bitsy reden, aber das hat nicht gereicht. Chris' weiche und aufmunternde Stimme hatte ich hören wollen. Außerdem sehnte ich mich nach einer starken Schulter zum Anlehnen. Weil ich zu feige war, ihn anzurufen, habe ich vor einer Woche die Karte in den Briefkasten geworfen und jetzt... ist er tatsächlich da und versucht sich durch eine zu enge Drehtür zu quetschen.

Verrückt!

Wie auf Knopfdruck füllen meine Augen sich mit Tränen. Oh, nein! Wieso passiert das? Sind das etwa die Hormone? Im Normalfall heule ich nicht. Nie. Ich bin eine starke Frau.

Endlich hat er es geschafft und sich durch die zu kleine Öffnung gezwängt. Mit einem grimmigen Gesichtsausdruck und raumgreifenden Schritten kommt mein Urlaubsflirt auf mich zu und zieht das Köfferchen, das so gar nicht zu dem großen und breitgebauten Mann passen mag, hinter sich her. Wie es für Chris üblich ist, trägt er einen Anzug. Natürlich steht er ihm ausgezeichnet, wie immer. Bei unserem ersten Aufeinandertreffen, hier im Hotel, hat er auch einen Anzug getragen. Mehr Tränen schießen mir in die Augen. Es fällt mir immer schwerer, sie zurückzuhalten.

Luftholen und ausatmen, Nika. Luftholen und ausatmen. Immer weiter.

Verdammtes Hormonchaos!

Ist Chris sauer? Auf mich?

Grund genug hätte er.

Reflexartig drücke ich die Einwilligungserklärung, die ich noch in den Händen halte, an meine Brust und ziehe die Nase hoch. Jetzt wird nicht geheult. Die Luft anhaltend, wappne ich mich für den Sturm, der mit hundert Sachen auf mich zugerast kommt.

2
Chris

„Nika!" Ich komme völlig aus der Puste vor der Frau zum Stehen, die mich in den letzten achtundvierzig Stunden mit ihrer kryptischen Nachricht in den Wahnsinn getrieben hat. „Schaust du eigentlich jemals auf dein Handy? Hast du den Ton ausgestellt? Die Nummer gewechselt? Ist dein Akku leer? Oder ist das verfluchte Ding verloren gegangen?", spreche ich in lautem Tonfall und registriere, dass die Gesuchte einen Schritt zurückweicht. „Verdammt! Nika! Ich habe mich bemüht, dich zu erreichen", fahre ich sie schärfer als nötig an und nehme einen dringend benötigten Atemzug. „Mehr als einmal."

„Ich…"

„Weinst du?", unterbreche ich sie, bevor sie den Satz vollenden kann. Ich bin ein Idiot. Am liebsten würde ich mich selbst Ohrfeigen. Wie kann ich so aufbrausend über sie herfallen, kaum dass ich durch die Tür des Hotels getreten bin? Für gewöhnlich verhalte ich mich nicht so unsensibel wie ein Felsbrocken.

„Nein", antwortet sie und wischt sich die Tränen ab, die nicht aufhören wollen zu laufen. Sie rollen immer wieder nach, obwohl Nika das sichtlich unangenehm ist.

Chris, du bist der größte Mistkerl auf dem Planeten.

Wir sehen uns einen Moment an, in dem wir schweigen. Einfach nur dastehen und abwarten. Nika wirkt verstört, aufgelöst und völlig durch den Wind. Ob von meinem Ausbruch oder aus einem anderen Grund, kann ich nicht sagen.

Vier Wochen ist es her, dass ich sie in O'ahu zurückgelassen habe und in mein Leben nach Chicago zurückgekehrt bin. Vier Wochen lang habe ich mich nicht gemeldet, obwohl ich ihr ein Versprechen gegeben habe.

Mist! Ich bin ein Hornochse.

Ohne länger zu überlegen, lasse ich den verfluchten Handgepäckkoffer, der nur Ärger macht, los und nehme sie in die Arme. Kümmernd und ohne Worte halte ich sie. Mitten in der Lobby des Hotels schlinge ich die Arme um ihren zierlichen Körper. Ihr Kopf landet unter meinem Kinn und schmiegt sich an meine Brust. Nikas Schluchzen wird sogleich heftiger.

Ich streichele ihr über den Rücken und drücke sie an mich. Meine Erfahrung mit emotionalen Frauen ist quasi nicht vorhanden, trotzdem spüre ich, dass sie einen Moment braucht, um sich zu sammeln. Deshalb stehe ich nur da, warte und lasse sie in mein Hemd weinen. Die wenigen Hotelgäste um uns herum blende ich aus. Sie sind nicht wichtig. Sollen sie ruhig gucken.

Was habe ich nur angerichtet? Warum musste ich mich wie ein Berserker aufführen? Was bin ich für eine Niete?

Für mein Verhalten gibt es keine Entschuldigung.

Ich war überrascht und habe nicht damit gerechnet, Nika zu entdecken noch bevor ich das Hotel betreten habe. Die letzten achtundzwanzig Stunden habe ich ununterbrochen versucht, sie zu erreichen. Vergeblich. Zuerst habe ich es auf die Zeitverschiebung geschoben und vermutet, dass sie schläft und das Handy ausgeschaltet hat. Aber am nächsten Morgen blieb sie ebenfalls unerreichbar. Keine Mailbox und auch keine Antwort auf meine unzähligen Textnachrichten, die mit dem Verstreichen der Zeit an Unfreundlichkeit zugenommen haben.

Natürlich habe ich versucht, Nika über das Hotel zu erreichen. Zu dem Zeitpunkt war ich schon auf hundertachtzig. Leider habe ich lediglich die Auskunft bekommen, dass Wanika 'Aulani Urlaub genommen hat und erst nächste Woche wieder zur Arbeit erscheinen würde.

Da ich diese „mögliche Schwangerschaft" nicht ungeklärt im Raum stehen lassen wollte, habe ich mich in das nächste Flugzeug gesetzt und bin nach Hawaii gerauscht. Zwei Tage nachdem mein Freund Pierce zu seiner Ana geflogen ist.

Und nun stehe ich hier an einem Montag, an dem ich eigentlich im Büro sein sollte, und halte die Frau in den Armen, mit der ich den schönsten Urlaub meines Lebens verbracht habe.

Was für ein Chaos.

Nika hat aufgehört zu schluchzen und atmet ruhiger. Gott sei Dank. Sie völlig aufgelöst zu sehen, gefällt mir überhaupt nicht.

„Nika?", frage ich, mit deutlich sanfterer Stimme. Ich drücke ihr einen Kuss auf den Scheitel und sauge ihren Duft ein. Sonne, Meer und Salz; danach riecht sie. Kein Mensch, der in einer Großstadt lebt, könnte so unglaublich gut riechen. Es ist ein ganz eigener Duft, den

es nur hier auf Hawaii gibt. Ein weiteres Mal atme ich
Nika ein, dann löse ich mich ein winziges Bisschen, sodass ich ihr in die Augen sehen kann. Sie sind groß,
braun, verheult und wunderschön. „Geht es wieder?"

Sie nickt. „Ja, bitte entschuldige. Ich weiß auch nicht,
warum ich so überreagiere. Du hast mich überrascht."
Sie bemüht sich um ein Lächeln. „Überrumpelt trifft es
wohl eher."

„Nein. Ich muss mich entschuldigen." Nika will sich
lösen, aber ich lasse sie nicht. Es fühlt sich gut an, sie zu
halten. „Ich hätte nicht derart aufbrausen dürfen. Mein
Verhalten war falsch." Gott, was habe ich sie vermisst.
Wie kann ich das erst jetzt bemerken, wo ich sie im
Arm halte? Warum ist mir diese Tatsache nicht schon
in Chicago bewusst geworden? Weil ich durch die Arbeit, die nie ein Ende nimmt, abgelenkt war, beantworte ich mir die Frage selbst.

Obwohl es mir widerstrebt, lasse ich sie los, als sie erneut zurücktreten will. Mit verkrampfter Hand drückt
sie ein Blatt Papier gegen ihre Brust und verknittert es
dabei völlig. Ich lese das Wort Einwilligungserklärung
in der Überschrift.

Sofort bin ich hellwach.

Was ist das?

„Können wir irgendwohin gehen und reden?", frage
ich sie, da die Lobby nicht der richtige Ort für ein Gespräch wie unseres ist. Alle meine Sinne sind in Alarmbereitschaft.

„Natürlich. Komm." Sie greift nach meiner Hand und
ich lasse mich von ihr führen. Beinahe hätte ich den
vermaledeiten Koffer vergessen. Hätte ich das Ding

doch zu Hause gelassen. Ich bleibe eh nur eine Nacht. Morgen muss ich zurück im Büro sein.

Nika führt mich einen Gang hinunter, vorbei an den Personalräumen und durch einen Raum, indem die Koffer der wartenden Gäste deponiert sind. Bevor wir die Hintertür nach draußen ansteuern, lasse ich meinen Koffer im Gepäckraum. Was für ein Glück. Endlich bin ich das lästige Ding los.

Kaum im Freien, treten wir auf eine kleine Terrasse, die auf der Rückseite des Hotels liegt und dem Strand angeschlossen ist. Zwei Liegestühle stehen parat als würden sie auf uns warten. Der Ort ist idyllisch und der Blick aufs Meer grandios.

Nika lehnt sich an das hüfthohe Geländer der Terrasse und schaut aufs Meer hinaus. Ich sehe auf ihren Rücken und bin fasziniert. Die Frau und das Meer gleich vor meiner Nase – wunderschön. Sie trägt ein buntes Sommerkleid, das ihr bis zu den Waden reicht und hat die langen schwarzen Haare zu einem Pferdeschwanz gebunden. Zu gerne würde ich sie noch mal in den Arm nehmen und küssen. Ich will sie küssen. Wir haben uns noch nicht geküsst, stelle ich mit Erschrecken fest. Kein Begrüßungsküsschen. Nichts. Und alles wegen mir und meiner rüpelhaften Art hier aufzuschlagen.

Reiß dich zusammen, Chris! Ihr habt etwas zu bereden. Küssen hat keine Priorität.

Ich atme einmal tief durch, um mich zu fokussieren.

„Möchtest du mir erklären, was das für eine Einwilligungserklärung ist, die du mittlerweile völlig zerknittert hast?", fange ich das Gespräch an. Besser ich taste mich langsam heran, als gleich nach der Schwangerschaft zu forschen. Sogar meine Stimme lasse ich fragend und nicht aufbrausend klingen. Ich bin ein Mann, der aus seinen Fehlern lernt.

Nika dreht sich um, sieht erst auf das Papier und anschließend zu mir. „Dies ist die Einwilligungserklärung für die Abtreibungsklinik." Sie seufzt, faltet das Blatt und steckt es anschließend weg. „Es gibt kein Baby mehr", sagt sie und seufzt. „Entschuldige die Postkarte. Mein Handeln war unüberlegt und falsch. An dem Tag, an dem ich die Karte abgeschickt habe, ging es mir nicht gut. Es war eine Überreaktion auf den positiven Schwangerschaftstest. Bitte verzeih mir." Tränen füllen ihre Augen. „Du hättest deswegen nicht herkommen müssen." Sie schüttelt den Kopf. „Ich habe mein Handy in den letzten Tagen vernachlässigt und auf keinen Anruf reagiert. Das war verkehrt. Ich war durch den Wind und musste nachdenken. Du hättest nicht herkommen müssen", wiederholt sie sich und zieht die Nase hoch.

Der Drang, sie in den Arm zu nehmen, ist wieder da. Sogar stärker als zuvor. Mit Mühe halte ich mich zurück. Wir müssen zuerst diese Unterhaltung beenden, es ist wichtig. Danach können wir uns umarmen so viel wir wollen.

„Du warst in einer Abtreibungsklinik?", frage ich argwöhnisch. Meine Stimme halte ich neutral. Sie soll nicht denken, dass ich vorschnell urteile.

„Ja."

„Ohne mit mir darüber zu reden?" Dass ich zu 99,9% nicht der Vater ihres Kindes sein kann, lasse ich außen vor. Es ist später noch Zeit dieses Faktum zu klären.

„Ja."

Langsam mache ich einen Schritt auf sie zu – pirsche mich heran. „Nika, du vergisst, dass ich Anwalt bin. Vielleicht warst du in einer Klinik, aber für gewöhnlich müssen Patienten ihre Einwilligungserklärung abgeben, bevor sie behandelt werden. Sie nehmen sie nicht wieder mit." Ich trete noch einen Schritt näher. „Es sei denn ... sie überlegen es sich anders und verzichten auf den Eingriff."

Treffer versenkt!

Nikas Blick verrät mir, dass ich richtig geraten habe. Sie hat keine Abtreibung machen lassen. Die wundervolle Frau, mit der ich meinen Urlaub verbracht habe, ist noch schwanger. Sie erwartet ein Baby.

Eine Träne rollt ihr über die Wange und ist mir Antwort genug.

Zur Hölle mit meinen Vorsätzen! Ich muss sie einfach in den Arm nehmen. Im Nu überwinde ich das letzte bisschen Abstand und umschlinge sie, wie eben in der Lobby. Erneut rutscht ihr Kopf an die Stelle unter meinem Kinn und erneut fängt sie an zu schluchzen. Ich bin verloren. Sowas von.

„Entschuldige. Ich weiß gar nicht, warum ich immer heule. Das ist nicht meine Absicht. Es passiert einfach."

„Ist schon gut", antworte ich und streiche ihr über den Rücken. Die sanfte Bewegung hat sie eben auch beruhigt. Wir stehen da und hören das Meer rauschen. An diesem Plätzchen hinter dem Hotel sind wir wunderbar ungestört.

„Du hast recht", flüstert sie an meiner Brust und zieht die Nase hoch. „Ich wollte eine Abtreibung machen lassen. Aber… aber… ich konnte es nicht. In letzter Sekunde habe ich mich anders entschieden", erklärt sie und lässt mich ihre emotionale Labilität spüren.

„Es tut mir leid, dass ich dich nicht erreichen konnte." Ich höre nicht auf, meine Hand über ihren Rücken zu bewegen.

Nika stößt ein kleines, wenig lustiges Lachen aus und löst sich. „Du kannst nichts dafür, wenn ich mein Handy ignoriere."

„Stimmt." Ich lasse sie los, aber nicht aus den Augen. „Und jetzt?" Irgendwie freue ich mich, dass sie sich für die Schwangerschaft entschieden hat. Nika habe ich als eine sehr empathische Frau kennengelernt. Die schwere und deprimierende Last einer Abtreibung hätte sie höchstwahrscheinlich nicht überwunden.

„Jetzt bekomme ich das Baby", beantwortet sie meine Frage. „Ich werde in neun Monaten Mutter." Sogleich schlägt sie sich die Hand vor den Mund, als würde sie die Worte zum ersten Mal sagen. „Ausgesprochen hört sich das seltsam an. Ich kann es mir nicht wirklich vorstellen." Die Hand wandert von ihrem Mund zu ihrem Unterbauch.

„Das verstehe ich." Der Gedanke, bald die volle Verantwortung für ein neues Leben zu tragen, würde mich ebenfalls beunruhigen. „Hast du schon einen Plan?" Erneut umschiffe ich die Frage nach der Vaterschaft. Meine Angst, es könnte doch einen unentdeckten „Kondomunfall" gegeben haben, ist größer als gedacht. Solange Nika mir nicht ins Gesicht sagt, dass ausschließlich ich als Vater infrage komme, kann ich denken, was ich will. Alles ist offen. Wie schön es doch ist, sich selbst zu betrügen.

Sie fängt an, herzhaft und völlig untypisch für die Situation, zu lachen. Ohne aufzuhören, lässt sie sich mit einem Plumps in einen der Liegestühle fallen. „Nein! Kein Plan! Kein Schimmer! Keine Zukunft!", sagt sie, kaum dass sie sich ein wenig beruhigt hat. „Ich komme gerade von der Abtreibungsklinik und habe erst vor wenigen Minuten beschlossen, das Baby zu behalten. Meine Entscheidung ist sozusagen ganz frisch. Ich habe spontan gehandelt."

Ohne eine Wertung abzugeben, halte ich inne.

Was soll ich davon halten?

Wenn Nika die Abtreibung gewollt hätte, wäre ich zu spät gekommen. Kein schöner Gedanke. Von der Situation erschöpft und ziemlich verwirrt, setze ich mich in den Liegestuhl neben sie.

„Es gibt immer eine Lösung", sage ich nach ihrer Hand greifend.

Nika schüttelt den Kopf, lacht aber gleichzeitig. „Du bist wie meine Mutter. Die konnte auch ausgesprochen gut mit schlauen Sprüchen um sich werfen."

„Konnte?"

„Ja, sie ist vor Jahren gestorben."

„Und dein Vater?", frage ich, weil wir während meines Urlaubs nicht über unsere Eltern geredet haben. Wir haben in den paar Tagen sowieso wenig geredet. Wir haben andere Sachen gemacht.

„Ich habe ihn nie kennengelernt. Mein Baby wird ohne Großeltern aufwachsen." Sie zögert und räuspert sich. „Das hast du durch die Fragen doch erfahren wollen, oder?"

Erwischt. „War das so deutlich?" Ich kratze mich am Kopf und versuche, nicht verlegen drein zu schauen.

Nika zuckt mit den Schultern. „Ein bisschen. Sie müssen an ihren Fähigkeiten der Befragung arbeiten, Herr Anwalt.“

Frechheit.

Schmunzelnd beuge ich mich zu ihr und bringe mein Gesicht dicht vor ihres. „War das ein Witz, süße Nika?“

Die schlechteste Witzeerzählerin der Welt hält die Luft an. „Es war ein Versuch“, antwortet sie und bringt ihren Mund vor meinem in Position. „Mit meinem Humor ist es momentan nicht weit her.“

Ein unwesentlicher Fakt.

„Ich werde dich jetzt küssen“, informiere ich sie und spüre, wie die Spannung sich in mir aufbaut. Es kribbelt und knistert bereits zwischen unseren Köpfen. Da ich alle Zeit der Welt habe, diesen Augenblick zu genießen, schiebe ich meine Hand in ihren Nacken, unter ihre gebändigte schwarze Mähne.

„Chris...“ Mein Name klingt gepresst und atemlos.

Keine Unterbrechung, bitte!

„Erst küssen Nika, dann reden.“ Im nächsten Augenblick liegen meine Lippen auf ihren. Warm und feucht spüre ich ihre weiche Haut. Nika stößt einen wohlig klingenden Laut aus und öffnet ihren Mund für mich. Mehr Einladung brauche ich nicht. Meine Zunge schiebt sich vor und sucht ihre. Wow. Ungeahnte Emotionen überrollen mich.

Es fühlt sich an wie nach Hause kommen.

Wahnsinn! Ich möchte mehr.

3
Nika

Wie habe ich diese allesverschlingenden Küsse in den letzten vier Wochen vermisst. Chris küsst unvergesslich gut. Er ist einfühlsam und fordernd zugleich. Bei ihm kann ich mich fallen lassen. Einfach so, ohne nachzudenken.

Nur genießen.

Bevor der Kuss ausartet, löse ich mich von ihm und hole tief Luft. „Danke."

„Wofür?" Chris wirkt verwirrt.

Ich zucke mit den Achseln. „Für den Kuss. Dafür, dass du hergeflogen bist... für alles. Einfach, dass du da bist."

Chris wirkt nachdenklich. Zu nachdenklich.

Sein plötzliches Schweigen bereitet mir Kopfzerbrechen und lässt ein unbehagliches Gefühl in mir aufsteigen. Dass er noch nicht gefragt hat, ob er der Vater meines Babys ist, wundert mich. Hätte das nicht gleich als erstes passieren müssen? Gleich nachdem er mich angeschrien hat, weil ich nicht auf seine Anrufe und Nachrichten reagiert habe?

Zugegeben, eventuell war die Gelegenheit nachzufragen bisher nicht günstig. Schließlich habe ich geflennt und mich wie ein Klammeräffchen an ihn gekrallt, als wäre er mein letzter Halt. Aber trotzdem...

Gut möglich, dass dieses Verhalten eine verdrehte Anwaltstaktik ist, die ich nicht verstehe. Will er mir Sicherheit bieten und anschließend auf den Zahn fühlen? Ein Verhör, wie bei einer Befragung im Zeugenstand, kann ich mir bei Christopher T. Markham durchaus vorstellen. Bisher habe ich eher seine weiche und verständnisvolle Seite kennengelernt. Doch Chris ist ein erfahrener Anwalt. Es wird sicher eine knallharte Markham-Version geben, die ich noch nicht kenne. Ganz bestimmt sogar.

„Nika …" Chris stockt. „Erzähl mir –"

Bevor er den Satz beenden kann, geht die Tür hinter uns auf. Wir drehen uns zeitgleich um und entdecken James-Dean Makaio, den Bagagist des Hotels, der mir vorhin so freundlich die Tür aufgehalten hat. Seinen, für einen Hawaiianer ungewöhnlichen Namen trägt er, weil seine Mutter ein eingefleischter James Dean Fan ist. In den Liegestühlen, die mit dem Rücken zur Tür stehen, sitzen wir geschützt, sodass er uns nicht sofort entdeckt. Der Junge hält drei Brieftaschen in den Händen und grinst breit und hocherfreut als wäre heute Weihnachten.

Was hat das zu bedeuten?

Was macht der stets freundliche James-Dean mit drei Brieftaschen? Wo hat er die her? Gefunden? Drei auf einmal? Das ist nur schwer vorstellbar.

In dem Moment, in dem er das Bargeld aus einer der Brieftaschen nimmt, räuspert Chris sich und macht auf sich aufmerksam.

James-Deans Blick schnellt nach oben und seine Hände wandern ruckartig, samt der Brieftaschen, hinter seinen Rücken.

Zu spät.

Verstecken nützt nichts.

Geflashed von dem, was ich gerade gesehen habe, klappt mir der Mund auf. Ist James-Dean ein Dieb? Das kann ich mir beim besten Willen nicht vorstellen. Das kann nicht sein. Aber das Bild vor mir sagt etwas anderes aus.

„Äh… hallo", stottert der ertappte Langfinger und tritt auf der Stelle. „Ich wusste nicht, dass schon jemand hier ist." Mit zögerlichen Schritten bewegt er sich rückwärts. Dabei lässt er Chris nicht aus den Augen. „Entschuldigt die Störung, am besten ich…"

„Stopp!" Der Mann neben mir ist auf den Beinen, bevor James-Dean sich aus dem Staub machen kann. „Was machst du hier?" Chris hält ihn an der bordeauxfarbenen Weste fest, die alle männlichen Angestellten des *Lailani Beach Hotels* tragen.

Ich kann an James-Deans Miene ablesen, wie er händeringend nach einer Antwort sucht.

„Äh… ich bin Bagagist… hinter mir ist der Gepäckraum. Ich habe einige Koffer gebracht und wollte… äh… über die Terrasse zum Strand."

Stille Wasser sind bekanntermaßen tief. Die Tatsache, dass der hilfsbereite Auszubildende nicht so brav und unschuldig ist, wie ich immer vermutet habe, muss ich erst mal verdauen. Normalerweise kann ich Menschen besser einschätzen.

„Gib mir die Brieftaschen." Chris Stimme klingt kalt und unnahbar. Also doch. Wie ich vermutet hatte, gibt es noch einen anderen Chris Markham, eine erbarmungslose Version.

Die beiden Männer scheinen mich völlig vergessen zu haben. Chris funkelt James-Dean an und der Junge versucht, nicht einzuknicken. Es wird ihm nicht gelingen. Da bin ich sicher.

„Warum? Es sind meine."

Selbstverständlich. Wer's glaubt.

„Ich möchte die Brieftaschen." Chris streckt die Hand aus. „Aber zackig."

Oh Gott, ich glaube, ich werde schwach. Der Tonfall und das Auftreten, kombiniert mit diesem Körper, der im Anzug eine unschlagbare Figur macht... wow! Wie soll eine Frau da keine weichen Knie bekommen?

Ich schweige und genieße. Was soll ich auch sonst tun?

„Erst Pierce und nun Sie, ich bin anscheinend vom Pech verfolgt." Mit den Worten reicht der Bagagist seinem verdutzten Gegenüber die Beute.

„Was hat Pierce damit zu tun?" Chris legt den Kopf schief. „Willst du behaupten, dass mein Freund weiß, dass du im Hotel die Gäste ausnimmst?" Beide Augenbrauen schießen in die Höhe, als ihn die Erkenntnis trifft.

„Nicht von Anfang an." James-Dean zuckt mit den Schultern. „Aber nachdem er mich erwischt hat schon."

Chris schweigt. Er runzelt die Stirn und wirkt angespannt, als würde er eine hochkomplizierte Matheaufgabe lösen.

„Du!", platzt es Sekunden später aus ihm heraus. „Du hast mir die Brieftasche gestohlen. Vor vier Wochen, als ich Pierce hier im Hotel besucht habe – am Anreisetag. Du hast mir das komplette Bargeld abgenommen."

Er lässt die Weste los und tritt entsetzt einen Schritt zurück. „Ich fasse es nicht. Du kleiner Scheißer hast mich beklaut und belogen."

James-Dean rollt mit den Augen. „Pierce hat Sie getäuscht, ich bin unschuldig. Ihr Freund hat behauptet, ich könnte das Bargeld behalten, wenn ich ihm Ihre Brieftasche zurückgebe." Der Junge vergräbt die Hände mit einer unschuldigen Geste in den Hosentaschen. „Was regen Sie sich eigentlich so auf? Sie haben sie doch zurückbekommen, oder nicht?"

Die Situation ist unfreiwillig komisch.

Ich muss ein Lachen unterdrücken. Unschuldig ist der gute James-Dean sicher nicht. Wenn der Hotelmanager von diesem Nebenverdienst erfährt, ist er seine Arbeit los. Ebenso die Chance, irgendwo auf der Insel einen neuen Job im Hotelgewerbe zu bekommen. Sollte sich das rumsprechen, kann er nur noch auswandern.

„Na warte", spricht Chris mehr zu sich selbst als zu uns. Oh-je. Ich möchte nicht in Pierce' Haut stecken, wenn er das nächste Mal auf seinen Freund trifft. Ich habe Pierce Huxley jun. vor vier Wochen nicht persönlich kennengelernt, aber ich weiß, dass die beiden Männer eng befreundet sind. Sonst hätte Chris nicht den weiten Weg von Chicago nach Hawaii auf sich genommen, um ihm zu helfen. Sie sind mehr als nur ehemalige Studienkollegen.

„Wieso beklaust du unsere Gäste?", nehme ich das Ruder in die Hand.

„Ich stehle nur das Bargeld. Die Brieftasche samt ID und Kreditkarten bekommen die Gäste zurück. Alles ganz easy", macht der Neunmalkluge einen auf cool.

Unfassbar.

„Nur das Bargeld zu nehmen, macht es keinen Deut besser", fahre ich meinen Arbeitskollegen an. „Hast du eine Vorstellung, was passiert, wenn Mr. Okalani davon Wind bekommt?" Der Hotelmanager ist streng und wird von allen Beschäftigten gefürchtet. Nur der Gast ist König im *Lailani Beach Hotel*, die Untergebenen müssen spuren. Als langjährige Angestellte habe ich schon den ein oder anderen unkontrollierten Wutausbruch miterlebt. Und meist wegen Kleinigkeiten. Zum Beispiel, wenn ein Gast sich über ein paar Körnchen Sand auf der Terrasse beschwert hat. Durch die Nähe zum Strand ist es unmöglich, die Terrasse durchgängig frei von Flugsand zu halten. Leider versteht Mr. Okalani das nicht.

„Er darf es eben niemals erfahren", sagt James-Dean mit einem Grinsen, wie es nur sorglose Teenager draufhaben.

„Du wirst damit aufhören", schaltet sich Chris in unsere Unterhaltung ein. „Du wirst keine weiteren Hotelgäste mehr beklauen und lediglich deine Arbeit erledigen."

James-Dean hört nicht auf zu grinsen. „Alles klar", kommt es ihm viel zu schnell über die Lippen. Der Junge lügt, und das nicht mal besonders gut.

Chris bemerkt es auch. „Lass mich raten... das gleiche hat Pierce von dir gefordert. Und du hast ihm, folgsam wie du bist, versprochen, das Stehlen in Zukunft zu unterlassen."

James-Deans Miene verändert sich, ein Seufzen kommt ihm über die Lippen. „Ja... aber..." Er schnauft und wendet sich ab. „Es ist nicht leicht. Wir brauchen das zusätzliche Geld. Honolulu ist ein teures Pflaster.

Das Leben auf einer Insel ist kostspielig. Dafür kann ich nichts. Es ist schwer."

Mitgefühl überkommt mich.

Ich habe Verständnis. Der Minderjährige hat, soviel ich weiß, eine kranke Mutter und muss helfen, die vierköpfige Familie über Wasser zu halten. Für einen Jungen, in seinem Alter, ist das eine schier unlösbare Aufgabe.

Und nun?

Das gleiche scheint auch Chris zu denken. Ein Haufen zwiespältiger Emotionen huschen ihm übers Gesicht, bevor er James-Dean die Brieftaschen zurückgibt. „Hier. Mach damit, was du immer machst." Er stockt und hält einen Moment inne. „Aber... mache es zum letzten Mal." Seine Stimme ist ernst und unnachgiebig. „Wenn ich dich erneut erwische, bin ich es, der dich zur Polizei schleppt und Anzeige erstattet. Verstanden?" Chris Tonfall ist mit jedem Wort schärfer geworden.

„Na sicher doch! Wenn Sie es sagen", fordert James-Dean sein Schicksal schlechtgelaunt heraus. Der Junge scheint es darauf anzulegen, in naher Zukunft Schiffbruch zu erleiden. Am liebsten würde ich ihn schütteln, damit er aufhört, sich freiwillig ins Unglück zu stürzen. Warum weiß er nicht, wann es genug ist?

Chris bleibt ruhig und besonnen. Regungslos steht er da und strahlt eine Ruhe aus, die mehr sagt als tausend Worte. Schon wieder werden mir die Knie weich. Dieses überlegene Ich-weiß-was-ich-tue-Gehabe gefällt mir. Es macht etwas mit meinem Inneren, lässt meine weibliche Seite schwach werden.

Auch James-Dean scheint die stille Überlegenheit zu spüren. Er steckt die Brieftaschen weg und nickt. Nicht sehr tief und ohne etwas zu sagen. Dass er plötzlich leicht blass um die Nase wirkt, entgeht mir nicht. Hoffentlich ist das ein gutes Zeichen. Ich wäre traurig, wenn Chris seine Drohung wahr machen müsste. Selbstverständlich würde ich es verstehen, aber trotzdem wäre es herzzerreißend. Der Junge hat etwas Besseres verdient als eine Anzeige, die weitreichende Folgen für sein gesamtes Leben und seine Familie nach sich zieht.

Lauter als nötig räuspere ich mich. Die Stille spannt sich an. Es ist Zeit weiterzumachen. Womit auch immer.

„Hast du ein Zimmer hier im Hotel gebucht?", frage ich Chris, um irgendetwas zu sagen. James-Dean und seine verstockte Miene ignoriere ich.

„Ja. Für eine Nacht. Morgen fliege ich zurück."

„Gut, in dem Fall solltest du vielleicht jetzt einchecken. Ich begleite dich, dann können wir im Anschluss endlich reden." Warum schlage ich das vor? Will ich überhaupt reden? Es ist deutlich einfacher über James-Deans Fehler zu philosophieren als über meine. Gleich werde wieder ich im Mittelpunkt stehen. Wie unangenehm. Der Tag weist für meinen Geschmack einige Höhen und Tiefen zu viel auf.

Chris wirft dem mies dreinblickenden Bagagist einen letzten Blick zu, danach wendet er sich ab, geht durch die Tür und schnappt sich seinen Handgepäckkoffer, den er eben dort abgestellt hat.

Die Zeit der Offenbarung beginnt.

Ich folge ihm. Aber nicht ohne lange und ausgiebig zu seufzen. Warum sitze ich nicht bei Bitsy im Pausenraum? Wir könnten Tee trinken und überlegen, welche

Möglichkeiten sich mir bieten meinen Alltag und die Schwangerschaft zukünftig in den Griff zu bekommen. Wie ich meine Freundin kenne, hätte sie tausend und einen Vorschlag, um mir das Leben zu erleichtern. Bitsys Glas ist stets halbvoll.

Gemächlichen Schrittes folge ich dem Mann, den ich gerne besser kennen würde. Er flucht leise vor sich hin und schüttelt auf dem Weg zur Rezeption hin und wieder den Kopf. Missbilligung liegt in der Luft. Mein Bauchgefühl sagt mir, dass er sich nicht über mich echauffiert. Mich und den Grund, warum er diese Reise auf sich genommen hat, scheint er nahezu vergessen zu haben. Die Gelegenheit wäre günstig, sich aus dem Staub zu machen.

Nein! Den Gedanken weise ich von mir, kaum dass ich ihn zu Ende gedacht habe. Chris ist extra hergeflogen. Nur weil ich ihm in einem unbedachten Moment diese Postkarte geschrieben habe. Er verdient ein klärendes Gespräch.

Ich habe Durst, großen Durst. Meine Zunge ist trocken und mein Hals auch. Wann habe ich zuletzt etwas getrunken? Da ich nüchtern in der Abtreibungsklinik erscheinen musste, wundert mich das pelzige Gefühl in meinem Mund nicht. In meinem Magen sieht es kaum besser aus. Dort herrscht gähnende Leere.

Ich brauche dringend einen Tee.

Wo steckt nur Bitsy?

Verdammt.

Minuten später bekommt Chris die Schlüsselkarte für das Zimmer gereicht und geht schnurstracks zu den Aufzügen. Da er bereits hier war, kennt er sich im Hotel aus. Es stört mich, dass er sich nicht zu mir umdreht, sondern voraussetzt, dass ich ihm wie ein Hündchen hinterherdackele. Hat mich seine tonangebende und machtvolle Ausstrahlung eben noch in Schlabbermasse verwandelt, ist sie jetzt nur noch nervig. Ich unterdrücke einen Seufzer. Schluss! Heute habe ich oft genug geseufzt, es ist Zeit, damit aufzuhören. Dadurch wird nichts leichter.

„Es ist nicht zu fassen, dass Pierce mich im Ungewissen gelassen hat. Sogar mein Bargeld hat der Mistkerl dem Jungen zugesprochen, wenn ich das richtig verstanden habe." Chris steigt ein, als die Fahrstuhltüren sich öffnen. Ich folge ihm, enthalte mich aber jeden Kommentars. Seinem Freund Pierce bin ich noch nie begegnet. Außerdem habe ich weiß Gott andere Sorgen als Chris' Bargeld, welches er vor vier Wochen verloren hat.

Ich. Bin. Schwanger.

Der Gedanke fühlt sich ungewohnt an. Bestimmt werde ich ihn öfter denken müssen, um ihn vollends zu begreifen.

„Sobald ich zurück in Chicago bin, werde ich meinen lieben Freund zur Rechenschaft ziehen. Was für ein verlogener Mistkerl. Diese Show hat er mit voller Absicht abgezogen. Zu seinem Vergnügen. Na warte! Bei nächster Gelegenheit werde ich mich rächen."

Ich schweige und versuche meinen trockenen Mund anzufeuchten, indem ich die Zunge in die Backe schiebe. Vielleicht war es doch keine gute Idee Chris auf sein Zimmer begleiten zu wollen. Jetzt gerade fühlt es sich falsch an.

„Chris?", versuche ich seine Aufmerksamkeit auf mich zu lenken. „Vermutlich ist es schlauer, du gehst erst mal allein auf dein Zimmer und rufst deinen Freund an. Verschaffe dir Klarheit. Wir können uns später treffen. Wenn du möchtest, essen wir zusammen zu Abend. Hier im Hotelrestaurant." Eine gute Idee, wie ich finde. „Wir machen jetzt eine Zeit aus, oder du meldest dich auf meinem Handy, wenn du alles geklärt hast. Ich verspreche auch dran zu gehen." Das kleine Lächeln, das die Worte begleitet, kommt automatisch.

Chris wendet sich mir zu und… durchbohrt mich mit seinem Blick. Es scheint als würde ihm meine Anwesenheit erst jetzt richtig bewusst werden.

„Nein! Ganz sicher nicht. Wie kommst du auf so einen Blödsinn?" Sein Kiefer malt und auch die Ader auf seiner Stirn beginnt zu pochen.

Ich zucke mit den Schultern und rede Klartext. „Mein Gefühl sagt mir, dass du lieber deinen Freund anrufen und ihn zerreißen möchtest als mit mir zu reden."

„Dein Gefühl ist Mist." Chris Augenbrauen ziehen sich zusammen und er hält einen Moment inne. „Du liegst falsch. Völlig falsch."

Ach ja? Liege ich das wirklich? Das Schlucken fällt mir schwer. Warum ist meine Kehle so ausgedörrt? „Ich habe Durst", sage ich, obwohl ich besser etwas anderes von mir gegeben hätte.

Chris Miene entkrampft sich, wirkt sogar eine Spur besorgt. „Ich auch. Sobald wir oben sind trinken wir etwas."

Wie es in angespannten Aufzugsituationen üblich ist, dauert die Fahrt ewig. Dass wir uns gegenseitig anstarren, macht es nicht besser. Die zehnte Etage scheint im

Himmel zu liegen. Mein Begleiter schweigt, seine Aufmerksamkeit liegt auf mir. Hat er mich eben nicht beachtet, so lässt er mich jetzt nicht aus den Augen. Ich sollte aufhören, die akrobatischen Tänzchen mit der Zunge aufzuführen. Das sieht höchstwahrscheinlich ziemlich bescheuert aus. Außerdem verschwindet das trockene und pelzige Gefühl davon nicht.

Kaum im Zimmer angelangt, geht Chris an den Kühlschrank der Minibar und holt eine winzige Flasche Wasser heraus. Er hat eine Suite mit Vollausstattung gebucht. Da sie einen Balkon zur Strandseite hat, ist sie meiner Ansicht nach die schönste im ganzen Hotel. Chris hatte Glück, sie zu bekommen.

„Hier."

Bevor ich Stopp rufen kann, hat er den Deckel abgedreht und das Siegel am Verschluss gebrochen. „Zu spät. Jetzt werden dir fünf Dollar in Rechnung gestellt."

Chris wirkt verwundert. „Du hast gesagt, du hast Durst." Er reicht mir das Fläschchen und nimmt sich ebenfalls eins. „Hat sich das geändert?"

„Nein. Natürlich nicht." Da die Flasche schon offen ist, kann ich sie auch trinken. „Ich könnte den Inhalt eines kompletten Wassertanks hinunterstürzen, so durstig bin ich." Kaum an die Lippen gesetzt, ist die Flasche auch schon leer. Zu wenig, aber trotzdem gut. „Danke. Das habe ich gebraucht."

Ich will Chris die leere Flasche reichen, da gibt er mir im Austausch eine neue. „Hier. Nimm." Auch dieses Siegel ist gebrochen. „Chris. Du kannst doch nicht so viel Geld für Wasser verschwenden."

„Wer sagt das?“ Er kippt den Inhalt seiner Flasche in einem Zug hinunter und nimmt sich eine neue. Die Dinger sind wahrlich winzig.

Will er mir etwas demonstrieren? Dass er Unmengen an Geld hat, weiß ich bereits.

„Setz dich doch bitte auf den Balkon oder die Couch, wo du es am bequemsten hast. Ich bestelle uns kurz etwas zu essen und mehr zu trinken und danach komme ich zu dir.“

Da ich unglaublich froh bin, dass Chris das Ruder in die Hand nimmt, tue ich wie mir geheißen. Ich gehe auf den Balkon und genieße für einen Moment die Ruhe. Anschließend lasse ich mich auf einen der Stühle sinken, der neben einem kleinen Tischchen steht.

Ich war schon oft in dieser Suite, aber nie, um hier zu sitzen und die atemberaubende Aussicht zu genießen. Es fühlt sich komisch an, nicht darauf zu achten, dass alles gerade und im richtigen Winkel zum Tisch steht. Von dem Sand unter meinen Füßen ganz zu schweigen. Es ist nicht viel. Trotzdem möchte ich meinen Kolleginnen nicht mehr Arbeit als nötig bereiten. Unzählige Gäste hinterlassen die Hotelzimmer in einem entsetzlichen Zustand.

4

Chris

Ich verhalte mich wie ein Idiot. Mal wieder. Da fliege ich extra nach Hawaii, um mit Nika über die Schwangerschaft zu reden und habe nichts Besseres zu tun, als mich über den kleinen Taschendieb zu ärgern und Pierce gedanklich zur Schnecke zu machen, weil er mich, seinen besten Freund, an der Nase herumgeführt hat.

Mein Rückflug geht in vierundzwanzig Stunden. Ich sollte also schleunigst anfangen meine Prioritäten zu überdenken. Mit dem unverschämten Grünschnabel kann ich mich später beschäftigen.

Nachdem ich etwas zu essen und zu trinken beim Zimmerservice bestellt habe, schnappe ich mir das letzte Fläschchen Wasser aus dem Minikühlschrank und gehe auf den Balkon.

Bitte... volle Konzentration, Christopher! Versau es nicht.

Ich reiche Nika das Getränk und rechne schon mit einem Protest, aber es kommt keiner. Die wunderschöne Hawaiianerin lächelt mich lediglich an, öffnet die Flasche und leert auch diese in einem Zug.

Sofort ärgere ich mich, dass ich nicht mehr habe. Sie scheint völlig verdurstet zu sein. Leider sind nur noch die Spirituosen aus der Minibar übrig. Und da Nika schwanger ist... Alkohol ist keine Option.

Wir werden uns beide gedulden müssen, bis der Zimmerservice Nachschub bringt.

Mit einem Seufzen setze ich mich zu ihr an den Tisch. „Bitte entschuldige. Ich hätte mich von James-Dean nicht ablenken lassen dürfen. Schließlich bin ich wegen etwas anderem hergekommen."

Nika wendet sich mir nicht zu, sondern sieht weiter geradeaus. „Ist nicht schlimm", sagt sie und knibbelt an dem Flaschenetikett.

„Also...", fange ich an und weiß nicht weiter.

„Du bist nicht der Vater."

Oh! Das ging schnell.

Eine direkte Antwort auf eine Frage, die ich nicht mal gestellt habe.

Was nun? Bin ich erleichtert? Enttäuscht? Mein Kopf ist leer und meine Gefühle scheinen sich nicht auf eine Emotion einigen zu können. Verrückt.

„Wusstest du es? Als wir miteinander geschlafen haben, vor vier Wochen, wusstest du es da schon?"

Nikas Blick schnellt zu mir. In ihren Augen stehen Empörung und Wut. „Nein. Und ich wollte dir das Kind auch nicht unterschieben. So etwas mache ich nicht." Sie wendet sich ab, weicht meinem Blick aus. „Die Postkarte habe ich in einem unbedachten Moment geschrieben. Entschuldige. Es war ein Hilferuf. Ein dummer und sehr unüberlegter Hilferuf, wie ich im Nachhinein feststellen muss. Mehr nicht. Entschuldige, vielmals. Du musst mich nicht unterstützen oder dich um mich kümmern. Ich schaffe alles allein." Ihre Stimme bricht beim letzten Satz.

„Okay.“

„Meine Freundin Bitsy wird mir helfen. Sie weiß immer eine Lösung. Ich komme irgendwie klar“, erklärt sie, bevor sie die Nase hochzieht.

„Okay.“ Ich lasse die Schwangere nicht aus den Augen, würde sie zu gerne in den Arm nehmen. Aber im Moment ist es besser, wir halten Abstand und führen die überfällige Unterhaltung zu Ende.

„Wenn ich die Postkarte zurücknehmen könnte, würde ich es tun. Du bist den weiten Weg hergeflogen... für nichts. Bitte entschuldige“, wiederholt sie sich zum gefühlt hundertsten Mal.

„Für nichts, würde ich nicht behaupten.“ Mein Charme fließt in das Lächeln, mit dem ich sie bedenke. „Ich durfte dich küssen. Das allein rechtfertigt den Weg.“

Nika schüttelt den Kopf. Aber ich sehe ein winziges Schmunzeln aufblitzen. Sie ist nicht immun gegen meinen Charme.

„Wer ist der Vater?“, wage ich den Sprung ins kalte Wasser.

„Du kennst ihn nicht.“

Die Tatsache ist wenig verwunderlich, da ich aus Chicago komme und niemanden auf der Insel näher kenne. „Weiß er von dem Baby?“

Nika antwortet nicht sofort. Sie sieht auf die Flasche in ihren Händen, danach in die Ferne und anschließend zu Boden.

„Ja.“ Die Schöne hebt den Blick und lehnt sich zurück. „Wir haben uns getrennt, einige Tage, bevor du hier Urlaub gemacht hast. Letzte Woche, als ich die Postkarte

längst abgeschickt hatte, habe ich ihm von der ungewollten Schwangerschaft erzählt. Ich dachte, es wäre
richtig, da er der Vater ist. Paulo hat es nicht gut aufgenommen."

„Okay", antworte ich erneut und denke mir meinen
Teil. Sehr wortgewandt bin ich heute nicht. Warum
sage ich ständig okay?

„Er hat von mir eine Abtreibung verlangt, mir sogar
den Termin in der Klinik gemacht."

„Wie bitte?" Ich traue meinen Ohren nicht. Welcher
Mann verlangt von einer Frau, sich gegen ihr Kind zu
entscheiden? Schauderhaft. Kaum zu glauben. Eine solche Entscheidung sollte nicht leichtfertig oder überstürzt getroffen werden.

„Zwischen Paulo und mir ist es schwierig. Immer
schon. Nachdem wir uns getrennt haben und bevor ich
den Schwangerschaftstest gemacht habe, dachte ich,
ich wäre ihn für immer los und bräuchte mir keine Sorgen mehr zu machen. Aber jetzt... jetzt hoffe ich, dass er
nie davon erfährt, dass ich mich anders entschieden
und die Abtreibung abgeblasen habe."

Moment. Habe ich mich verhört?

Nikas vorsichtig ausgesprochenen Worte und das
Stocken lassen darauf schließen, dass dieser Paulo ein
übler Bursche ist.

„Ich möchte das kurz wiederholen, damit ich nichts
falsch verstehe. Du hast mit Paulo Schluss gemacht, ihr
habt euch getrennt. Kurz darauf kam ich, ein wunder-
voller Anwalt mit einem atemberaubenden Körper und
unwiderstehlichem Charme auf die Insel, um Urlaub
zu machen. Du hast mich gesehen und schwupps..." Ein
Räuspern kommt mir über die Lippen. „Hier kürze ich

ab, wir wissen schließlich beide, was passiert ist", sage ich mit einem Zwinkern. „Nach den nicht jugendfreien Aktivitäten, bin ich nach Chicago zurückgeflogen und habe vier Wochen später Post von dir bekommen. So war's. Richtig?"

„Ja", antwortet Nika und lächelt. „Ich hatte keine Chance, dir zu entkommen." Sie deutet auf meinen Körper, der von einem viel zu warmen Anzug verdeckt ist. Warum habe ich das Ding noch nicht ausgezogen? Zumindest das Jackett hätte ich ablegen können. Besser, ich warte noch einen Moment. Die Schweißflecken unter meinen Armen möchte ich niemandem zumuten. Hawaiianische Temperaturen sind nichts für Anzugträger.

„Richtig", stelle ich klar. „Du hattest keine Chance. Nicht die geringste. Mein Körper ist ein verdammter Magnet."

Die Wunderschöne rollt mit den Augen. „Zu viel Chris. Zu viel Süßholz."

„Okay. Okay", wiegele ich ab und freu mich, dass Nika nicht mehr ganz so niedergeschlagen dreinblickt. Zumindest konnte ich sie mit meinem Gerede aufheitern.

Es klopft an der Tür.

Bevor Nika es tun kann, springe ich auf. „Bleib sitzen! Das ist der Zimmerservice. Ich bin gleich zurück."

Der Tisch auf dem Balkon ist nicht groß, trotzdem fahre ich das Wägelchen nach draußen, kaum dass der Kellner verschwunden ist. „Ich wusste nicht, was du möchtest, deshalb habe ich von allem etwas bestellt. Und ein großes frisches Wasser." Ich deute auf die Flasche, die in einem Sektkübel kalt steht.

„Du hast Essen bestellt?“ Nika nimmt die Flasche und gießt uns beiden ein Glas ein.

„Yep. Mein Magen könnte eine Kleinigkeit vertragen. Und deiner…?“ Ich setze mich zu ihr. „Wenn es stimmt, dass du gerade aus der Klinik kommst, dann hast du höchstwahrscheinlich gestern zum letzten Mal gegessen.“

„Gut geschlussfolgert, Herr Anwalt. Ich bin nicht nur durstig, ich habe auch einen Bärenhunger.“

Ein wohliges Kribbeln rinnt mir über die Haut. „Ich steh drauf, wenn du mich Herr Anwalt nennst.“ Die Frau macht mich verrückt und stellt mich auf die Probe. Alles zugleich.

Ist es verwerflich, in diesem Moment an Sex zu denken? Seit vier Wochen haben wir uns nicht gesehen. Nichts würde ich lieber tun, als sie in das Bett zu bringen, das nur wenige Meter entfernt steht und sie zu verwöhnen. Aber Nika ist schwanger und durcheinander, außerdem bin ich kein Schuft. Ich weiß mich zu benehmen und meine Lust unter Kontrolle zu halten. Meistens jedenfalls.

Einen Moment essen wir schweigend. Nika wirkt ausgehungert. Sie hat schon zweimal nachgenommen. Zum Glück bin ich auf die Idee mit dem Zimmerservice gekommen.

„Du beobachtest mich. Habe ich einen verschmierten Mund?“ Mit einer schnellen Bewegung wischt sie sich übers Kinn.

„Nein.“

„Weshalb schaust du mich dann so prüfend an?“

„Ich warte auf den richtigen Moment.“

Nika hält inne, hört sogar auf zu kauen. „Welchen Moment?"

Ich seufze und wünschte, ich müsste nicht nachhaken. „Ich bin noch nicht fertig mit meiner Befragung. Wollte aber warten, bis du zu Ende gegessen hast."

Ihre eben noch entspannte Miene verändert sich. Sie schluckt und legt die Gabel weg. „Es gibt nichts weiter zu bereden oder zu klären. Du bist nicht der Vater meines Babys." Sie weicht meinem Blick aus.

„Das sehe ich anders. Ich möchte mehr über diesen Paulo wissen. Was ist er für ein Typ? Wird er dir Probleme bereiten? Du hast gesagt, dass er die Abtreibung von dir verlangt hat. Welcher Mann macht so etwas?" Einen Moment halte ich inne. „Ich werde nicht abreisen, bevor ich mehr über diesen Hornochsen in Erfahrung gebracht habe."

Nika will etwas sagen, aber ich stoppe sie, indem ich die Hand hebe. Ich bin noch nicht fertig.

„Selbstverständlich hast du Bitsy an deiner Seite. Das ist toll und ich freue mich, dass eine Freundin dich unterstützt und zu dir hält. Aber trotzdem kann ich nicht abreisen, solange ich nicht sicher bin, dass alles in Ordnung kommt." Leider stimmt meine Aussage nicht ganz. Ich muss morgen abreisen, sonst gibt es gewaltigen Ärger in der Kanzlei. Aber das heißt nicht, dass ich Nika nicht helfen kann.

„Ob alles in Ordnung kommt, weiß ich nicht", fängt sie an und wirkt plötzlich ein wenig blass. „Ich hoffe es, aber eine Garantie gibt es nicht. Die gibt es nie. Das Leben hält immer Überraschungen für uns bereit."

Sie hat recht. Es abzustreiten wäre falsch. „Erzähl mir von diesem Paulo. Wie ist sein Nachname und was

macht er beruflich." Unter Umständen überschreite ich
eine Grenze, indem ich sie danach frage. Aber Nika liegt
mir am Herzen. Ein Hilfsbedürfnis wie dieses habe ich
noch nie verspürt, es verwirrt mich. Für gewöhnlich
empfinde ich nicht so für die Frauen, mit denen ich
flirte und mich vergnüge. Wir haben eine Zeit lang
Spaß und anschließend geht jeder seiner Wege. Bisher
hat das prima funktioniert.

Diesmal ist es anders. Mit Nika ist es anders.

„Er heißt Paulo Kaipo. Wir sind zusammen zur Schule
gegangen."

Ob ich sie nach dem Geburtsdatum von dieser Flach-
pfeife fragen kann? Es würde die Recherche enorm erleichtern.

*Abwarten Chris. Nicht ungeduldig werden. Alles zu
seiner Zeit.*

„Paulo war mein erster Freund. Mein erster überhaupt." Nikas Wangen färben sich leicht rot. „Wir haben über die Jahre hinweg das volle Schulprogramm
durchlaufen. Willst-du-mit-mir-gehen-Briefchen,
Händchen halten, scheue Küsse auf dem Schulhof und
später eine schnelle Nummer auf dem Rücksitz seines
Wagens."

Die erste große Liebe also.

Was ich höre, stimmt mich nachdenklich. Da ich Nika
nicht unterbrechen will, warte ich, bis sie weiterredet.
Keine Frau sollte ihr erstes Mal auf der Rückbank eines
Autos erleben. Sie gehört geehrt und geachtet. Auch
wenn mein Ruf als Schürzenjäger sagenumwoben ist,
behandele ich die Frauen, die sich mit mir einlassen,
stets außerordentlich. Jede ist einzigartig – etwas Besonderes.

„Paulo stammt aus einer angesehenen Familie, deren Reichtum beachtlich ist“, fährt sie fort. „Seine Eltern haben von uns Wind bekommen und ihn gezwungen, mich fallenzulassen.“ Ein bitteres Lachen ertönt. „Ich wusste damals nicht, dass ich Paulos Geheimnis war. Als ahnungsloser Teenager habe ich natürlich gedacht, die Welt geht unter. Nach der Trennung war mein Herz in tausend Scherben zerbrochen.“ Sie schüttelt, offenbar über sich selbst entsetzt, den Kopf. „Wir haben uns danach viele Jahre nicht gesehen. Paulo stammt von der Insel, ist aber für ein Studium nach San Francisco gegangen. Ich habe ihn letztes Jahr, während eines Meetings im Tagungsraum des *Lailani Beach Hotels*, wiedergetroffen. Einige Kellner hatten sich einen Magen-Darm-Virus eingefangen, weswegen das Zimmerpersonal aushelfen musste. Kaum hatte ich ihm den ersten Kaffee serviert, erkannte er mich.“ Nika zuckt mit den Schultern. „Natürlich hat er an dem Tag einen Kaffee nach dem anderen geordert und mich am Abend zum Essen eingeladen.“

Mir wird flau im Magen

„Hört sich an wie ein gefühlvoller Liebesroman“, sage ich und räuspere mich. „Da ihr euch getrennt habt, geht die Geschichte sicherlich nicht so romantisch weiter.“ Ich lege meine Hand auf Nikas, da ich das Gefühl habe, dass sie ein wenig Unterstützung gebrauchen kann.

„Ja. Jetzt kommt der unschöne Teil.“

Vorausschauend wappne ich mich, für das, was da kommt. Mein Beschützerinstinkt, der stets für das schwache Geschlecht schlägt, ist bereits in Alarmbereitschaft. „Erzähl es mir“, fordere ich sie auf.

Nika seufzt. „Paulo war nicht mehr der liebevolle Teenager aus Schulzeiten, der mich an erste Stelle setzt. Nein. Falsch. Er hat mich an erste Stelle gesetzt, aber auf andere Art und Weise.“

„Wie darf ich das verstehen?“ Mein Blutdruck steigt merklich an und das üble Gefühl im Magen nimmt mehr und mehr zu.

„Er wollte mich. Immer. Bevor ich zur Arbeit musste, nachdem ich von der Arbeit kam und zwischendurch ebenfalls. Sobald er in der Nähe des Hotels war, wollte er die Mittagspause mit mir verbringen. Er hat mich und meine freie Zeit völlig in Beschlag genommen.“ Nika stockt. Es fällt ihr anscheinend schwer weiterzusprechen. „Meine Beschreibungen hören sich vermutlich seltsam an. Leider weiß ich nicht, wie ich es besser erklären soll. Meist wollte er ein heimliches Schäferstündchen abhalten. Wenn ich keine Lust hatte, war er auch mit meiner Gesellschaft zufrieden. In solchen Situationen haben wir uns Anekdoten aus der Schulzeit erzählt und darüber gelacht.“

„Was ist dann passiert?“, frage ich und lasse die letzten Worte unkommentiert.

„Ich fühlte mich eingeengt in unserer Beziehung und habe erkannt, dass der Paulo von früher nichts mit dem Paulo von heute gemein hatte. Ob seine angesehene Familie über die Jahre hinweg Einfluss auf ihn ausgeübt hat oder ob er sich im Studium verändert hat, kann ich nicht sagen. Jedenfalls war seine Einstellung zu Frauen plötzlich eine andere.“ Nika greift nach dem Wasser und trinkt einen Schluck. Ihre Hand lasse ich nicht los. „Als ich von einer aufmerksamen Kollegin erfahren habe, dass ich nur das Zimmermädchen bin, mit dem er sich zwischendurch vergnügt, weil seine Zukünftige nicht ständig parat steht, sobald dem werten Herrn die Lust überkommt, habe ich Schluss gemacht."

„Gut." Ich atme aus und gönne mir danach ebenfalls einen Schluck Wasser. „Du hast dich richtig entschieden."

Nika bestätigt die Aussage mit einem Nicken. „Ich weiß. Trotzdem bin ich von ihm schwanger und muss mir überlegen, wie es weitergeht."

„Das mag sein." Ich tätschele ihre Hand. „Aber mit Bitsy und mir an deiner Seite wirst du es schaffen. Und sollte dieser Kaipo dir Probleme bereiten, kommst du zu deinem Anwalt Christopher T. Markham, der eine genaue Vorstellung davon hat, wie er ihn fix und fertig machen kann."

Nikas Augen füllen sich mit Tränen. „Du redest über Bitsy, dabei kennst du sie doch gar nicht."

„Ich finde sie schon jetzt sympathisch", antworte ich mit einem breiten Grinsen. „Bei meinem nächsten Besuch, der hoffentlich länger als achtundvierzig Stunden dauert, solltest du sie mir vorstellen."

Die Bemerkung entlockt der Wunderschönen ein Lächeln. „Mach ich. Gerne."

„Wie war noch mal das Geburtsdatum von diesem Paulo Kaipo, geboren auf O'ahu?" Ich kratze mich nachdenklich am Kinn, als hätte ich es vergessen.

„Chris!"

„Was? Ich möchte ein bisschen nachforschen. Es kann nie schaden sich auf die verschiedenen Eventualitäten vorzubereiten. Schließlich habe ich dir gerade meine uneingeschränkte Hilfe angeboten."

Nika rollt mit den Augen, verrät mir aber, was ich wissen will. Mit dem Geburtsdatum in der Tasche fühle ich mich gleich wohler. Mal sehen, was sich ausgraben lässt. Sobald ich im Büro eine freie Minute habe, werde ich der Sache nachgehen.

„Und jetzt?" Sie sieht mich mit erwartungsvollem Blick an. Die Tränen sind verschwunden, auch ihr Tonfall klingt fröhlicher.

„Keine Ahnung. Mein Flug geht morgen gegen Mittag. Bis dahin können wir tun und lassen, was wir wollen. Ich gehöre ganz dir."

5
Nika

Es ist mir schwer gefallen, Chris nach Chicago zurückfliegen zu lassen. Wir haben den restlichen Montag und den halben Dienstag zusammen verbracht. Es war genauso schön und harmonisch wie vor vier Wochen als er auf O'ahu spontan Urlaub gemacht hat.

Bevor der Shuttle ihn zum Flughafen gefahren hat, hat er mir versprochen, sich in den nächsten Tagen zu melden. Diesmal wirklich.

Im Gegenzug habe ich ihm versichert, an mein Handy zu gehen und von Postkarten jeglicher Art abzusehen.

Wie schön, dass Chris auf die Idee gekommen ist, herzufliegen. Obwohl es sicherlich Grund genug gibt, hat er nichts bereut oder mir mein Handeln übelgenommen. Er war mir einfach ein guter Freund. Bisher haben sich nur wenige Menschen mir gegenüber so verständnisvoll und besorgt verhalten. Bitsy ist eine davon.

Ich bin gerade auf dem Weg zu ihr. Da ich den Rest der Woche Urlaub habe und meine Kollegin und Freundin meist um diese Uhrzeit Pause macht, habe ich beschlossen, zum *Lailani Beach Hotel* zu fahren und ihr Gesellschaft zu leisten. Bitsy muss unbedingt erfahren, dass ich beschlossen habe, Mutter zu werden. Ich bin gespannt auf ihre Reaktion. Sie wird vor Freude ausflippen.

Ich komme nicht viel weiter als gestern, als Chris mich, im Eingang steckend, abgefangen hat.

„Wanika!", höre ich eine mir bekannte aber wenig geliebte Stimme. Meine Füße kommen vor Schreck von allein zum Stehen. Am liebsten würde ich schnurstracks weitermarschieren und in den Räumen, die ausschließlich dem Personal vorbehalten sind, verschwinden. Untertauchen und meine Probleme ignorieren. Ein schöner Gedanke.

Was macht Paulo hier? Und warum sucht er nach mir?

Ich drehe mich mit einem unguten Gefühl im Magen herum und mustere seine Erscheinung. „Paulo." Mehr sage ich nicht. Mein Exfreund scheint beruflich unterwegs zu sein, denn die Freizeitkleidung, die er für gewöhnlich trägt, wenn er mich besuchen kommt, hat er im Schrank gelassen. Sein durchtrainierter und überdurchschnittlich großer Körper steckt in einem Anzug, der dem von Chris sehr ähnlich ist. Das Hemd steht offen, auf eine Krawatte hat er verzichtet. Die schwarzen Haare sind nach hinten gekämmt und sein Kinn zieren ein paar Bartstoppeln, die ihm außergewöhnlich gut stehen. Paulo Kaipo ist ein schöner Mann. Daran ist nicht zu rütteln.

Seine Miene lässt darauf schließen, dass seine Stimmung nicht die beste ist. Ob er weiß, dass ich den Abtreibungstermin habe sausen lassen? Es hat fast den Anschein. Wie konnte er das in der Kürze der Zeit herausfinden?

„Kann ich mit dir reden." Eine Ader an seiner Schläfe pocht. Kein gutes Zeichen. „Es ist wichtig." Als hätte er es eilig, sieht er auf seine Uhr.

„Natürlich." Fieberhaft überlege ich, wie ich am besten mit der Situation umgehen soll. Mit meinem Ex allein in einem Raum zu sein, ist das Letzte, was ich will. Zu dumm, dass Chris bereits abgereist ist. Jetzt hätte ich ihn gerne an meiner Seite gewusst.

„Wir können uns in die Lobby setzen." Ich deute auf die Sitzgruppe mit den Sesseln, die gerade frei geworden ist. Dort sind wir wenigstens nicht allein. Der Concierge kann uns sehen und Mr. Okalani steht ebenfalls in Sichtweite hinter der Anmeldung. Das gibt mir ein sicheres Gefühl. Der Hotelmanager kann zum wilden Teufel mutieren, wenn er gereizt wird oder seine Angestellten sich nicht vorbildhaft benehmen. Eine unschöne Szene wird er vor den Gästen nicht dulden. Dass ich mich privat im Hotel aufhalte, tut dabei nichts zur Sache.

Bevor Paulo etwas anderes vorschlagen kann, gehe ich voraus und nehme auf dem ersten Sessel Platz. Ich schlage die Beine übereinander und unterdrücke den Drang die Hand auf meinen Bauch zu legen. Es gibt keinen Grund, mein Geheimnis durch eine unbedachte Geste zu verraten. Unter Umständen ist Paulo nur hier, um zu fragen, wie es mir nach der Abtreibung geht. Ein solch fürsorgliches Verhalten wäre zwar untypisch, aber durchaus möglich.

„Was machst du hier?", fange ich an, kaum dass er sich gesetzt hat. Mein Tonfall ist neutral.

„Ich habe gehofft, dich hier anzutreffen. Du gehst nie an dein Handy und antwortest auch nicht auf Textnachrichten."

Ups.

„Entschuldige. Du bist nicht der erste, der mich darauf aufmerksam macht", sage ich und fühle mich ertappt. „In Zukunft werde ich mich bessern." Unauffällig atme ich aus und versuche meinen Herzschlag im Zaum zu halten. Womöglich will Paulo mir gar keinen Ärger machen. Verdammte Zwickmühle. Was mache ich, wenn er mich direkt nach der Abtreibung fragt? Kann ich ihn anschwindeln? Mit meinem Gewissen lässt sich eine Lüge nur schwer vereinbaren. Außerdem müsste ich in dem Fall allein über die Runden kommen. Mein erster Gedanke, Paulo alles zu verheimlichen, ist bei näherer Betrachtung nicht ausgereift.

Sollte mein Ex die Vaterschaft anerkennen, müsste er zumindest für sein Kind Unterhalt zahlen. In meiner Situation wäre das nicht das Schlechteste. Wer weiß, bis zum wievielten Monat ich den Job als Zimmermädchen ausüben kann. Es ist körperlich anstrengende Arbeit, die ich nicht unterschätzen sollte. Außerdem sind meine finanziellen Reserven überschaubar. Im Grunde kann ich es mir nicht leisten, Hilfe abzulehnen.

„Was ist so wichtig, dass du in deiner heiligen Mittagspause herkommst?" Angriff ist die beste Verteidigung.

„Was so wichtig ist?" Die Ader an seiner Schläfe pocht heftiger und verhöhnt mich.

Mein kurzeitiges Oberwasser sinkt schneller als mir lieb ist.

Er weiß es.

Paulo weiß, dass ich die Abtreibung nicht habe machen lassen. Ich sehe es ihm an. „Es tut mir leid.“ Kaum ausgesprochen, frage ich mich, warum ich das gesagt habe. Es tut mir gar nichts leid. Es ist allein meine Entscheidung das Kind zu behalten.

„Die Klinik hat bei mir angerufen und gefragt, wohin sie die geänderte Rechnung schicken sollen. Da wir uns gegen eine Abtreibung entschieden haben, müssen wir nicht die kompletten Kosten übernehmen, sondern nur einen Anteil für den nicht wahrgenommenen Termin bezahlen.“

Bitte?

„Wir?“ Meine Wut steigt sprunghaft an. „Ich sollte die Kosten alleine tragen“, sage ich viel zu laut. „Hast du das vergessen? Deine Zukünftige könnte Wind davon bekommen, sollte eine Buchung auf der Kreditkarte auftauchen, waren deine Worte.“ Ich hätte Paulos Namen bei der Terminvergabe niemals erwähnen dürfen. Aber ich musste einen Ansprechpartner samt Adresse für den Notfall hinterlegen. Hätte ich doch Bitsys Kontaktdaten genommen. Hinterher ist man immer schlauer. Jetzt habe ich den Salat. Ich hätte es besser wissen müssen.

„Stimmt.“ Paulo fühlt sich eindeutig unwohl. Er sieht sich um und überprüft, ob wir Aufmerksamkeit auf uns ziehen. „Aber da du die Sache, ohne meine Zustimmung, abgeblasen hast, werde ich mich an den Kosten nicht beteiligen. An nichts.“ Er schnaubt. „Es sei denn, du machst einen neuen Termin und ziehst es durch. In dem Fall komme ich für alles auf. Zeit haben wir noch. Die Schwangerschaft kann immer noch abgebrochen werden. Ich würde dir das Geld in bar geben. Die komplette Summe."

Auf einmal?

Idiot!

„Nein." Niemals. Ich bin mir hundertprozentig sicher. Ich will das Baby. Alle Zweifel, die ich jemals gehabt habe, sind verschwunden. Wie habe ich überhaupt über eine Abtreibung nachdenken können? Dass Paulo mich drängt, mir sogar Bargeld anbietet, verstärkt den Wunsch, mein Kind zu behalten und es vor ihm zu beschützen. „Ich werde dieses Baby zur Welt bringen. Am besten du beichtest die Tatsache deiner Zukünftigen. Du wirst Vater. Herzlichen Glückwunsch."

„NEIN!", hebt Paulo seine Stimme. Seine Gesichtsfarbe wechselt in Windeseile ins erzürnte Rot.

Ich stehe auf und trete aus der Ecke heraus. Es ist an der Zeit, die Flucht zu ergreifen. „Mir egal. Mach, was du willst. Aber sei dir gewiss, dass ich Unterhalt verlangen werde, sobald ich Mutter bin." Den Beschluss habe ich gerade gefasst.

Ein Laut, der fassungslos klingt, entweicht meinem Ex. Seine Aufgebrachtheit erreicht einen neuen Höchststand. „Versuch es!"

Was denkt er sich? „Natürlich versuche ich es. Mein Anwalt steht längst bereit", kontere ich und fühle mich stark. Stärker als gut für mich ist.

„Wer's glaubt." Paulo erhebt sich, richtet die Ärmel und knöpft sich das Jackett zu. Seine Miene behält den überlegenen Ausdruck bei.

„Sein Name ist Christopher T. Markham, Strafverteidiger aus Chicago. Du kannst es überprüfen." Ich gönne mir ein Lächeln. Die Worte kommen mir flüssig und selbstsicher über die Lippen. „Oder – noch besser. Am besten rufst du in der Kanzlei in Chicago an. Mein Rechtsanwalt wird sich sicher freuen von dir zu hören." Selbstverständlich übertreibe ich maßlos. Hoffentlich meldet Paulo sich nicht wirklich im Anwaltsbüro. Chris hat mir zwar versprochen mich zu unterstützen, aber ich kenne ihn erst seit ein paar Wochen. Unter Umständen hat er das nicht ernst gemeint, als er mir seine uneingeschränkte Hilfe angeboten hat.

Paulos Miene verändert sich, wird fragend und ein wenig argwöhnisch. Er traut mir nicht über den Weg.

„Was willst du mit einem Strafverteidiger, wenn es um Unterhaltszahlungen geht?" Obwohl der Besserwisser eine selbstsichere Haltung eingenommen hat und seine Worte kein bisschen stocken, kaufe ich ihm die Gelassenheit nicht ab. Ich sitze am längeren Hebel und er weiß das. Ein gutes Gefühl.

Wenn er meine Krallen sehen will – gerne jetzt.

„Fordere mich heraus und ich werde mich zu wehren wissen. Ein DNA-Test wird nach der Geburt beweisen, dass du der Vater bist. Und sobald deine geschätzte Familie – die mich, warum auch immer, nicht leiden kann – eine offizielle Bestätigung in den Händen hält, wirst du sehen, was du von deiner Gegenwehr hast. Dann fliegt dein Geheimnis auf. Den Kampf kannst du nicht gewinnen."

„Drohst du mir?" Er packt mich am Arm und hält mich fest. Sein Gesicht kommt meinem ganz nah.

„Ich sage nur wie es ist." Meine Stimme hat ihre Überzeugung verloren. Ein mulmiges Gefühl macht sich breit. Die Bedrohung und Kraft, die von ihm ausgehen, sind deutlich zu spüren. Im Nu bekomme ich eine Gänsehaut.

„Ich könnte dir etwas antun. Schon mal darüber nachgedacht? Es besteht immer die Gefahr, bei einem Fahrradunfall zu Schaden zu kommen. Vor allem, wenn eine Person so viel mit dem Rad unterwegs ist wie du. Womöglich verlierst du das Kind bei einem Sturz und niemand erfährt, wer der Vater ist. Ende. Aus.“

Gütiger Gott! Was für ein furchtbarer Gedanke.

Paulo ruckt an meinem Arm. Es tut weh, aber ich lasse mir nichts anmerken.

Ein solches Schreckensszenario will ich mir nicht vorstellen. Grenzenloses Entsetzen überkommt mich. Hat er das wirklich gesagt? Welcher Mensch prophezeit etwas so Grausames? Ein solch skrupelloses Verhalten kann unmöglich sein Plan sein.

Nein. Niemals.

Mein Schweigen ist laut, so geschockt bin ich. Das auch im Nachhinein eine DNA-Analyse gemacht werden kann, erwähne ich lieber nicht. Der Bogen ist längst überspannt. An so etwas Schlimmes, wie einen Verkehrsunfall, will ich nicht im Traum denken. Da ich jeden Tag mit dem Fahrrad zur Arbeit komme, hat Paulo ganz bewusst diesen Punkt angesprochen. Er weiß das und will mich verunsichern, mir Angst machen.

Es ist ihm gelungen. Ich habe ihn unterschätzt. Muss ich von nun an um mein Leben und das meines ungeborenen Kindes fürchten?

Wie habe ich jemals denken können, dass ich mit diesem Mann eine Beziehung führen könnte? Von dem netten Teenager, in den ich mich vor vielen Jahren verliebt habe, ist nicht mehr viel übrig. Wer ist Paulo Kaipo geworden? Warum droht er mir? Hat seine Familie, mit den merkwürdigen Ansichten, das aus ihm gemacht? Ich weiß es nicht und will es auch gar nicht näher erforschen. Früher war er nicht so. Er stand immer unter dem Pantoffel seiner Eltern und hat bei dem kleinsten Wink gespurt. Aber dieses Verhalten... das ist neu. Paulos Mutter führt von jeher die Vorherschafft. Zumindest inoffiziell.

Besser ich verschwinde und schaffe Abstand. Zu allem...

Meine Gefühle und Emotionen überschlagen sich. Alles in mir drin ist durcheinander und in Aufruhr.

Ich muss nachdenken. Wenn mein Exfreund so daherredet, möchte ich mir unter keinen Umständen das Sorgerecht mit ihm teilen. Er scheint nicht zurechnungsfähig zu sein. Zu meinen wirren Gefühlen gesellen sich Angst und Sorge.

„Lass meinen Arm los." Paulo hält mich immer noch fest und sieht mir dabei in die Augen. „Das Gespräch ist beendet. Ich muss gehen." Meine Stimme ist laut und deutlich. Aus den Augenwinkeln sehe ich, wie der Concierge auf uns aufmerksam wird. Geschickt drehe und winde ich den Arm, aber Paulo hält ihn sicher wie in einem Schraubstock gefangen.

„Wir gehen vor die Tür. Da sind weniger Leute." Kaum ausgesprochen, zieht er mich erst hoch und anschließend hinter sich her. Mit aller Macht versuche ich die Fersen in den Boden zu stemmen, aber Paulo ist stark. Ich habe keine Chance.

Verdammt!

„Nein. Ich will nicht! Lass mich los!", beschwere ich mich und drehe den Kopf, in der Hoffnung Mr. Okalani zu entdecken. Warum steht der Hotelmanager des *Lailani Beach Hotels* nicht mehr hinter der Anmeldung? Wo ist er? Eben war er noch da. Auch der Concierge nimmt mein Rufen nicht wahr. Er diskutiert mit jemandem am Telefon und schaut nicht in meine Richtung.

So ein Mist.

Die Situation spitz sich zu.

Paulo hält meinen Körper vor seinen gedrückt und schiebt mich Schritt für Schritt in Richtung Ausgang. Kaum hat er uns durch die Drehtür gequetscht, steuert er nach links. Dort ist die Haltestelle für die Shuttlebusse.

Ich sehe … keinen Bus und keine Menschen. Wieso passiert das? Wo sind denn alle?

„Paulo, lass mich los, sonst rufe ich um Hilfe. Ich schreie …" Meinen Arm hat er noch nicht losgelassen, zudem sperrt mir sein brutaler Griff das Blut ab. Über den blauen Fleck, der mich dort erwarten wird, wenn er seine Hand wegnimmt, will ich gar nicht nachdenken. Mistkerl.

Mein Ex reagiert nicht auf meine Drohung. Ohne länger abzuwarten, fange ich an zu schreien. Unverzüglich. Ich zögere keine Sekunde, sondern lege aus voller Kraft los. Eine Frau muss sich zu helfen wissen.

Prompt spüre ich eine Handfläche auf meinem Mund. Sie erstickt jeden Ton. Und weil sein Zeigefinger direkt unter meiner Nase liegt, hindert er mich daran, Luft zu holen.

Ein Schaudern überkommt mich und Panik steigt auf.

Der Sauerstoff wird knapper. Ich schlucke, aber es hilft nicht. Ich ...

„Jetzt wirkst du schon viel kleinlauter." Zu meinem Glück rückt er seine Hand zurecht, sofort bekomme ich besser Luft. Dem Himmel sei Dank. Es ist nur ein kleiner Trost, denn schreien kann ich trotzdem nicht.

Ob ich ihn in die Hand beißen soll? Es wäre einen Versuch wert. Instinkte scheinen in mir zu erwachen, von denen ich nicht wusste, dass sie in mir schlummern.

„Ich will dir nichts tun", fährt Paulo beschwichtigend und mit ruhiger Stimme fort. „Aber meine Familie darf nie von dem Kind erfahren. Niemand darf das." Er schiebt mich weiter. Warum befindet sich heute kein einziger Tourist vor dem Hotel? Sonst ist immer irgendwas los. Bin ich vom Unglück verfolgt?

„Hmpf...", versuche ich vergeblich etwas zu sagen.

„Ich will dieses Kind nicht."

Oh Gott!

Was soll ich tun? Tränen treten mir in die Augen.

„Lassen Sie Wanika los! Aber ganz schnell!"

Die Stimme klingt fest und ist nah. Ich kenne sie. Ein Segen. Das ist James-Dean, der Bagagist. Der gute Junge. Gestern haben Chris und ich ihn verurteilt, weil er die Hotelgäste in regelmäßigen Abständen beklaut und heute rettet er mich hoffentlich aus dieser Notlage. Vor Erleichterung werden mir die Knie weich und ich sacke an Paulos Körper gedrückt nach unten. Als ich spüre, dass er nachfassen muss, lasse ich mich schwerer werden und hänge mein gesamtes Gewicht an seinen Arm. Dadurch verstärkt sich seine Umklammerung. Es schmerzt, aber es ist mir egal. In dem Arm habe ich sowieso kein Gefühl mehr.

„Hau ab, Bürschchen! Unsere Probleme gehen dich nichts an", höre ich Paulos gepresste Stimme gleich neben meinem Ohr. Er muss sich anstrengen, mich zu halten. Dass er einen Anzug trägt und dadurch in seinen Bewegungen eingeschränkt ist, macht es ihm nicht leichter.

James-Dean scheint von den Worten unbeeindruckt. Ich beobachte ihn, so gut es mit der Hand auf dem Mund und dem fixierten Nacken geht. Seelenruhig zieht er ein Handy aus der Tasche und schießt ein Foto von uns. Während er es betrachtet, verzieht sich sein Gesicht zu einem schadenfrohen Lächeln. Er nickt sich selbst zustimmend zu, hebt das Handy in einen anderen Winkel und drückt den Auslöser ein weiteres Mal. „Besser wir schießen noch eine zweite Aufnahme von der Seite. Sie wissen schon... damit die Polizei..."

Teufel!

Ich werde abrupt losgelassen und knalle, mit den Knien voran, auf die Betonplatte des Gehwegs. Aua.

„Du..." Paulo stürzt sich auf James-Dean und will nach ihm greifen. Aber der Langfinger ist geschickt. Er weicht aus und lässt das Mobiltelefon in seiner Hosentasche verschwinden, bevor mein Ex auch nur in die Nähe kommen kann. Obwohl mir beide Knie höllisch wehtun und ich wie gelähmt bin, möchte ich am liebsten applaudieren. Bravo.

James-Dean ist unglaublich schnell und raffiniert. Ein Künstler seines Fachs.

Im nächsten Moment packt Paulo den Jungen am Kragen und drängt ihn zurück. Hochrot im Gesicht.

„Etwas Derartiges würde ich an Ihrer Stelle nicht tun", belehrt der Bagagist Paulo mit ruhiger, fast schon gelangweilter Stimme. „Gerade ist der Shuttlebus um die Ecke gebogen. Was bedeutet, dass sich in weniger als einer Minute, eine ganze Wagenladung Touristen vor dem Hotel tummeln wird. Er deutet auf das Straßenschild neben ihm. „Wir befinden uns an der Touristikhaltestelle. Haben Sie das übersehen?"

Mein Exfreund lässt sich nicht beirren und hält James-Dean weiter am Schlafittchen gepackt. Wenn er ihm etwas zuflüstert, verstehe ich es von meinem Platz aus nicht.

Gerade als ich denke, dass James-Dean nur geblufft hat und es keinen rettenden Shuttlebus mit unzähligen Urlaubern gibt, höre ich ein paar Bremsen quietschen.

Unsere Rettung!

Die Touries sind da!

Paulo flucht, lässt James-Dean los und dreht sich zu mir um. Ich hocke immer noch auf dem Boden und weiß nicht, wie ich mit den lädierten Knien ohne Hilfe aufstehen soll. Die Haut scheint aufgeschlagen und brennt höllisch.

„Die Sache ist noch nicht vorbei, Wanika! Du hörst von mir."

Und dann ist er weg, noch bevor der Busfahrer die Türen öffnen kann.

6
Chris

Der Mittwoch zieht sich wie Kaugummi. Da ich eine Telefonkonferenz nach der anderen habe, vergeht die Zeit extrem langsam. Zwischendurch kommentiere ich für einen Kollegen, der mich um eine Stellungnahme gebeten hat, eine Anklageschrift und diktiere zwei Briefe für meine Assistentin. Danach widme ich mich der nächsten Akte auf meinem Schreibtisch. Gefühlt wird der Aktenberg stetig höher. Zum Glück haben meine Kollegen gut vorgearbeitet.

Die Tatsache, dass ich Montag nach Hawaii geflogen bin und schon Dienstag wieder zurückmusste, drückt zusätzlich auf meine Laune.

Diese paar Stunden mit Nika haben die Erinnerungen an den Urlaub auf O'ahu wieder aufleben lassen. Wir haben da angeknüpft, wo wir vor vier Wochen aufgehört haben. Am liebsten wäre ich länger als einen Tag geblieben. Kurztrips haben eben Vor- und Nachteile.

Ich vermisse die schöne Hawaiianerin und überlege, ob ich sie anrufen soll. Jetzt. Wie spät ist es auf Hawaii überhaupt? Verdammte Zeitverschiebung. Fünf Stunden sind viel.

Warum der Drang plötzlich so groß ist, Nikas Stimme zu hören, kann ich nicht nachvollziehen. Ich habe es schließlich vier Wochen lang ohne sie ausgehalten und sie nicht übermäßig vermisst. Wir haben am Montag den Tag zusammen verbracht, geredet, lecker gegessen und keinen Sex gehabt. Lediglich geküsst haben wir uns. Ziemlich oft sogar.

Es lag nicht daran, dass ich nicht mit ihr schlafen wollte oder an der Schwangerschaft. Ich möchte Nikas Zustand nicht ausnutzen und für weitere verwirrende Gefühle sorgen. Das wäre ihr gegenüber nicht fair. Schließlich ist mein Leben in Chicago und ihres auf Hawaii.

Das mit uns ist… keine Ahnung. Ein Sommerflirt? Nein. Eindeutig mehr als ein Flirt, bei dem es lediglich um Spaß geht. Aber eine Beziehung ist es auch nicht. Zudem ist Nika von einem anderen Mann schwanger. Sie ist sicher nicht auf der Suche nach etwas Festem. Irgendwann vielleicht, aber jetzt? Wohl kaum.

Außerdem bin ich nicht auf der Suche. Zumindest habe ich das bisher gedacht. Möglicherweise sollte ich meine Gepflogenheiten, was Dates mit wechselnden Frauen angeht, überdenken. Sich stets mit ein und derselben Frau zu treffen, könnte einen ganz eigenen Reiz entwickeln.

Oder auch nicht. Unter Umständen beeinflussen mich meine Erfahrungen mit der wunderschönen Hawaiianerin. Denn nur mit ihr, möchte ich mich öfter treffen. Die Möglichkeit besteht. Nika hat mir eindeutig den Kopf verdreht. Das ist sicher.

Ich kann nicht länger darüber nachdenken, da die Sprechanlage zu knistern beginnt. „Besuch für Sie, Mr. Markham", informiert mich Rachel, meine Assistentin. „Ich weiß, dass Sie beschäftigt sind und nicht gestört werden wollen, aber die junge Dame behauptet, es sei wichtig.“

Dame?

„Habe ich einen Termin übersehen?“ Mit einem Klick schließe ich das aktuelle Fenster, öffne den Kalender und vergewissere mich. Nein. Einen Eintrag kann ich nirgends ausmachen.

„Die Dame behauptet, Sie zu kennen. Sie ist ohne Termin gekommen.“

Merkwürdig. Typisch, dass Rachel, nur von einer *Dame* redet, anstatt mir den Namen der Besucherin mitzuteilen. Meine Assistentin ist ein besonderer Fall. Sie hat ein Problem mit Namen. Egal ob Vor- oder Zuname, die Gute kann sie sich nur schwer merken. Dabei hat sie die Fünfzig gerade erst überschritten und sollte nicht unter Vergesslichkeit leiden. Aus Angst, einen Namen, vor einem potenziellen Mandanten, zu verwechseln oder gar zu vergessen, redet sie meistens von Damen oder Herren im Allgemeinen. Diese Marotte hat schon zu einigen Schwierigkeiten in der Firma geführt.

„Schicken Sie die *Dame* herein“, weise ich sie mit ihren Worten an. Egal, was die Besucherin für ein Anliegen hat, es geht schneller, wenn ich mich persönlich bemühe und die Arbeit nicht auf Rachel abwälze. Da ich mich momentan eh mit Nebensächlichkeiten beschäftige und ständig an Nika denken muss, kommt die Ablenkung gerade recht. Endlich ist Schluss mit Grübeln.

Wenig später geht, nach einem Klopfen, die Bürotür auf. „Die Dame für Sie, Mr. Markham.“ Ich sollte mich glücklich schätzen, dass Rachel wenigstens meinen Nachnamen behalten kann. Den hat sie bisher noch nie vergessen. Dafür wiederholt sie ihn mindestens zwanzig Mal am Tag, bei jeder Gelegenheit. Diese Methode des Gehirnjoggings ist auch nicht besser.

Rachels Defizite und Marotten sind vergessen, als ich die Person hinter ihr entdecke.

Ach. Du. Meine. Güte.

Im ersten Moment verschlägt es mir die Sprache. Ich bin völlig von den Socken und weiß nicht, was ich sagen... oder denken soll. Wenn das keine Überraschung ist...

Was macht Nika 'Aulani in Chicago? Wieso ist sie hier? In meinem Büro? Hat das Schicksal womöglich seine Finger im Spiel? Habe ich mir nicht eben gewünscht, mit dieser Frau mehr als nur ein Date zu haben? Ist das ein Zeichen?

Stopp! Ich denke verrücktes Zeug. Ich bin weder gottesfürchtig noch glaube ich an Fügung oder die richtige Konstellation der Sterne.

„Mr. Markham...?" Rachel tritt auf mich zu und wirkt besorgt.

Steht mein Mund auf? Ein bisschen. Schnell klappe ich ihn zu, bevor ich mich weiter blamiere.

„Danke, Rachel. Ich übernehme jetzt." Die Worte richte ich an meine Assistentin, aber ansehen tue ich Nika. Sieht sie anders aus als gestern? Sie ist blasser und die Augenränder waren vor vierundzwanzig Stunden auch noch nicht da. Bestimmt hat sie die Nacht nicht geschlafen. Warum nur? In der Kombination mit ihrem Erscheinen hier in Chicago lässt mich das nichts Gutes erahnen. Hoffentlich ist nichts mit dem Baby.

Ihre Kleidung und das winzige Köfferchen, das sie dabei hat, sehen nicht nach plötzlichem Aufbruch aus.

Nika trägt eine Jeans, einen übergroßen rosafarbenen Strickpullover, dessen Ausschnitt ihr über die Schulter rutscht und einen Schal, der vermutlich selbst gestrickt ist – zumindest dem sonderbaren leicht löchrigen Aussehen nach. Keine Jacke.

Besorgt erhebe ich mich. Rachel, die immer noch in meinem Büro steht, scheuche ich mit einer Handbewegung zur Tür hinaus. Ihre Verwirrung und das Zögern kann ich nachvollziehen. Für gewöhnlich tragen unsere Mandanten keine Strickpullis oder bunte Schals. Bestimmt sind das Nikas Kleidungsstücke für den Winter. Da es auf Hawaii selbst im Dezember nie richtig kalt ist, wird Nikas Auswahl an Kleidung für andere Breitengrade höchstwahrscheinlich überschaubar sein.

„Aloha, Chris." Verlegen umklammert sie ihr Gepäck.

„Komm. Setz dich", fordere ich die Hawaiianerin auf. Ich deute auf den Besucherstuhl und warte, bis Rachel die Bürotür hinter sich geschlossen hat.

Endlich allein, gehe ich um den Schreibtisch herum und lehne mich an die Kante. Dabei lasse ich die Schöne, die vor mir Platz genommen hat, nicht aus den Augen. Am liebsten würde ich sie in die Arme ziehen und kräftig drücken. Aber ihr Gesichtsausdruck hält mich davon ab. Ihre Augen wirken traurig und ihr Blick deutet auf ein totales Gefühlschaos hin. Was ist seit gestern passiert? Es muss ein größeres Problem geben, wenn sie ohne Ankündigung vor meiner Tür auftaucht.

„Es tut mir leid, dass ich dich unerwartet überfalle", fängt Nika an, sich zu erklären. „Bestimmt musst du arbeiten und stehst unter Zeitdruck."

„Hast du das Baby verloren?“, platz es unkontrolliert aus mir heraus.

Super Chris! Du hast das Feingefühl eines Bulldozers.

„Was?“ Sie scheint von der Frage überrascht. „Nein.“ Sie schüttelt den Kopf. „Nein. Nein.“

Ich atme lange aus. „Entschuldige, das war mein erster Gedanke.“ Zaghaft lächele ich und fühle mich irgendwie erleichtert. Es gefällt mir, dass Nika schwanger ist. Ich kann sie mir gut mit einem Schwangerschaftsbauch vorstellen. Sie wird damit umwerfend aussehen. Gigantisch und wunderschön.

„Mit dem Baby ist alles in Ordnung.“ Sie reibt sich über die Augen und wirkt ungewöhnlich zerbrechlich. Bisher habe ich Nika nur als starke Frau erlebt. Die Version, die vor mir sitzt, kenne ich nicht.

„Und mit dir?“, frage ich besorgt. Irgendwas scheint seit gestern passiert zu sein. Etwas, das ihr gehörig zusetzt und für diese Trauermiene verantwortlich ist.

Nikas Schweigen bestätigt mein Misstrauen.

„Kann ich vielleicht ein Glas Wasser bekommen? Am Flughafen kostet eine winzige Flasche Wasser ein Vermögen.“

Am liebsten würde ich mich selbst Ohrfeigen. Wieso habe ich ihr noch nichts zu trinken angeboten? Wieso hat Rachel das nicht gleich zu Beginn getan? Wie nachlässig.

„Natürlich.“ Ich drehe mich zur Telefonanlage um, drücke den Knopf, der mich mit dem Vorzimmer verbindet und weise Rachel an, uns eine Auswahl an kalten Getränken zu bringen. Nachdem ich meine Assistentin gebeten habe, sich zu beeilen, wende ich mich wieder meinem Gast zu. Ihre in sich gekehrte Art gefällt mir nicht. Sie verunsichert mich und lässt Schlimmes befürchten.

„Du hast ein schönes Büro. Ziemlich groß." Ihr Blick schweift umher und bleibt einen Moment am Fenster hängen. Die Aussicht ist phänomenal, aber nicht das, worüber ich jetzt reden möchte.

„Nika." Ich stehe auf und fange an, herumzulaufen. „Warum bist du hier?", frage ich und versuche meine Unruhe in den Griff zu bekommen.

Sie schluckt und sieht zu mir hoch. „Bis zum Wochenende habe ich noch Urlaub."

„Das weiß ich." Nur wenig beruhigt, kehre ich zur Schreibtischkante zurück. „Du kommst mich aber nicht bloß zum Spaß in Chicago besuchen – unangekündigt. Irgendetwas ist passiert. Ich sehe es in deinen Augen."

„Stimmt", bestätigt sie nickend und atmet unnatürlich lange aus. „Paulo hat mich aufgesucht und mir gedroht…"

„Er hat was?", fahre ich dazwischen und lasse sie nicht ausreden. Am liebsten würde ich wieder durch mein Büro tigern. Aus Angst, eine Reaktion zu verpassen, lasse ich es bleiben.

„Mein Exfreund ist ins Hotel gekommen und hat mich… eingeschüchtert." Nika stockt und ringt um Fassung. „Zuvor habe ich ihn in die Enge getrieben und ihm gedroht, seiner Familie alles zu erzählen. Von dem Baby und uns. Sogar die Möglichkeit eines DNA-Test habe ich ihm unter die Nase gerieben. Das war dumm von mir. Ein Fehler."

Mir schwant nichts Gutes.

„Was hat er getan?" Mein Blick wandert über Nikas zierlichen Körper, aber ich sehe keine offensichtlichen Verletzungen. Es ist kaum zu glauben, was sie da erzählt.

„Er hat damit gedroht..." Nika holt Luft und atmet lange aus, danach sieht sie mir fest in die Augen. „Er hat damit gedroht, mir und dem Baby etwas anzutun. Paulo erwähnte einen Fahrradunfall, bei dem ich das Baby verlieren könnte." Hatte sie zuvor stockend gesprochen, so überschlagen sich ihre Worte jetzt.

Bitte?

Dieser Mistkerl.

Ich sehe rot. Dunkelrot.

Meine Atmung setzt kurz aus und ich spüre, wie das Blut in meinen Ohren zu rauschen anfängt, da mein Blutdruck sprunghaft ansteigt. Ich will etwas sagen, aber es kommt nichts aus meinem Mund. Der Schock über das Gesagte sitzt tief. Welcher Mann bedroht eine Frau und ihr ungeborenes Kind? Dieses Verhalten ist krankhaft und lässt sich mit nichts rechtfertigen.

„Nachdem James-Dean mich gerettet hat, war ich so verstört, dass ich unverzüglich meinen Koffer gepackt habe", fährt sie fort.

Moment! James-Dean hat sie gerettet?

„Was hat der Taschendieb damit zu tun?" Jetzt verstehe ich gar nichts mehr. Habe ich einen Teil der Unterhaltung verpasst?

Es klopft an der Tür und Rachel schiebt einen Wagen mit einer ansehnlichen Getränkeauswahl herein. Ich verfluche die Unterbrechung, bin aber auch froh, dass Nika endlich etwas zu trinken bekommt. Sie ist schwanger und sollte nicht dehydrieren.

„Was möchtest du?", frage ich und deute auf eine Apfelschorle.

„Wasser reicht vollkommen?" Sie lächelt mich an. Zum ersten Mal seit sie in mein Büro gekommen ist.

Natürlich weiß ich, warum sie schmunzelt. Die Situation ist der im Hotelzimmer sehr ähnlich.

Geschickt öffne ich eine Flasche, die nicht größer ist als die in der Minibar des *Lailani Beach Hotels*. „Hier. Trink so viel du willst. Halt dich nicht zurück. Wir haben kistenweise Wasser in der Kanzleiküche."

Aus dem vorsichtigen Lächeln wird ein Lachen. „Möglicherweise wird das unser Ding."

„Was?", frage ich verwirrt.

„Überteuertes Wasser aus zu kleinen Flaschen trinken."

Ich rolle mit den Augen, muss aber ebenfalls grinsen. Es freut mich, dass Nika ohne zu zögern nach einer zweiten Flasche verlangt.

Gerade hat sie den letzten Schluck getrunken, da kann ich mich nicht länger zurückhalten. „Also. Was ist mit James-Dean? Was hat der Junge gemacht?" Natürlich habe ich, kaum dass ich zurück in Chicago war, Pierce angerufen und ihn zur Schnecke gemacht. Der Mistkerl von einem Freund hat sich königlich über meine Unwissenheit amüsiert.

„Er hat mich gerettet." Nika reicht mir die leere Flasche und ich stelle sie zu der anderen auf dem Servierwagen. „Paulo hat mich gepackt und mich festgehalten. Dabei hat er mir wehgetan", kommt es leise über ihre Lippen. „James-Dean hat zum Beweis alles fotografiert und ihn verscheucht." Sie sieht von ihren Fingern hoch, die sie in den Schoß gelegt hat. „Der Junge kennt keine Angst. Sehr beeindruckend.“

Ich lasse das Gesagte einen Moment sacken. Der Langfinger scheint einen interessanten Charakter zu besitzen. Gut, dass er noch nicht wegen Diebstahl verhaftet worden ist.

„Wie hat Paulo dir wehgetan? Bist du schlimm verletzt?“ Erneut lasse ich meinen Blick über ihren Körper wandern. Aber immer noch fällt mir nichts auf.

Nika schüttelt den Kopf. „Nein. Nicht wirklich. Ich habe nur Angst, Paulo könnte seine Drohung von dem Unfall schneller wahrmachen als mir lieb ist. Er scheint, seit er von dem Baby weiß, unberechenbar.“ Sie zuckt mit den Schultern. „Und da ich eh Urlaub habe, habe ich die Flucht nach vorn angetreten. Zu dir.“

Ihr Blick findet meinen.

„Gut. Dein Verhalten war richtig.“ Gott sei Dank habe ich ihr damals meine Visitenkarte mit der Büroadresse gegeben.

„Womöglich sollte ich noch erwähnen, dass die Wahrscheinlichkeit groß ist, dass Paulo in der Kanzlei anruft. Er denkt du wärst mein Anwalt.“

Interessant.

„Ich *bin* dein Anwalt“, verdeutliche ich ihr die Tatsache und wische alle Zweifel weg. „Mein Versprechen war kein leeres. Wir überlegen uns etwas.“ Ich trete vor ihren Stuhl und sehe auf sie runter. „Du gehst erst zurück, wenn es sicher für dich und dein Baby ist.“

„Meinen Urlaub kann ich nicht verlängern“, protestiert mein Besuch. „Montag muss ich zurück im Hotel sein. Ich habe die Frühschicht.“

Meine Hände greifen nach ihren und ziehen sie vom Stuhl hoch. Nika wirkt ungelenk und verzieht das Gesicht als bereite ihr die Bewegung Schmerzen.

„Was ist?", frage ich voller Sorge.

„Meine Knie." Sie lächelt gezwungen. „Die enge Hose ist wenig förderlich. Aber ein Sommerkleid ist bei den frostigen Temperaturen in Chicago nicht drin."

„Was ist mit deinen Knien?" Erneut kocht Zorn in mir hoch. Am liebsten würde ich...

„Ich habe sie mir aufgeschlagen, als Paulo mich zu Boden gestoßen hat."

„Wie bitte?" Mein Entsetzen ist groß.

„Ist halb so wild. Nur ein Bluterguss und ein bisschen abgeschürfte Haut. Nichts, was nicht in ein paar Tagen wieder verheilt ist."

Es gefällt mir nicht – widerstrebt mir sogar –, trotzdem lasse ich die Worte unkommentiert stehen und ziehe sie in meine Arme. Endlich. Wenn Nika glaubt, ich lasse sie am Montag allein und ohne Schutz zurück nach Hawaii fliegen, dann hat sie sich geschnitten.

Bisher habe ich noch nicht nach einem Paulo Kaipo aus O'ahu geforscht. Aber sollte Nika in den nächsten Tagen bei mir in Chicago bleiben, kann ich in Ruhe ein paar Fäden ziehen und diesem Mistkerl auf den Zahn fühlen.

7
Nika

In Chris' Armen zu liegen ist alles, was ich brauche. Ich lasse mich halten und genieße seine Hand, die mal wieder über meinen Rücken streicht. Sofort schmerzen meine Knie weniger. Bei der liebevollen Behandlung vergesse ich sogar den kratzigen Schal, den ich ganz unten in meinem Kleiderschrank gefunden habe und der mir auf dem Weg zu Chris' Büro gute Dienste geleistet hat. Er ist das Ergebnis eines wenig erfolgreichen Strickkurses, den ich vor Jahren belegt habe. Alle im Kurs haben Topflappen oder Deckchen gestrickt, nur ich wollte mich unbedingt an einem zwei Meter langen Schal versuchen. Etwas, das erstens für eine Anfängerin ein zu großes Projekt ist und zweitens total unsinnig, wenn man in einem Land lebt, in dem das ganze Jahr über sommerliche Temperaturen herrschen.

Froh, mit meinem Besuch die richtige Entscheidung getroffen zu haben, atme ich Chris' Duft ein, der von seinem Hemd und ihm ausgeht – und löse mich. Nicht, dass ich noch ein paar Tränen verdrücke, weil die Situation so heimelig ist. Die Hormonumstellung, die mir vorausgesagt wurde, scheint bereits in vollem Gange zu sein. So emotional, wie ich mich in den letzten Tagen aufgeführt habe, führe ich mich sonst nicht auf.

Kaum habe ich etwas Abstand zwischen uns gebracht, da hebt Chris mit dem Finger mein Kinn und küsst mich. Seine Lippen treffen auf meine und verschmelzen, als wären wir ein unzertrennliches Paar. Ich lasse alle Gefühle und Emotionen zu und erwidere den Kuss so leidenschaftlich, wie Chris ihn begonnen hat. Er ist geschickt und es dauert nicht lang, bis mir die Knie weich werden. In seinen Armen zu liegen, ist toll, aber sich von ihm küssen zu lassen, ist um ein Vielfaches schöner. Wenn es nach mir geht, können wir das noch ein Weilchen länger machen.

Ein rauschendes Knacken ist zu hören. Anschließend eine Stimme. Sie scheint zu Chris' Assistentin zu gehören und aus dem Lautsprecher auf seinem Schreibtisch zu kommen.

„Mr. Markham, ich möchte Sie daran erinnern, dass Sie in zehn Minuten eine Telefonkonferenz haben", tönt die Stimme blechern durch das Büro.

Der Mann, in dessen Armen ich liege, seufzt, noch bevor er mich loslässt.

Ich muss ungewollt schmunzeln. „So schlimm?"

„Jetzt, wo du hier bist schon." Er sieht mich mit seinen dunkelbraunen Augen – die herausfordernd funkeln – an und küsst meine Nasenspitze. „Ist das dein einziges Gepäck?" Mit der Hand deutet er zur Tür, neben der ich meinen Koffer abgestellt habe.

„Ja. Ich bleibe schließlich nur ein paar Tage. Montag..."

„... hast du Frühschicht. Das habe ich verstanden." Chris lächelt und streicht mir über die Wange, als könnte er seine Finger nicht davon abhalten.

„Du hast hoffentlich kein Hotel gebucht."

„Nein. Ich dachte…“

„Gut gedacht. In meiner Wohnung ist genügend Platz.“ Er löst sich weiter und bringt mehr Abstand zwischen uns. „Lass mich nur schnell diese überaus lästige Konferenz hinter mich bringen und dann gehen wir.“

„Wohin?“, frage ich verwundert.

„Zu mir. Du musst mir haarklein erzählen, was vorgefallen ist. Jedes Detail. Mich interessieren vor allem die Fotos, die James-Dean aufgenommen hat. Außerdem habe ich nach der Besprechung Mittagspause. Wir können zusammen essen gehen, bevor ich dir mein Appartement zeige.“ Die frische Energie, die von ihm ausgeht, ist spürbar. Er freut sich sichtlich darauf, mit mir Zeit zu verbringen.

Wie gut, dass ich mich getraut habe, nach Chicago zu fliegen und diesen Schritt zu wagen. Chris hätte auf meinen überraschenden Besuch auch anders reagieren können. Zum Glück ist es weniger kompliziert als erwartet.

Als ich Stunden später satt, zufrieden und hundemüde Chris‘ Appartement betrete, bin ich fast zu erschöpft, um angemessene Bewunderung zu empfinden. Aber nur fast, denn das Appartement ist alles andere als hässlich. Es ist wunderschön und zeugt von Charakter. Ob Chris es allein eingerichtet hat? Nein, bestimmt beauftragt ein Mann wie er dafür einen Innenausstatter.

Die Decken sind hoch, die Fenster sind lang und schmal und lassen viel Licht herein. Bis auf ein paar graue Akzente sind sämtliche Wände weiß getüncht.

Aber das Highlight dieser exklusiven Bleibe ist natürlich die Aussicht. Eine riesige Fensterfront lässt den Blick auf Chicago frei. Das Appartement befindet sich im fünfundzwanzigsten Stockwerk, weswegen der Betrachter unglaublich weit gucken kann. Es gibt so viel zu sehen und die Fußgänger auf der Straße wirken winzig klein. Natürlich hat Honolulu ebenfalls Wolkenkratzer, das *Lailani Beach Hotel* ist auch nicht gerade flach gebaut. Aber für gewöhnlich wohne ich nicht in einem dieser Häuser.

Ich verzichte darauf, die anderen Zimmer zu erkunden, wenn ich hier stehen und das Panorama genießen darf.

„Die Aussicht ist der Grund, warum ich das Appartement gekauft habe", klärt Chris mich ungefragt auf und stellt sich hinter mich. Im nächsten Moment umschlingen mich starke Arme. „Ist sie nicht wunderschön?", fragt er und streichelt mir über die Unterarme. „Warte bis morgen früh, wenn die Sonne aufgeht. Danach möchtest du hier nicht mehr weg."

„Du hast diese luxuriöse Wohnung gekauft?" Sie muss ein kleines Vermögen gekostet haben.

„Ja. Ich wollte nicht, dass ich irgendwann ausziehen muss, weil der Besitzer wechselt oder er mit mir als Mieter nicht länger zufrieden ist."

„Und wenn du beruflich umziehen musst?", denke ich laut. „Du bist ein junger Anwalt. Kann es da nicht sein, dass deine Karriere dich zwingt, woanders hinzugehen? Hetzt ihr nicht ständig den attraktivsten Fällen hinterher?"

Meine Frage scheint ihn zu belustigen. Ich höre ein Glucksen und spüre, wie er mit den Schultern zuckt.

„Nein, nicht wirklich. Aber sollte sich etwas Lukratives ergeben, dass ich nicht ablehnen kann, werde ich das Appartement vermieten." Er bewegt sich hinter mir. „Doch das passiert nicht. Ich möchte nicht weg aus Chicago. So gut kann das Jobangebot nicht sein, dass ich die Stadt dafür verlassen würde. Ich liebe Chicago." Mit den Worten drückt er mich an sich.

Chris scheint genau zu wissen, was er will. Das ist viel wert. Davon würde ich mir gerne eine Scheibe abschneiden.

„Ich liebe O'ahu ebenfalls." Meinen Kopf lasse ich nach hinten sinken. Es ist schön, einfach dazustehen und die ruhige Stimmung wirken zu lassen. „Ich bin dort geboren und könnte mir nicht vorstellen, woanders zu leben."

Augenblicklich verändert sich etwas zwischen uns. Ich spüre es und bin mir sicher, dass Chris es auch wahrnimmt. Egal wohin unsere Freundschaft uns führt, wir sind beide fest verwurzelt. Er in Chicago und ich auf Hawaii. Etwas, dass sich wie Traurigkeit und Enttäuschung anfühlt, keimt in mir auf. Die unterschiedlichen Zeitzonen in denen wir leben, sind keine guten Voraussetzungen, um einer ungewissen Beziehung eine Chance zu geben.

Wovon träumst du, Nika? Chris steht auf heiße Urlaubsflirts, feste Beziehungen sind nicht sein Ding. Das hat er dir selbst erzählt. Er ist ein guter Freund. Er ist nett und er mag dich, mehr nicht.

„Darf ich mir deine Knie ansehen?", durchbricht Chris meine Gedanken und löst sich von mir. „Ich möchte wissen, warum du wie ein Pinguin watschelst."

Wie bitte? Möchte er mit der Bemerkung die Stimmung aufheitern oder meint er das ernst? Die plötzliche Traurigkeit ist wie weggeblasen.

Empört schnelle ich herum. „Ich watschele nicht wie ein Pinguin“, stelle ich fest. Was denkt er sich? Frechheit.

„Doch tust du. Und ich möchte wissen, wie schlimm deine Verletzung wirklich ist.“ Er küsst meine Nasenspitze, lächelt und wendet sich ab.

„Es ist nicht der Rede wert“, sage ich und setze ihm im gemächlichen Tempo nach. Vielleicht kann ich nicht schnell laufen, aber ich watschele trotzdem nicht. Ein Pinguinwatscheln sieht völlig anders aus. Ob er auf dem Weg ins Badezimmer oder Schlafzimmer ist, weiß ich nicht. „Bitsy hat mich noch im Hotel verbunden“, rufe ich ihm hinterher.

„Bitsy also?“ Chris dreht sich zu mir um und spricht den Namen mit einem humorvollen Feixen aus. „Diese Powerfrau muss ich unbedingt kennenlernen, wenn ich das nächste Mal auf Oʻahu bin. Sie scheint wahre Wunder bewirken zu können.“

„Darauf kannst du einen lassen. Bitsy ist die Beste“, antworte ich und bemerke, dass wir in einem Schlafzimmer angekommen sind, das für eine Person viel zu groß ist.

„Setz dich, bitte.“ Er deutet auf die Matratze und geht durch eine angrenzende Tür. Höchstwahrscheinlich das Badezimmer.

Ich tue wie mir geheißen. Nicht unbedingt, weil ich mich von Chris verarzten lassen will, sondern weil ich, seit ich das wunderbare Bett gesehen habe, unendlich müde bin. In Hawaii ist es bereits mitten in der Nacht.

Wen wundert es da, dass ich kurz vorm Einschlafen stehe.

Die Matratze federt angenehm nach, kaum dass mein Hintern sie berührt. Der Härtegrad scheint genau nach meinem Geschmack zu sein. Nicht zu hart, aber auch nicht zu weich. Ein Traum. Gerade will ich mich nach hinten fallen lassen und vollends in der Bequemlichkeit versinken, da kommt Chris zurück.

„Nicht hinlegen und einschlafen, Nika. Bis ich fertig bin." Er sagt es mit einem verständnisvollen Lächeln auf den Lippen. Natürlich hat er meine Sehnsucht vorausgeahnt.

„Du kannst dir meine Knie auch im Liegen anschauen", versuche ich mein Glück. Zu gerne möchte ich mich lang ausstrecken und die Augen für einen Moment schließen. Ein verlockender Gedanke.

Chris überlegt einen Moment. „Okay. Zieh die Hose aus und rutsch ans Kopfende. Mach es dir bequem." Das Letzte kommt ihm mit einem sexy Grummeln über die Lippen. Sofort schlägt mein Innerstes Purzelbäume. Wird dieses Doktorspielchen mit einer heißen Nummer enden? Hoffentlich.

In Windeseile habe ich mich der Jeans entledigt und mein Haupt auf Chris' Kopfkissen gebettet. Wie zu erwarten war, ist auch das Kissen ein Traum.

Herzlich gern würde ich die Augen auflassen, aber es geht nicht. Die Müdigkeit übermannt mich mit aller Macht.

Mit aufsteigender Erregung sehe ich auf die Verbände an Nikas Knien. Die Tatsache, dass ein Pflaster bei einem harmlosen Sturz nicht ausgereicht hat, erschreckt mich. Wie schlimm ist ihre Verletzung wirklich? Zumindest sehen die Verbände aus, als wären sie fachmännisch angelegt. Diese Bitsy scheint mehr als eine Superkraft zu besitzen. Ich freu mich für Nika, dass sie eine so gute Freundin hat. Zumindest ein kleiner Trost bei all dem Ärger mit ihrem Ex.

Nachdenklich sehe ich auf den Erste-Hilfe-Kasten in meiner Hand und stelle ihn auf die Matratze. Zuerst müssen die Verbände runter, sonst lässt sich nicht feststellen, ob Bitsy so schlau war, eine antiseptische Salbe aufzutragen.

Ich wühle in dem Kasten, bis ich eine Schere gefunden habe. Anschließend schneide ich den ersten Knieverband ab. „Hast du noch andere Abschürfungen? Vielleicht am Ellenbogen?" Wegen des dicken Pullis kann ich nur Vermutungen anstellen.

„Nein", antwortet Nika, ohne die Augen zu öffnen. „Nur ein blauer Fleck am linken Oberarm." Ich halte inne, schüttele den Kopf und sammele mich einen Moment.

Nicht aufregen! Bleib ruhig, Chris!

Eins nach dem anderen. Erst die Knie, danach der Rest.

„Die Wunden sehen gut aus", informiere ich die Schöne in meinem Bett, als ich auch den zweiten Verband gelöst habe. Bitsy scheint tatsächlich eine jodhaltige Salbe verwendet zu haben. Die orangefarbene Färbung um die Wunde herum deutet darauf hin. Nicht das kleinste bisschen Dreck ist auszumachen, wie es bei solchen Abschürfungen oft der Fall ist. Offensichtlich hat Bitsy die Wunde sogar gereinigt. Alles top.

Für mich gibt es nichts zu tun. Damit Nika morgen besser laufen kann, klebe ich auf jedes Knie ein Wundpflaster, anstatt neue Verbände anzulegen. Das ist bequemer und bietet unter der Jeans weniger Raum zum Scheuern.

Als ich die Schere und die übrigen Pflaster zurück in den Verbandskasten packe, höre ich ein Schlafgeräusch. Es ist kein direktes Schnarchen, eher ein niedliches Seufzen, das mir sagt, dass Nika fest eingeschlummert ist.

Die Arme scheint ziemlich fertig zu sein. Ich hole eine Decke aus dem Wohnzimmer und breite sie über ihr aus. Da sie auf der Tagesdecke eingeschlafen ist und ich sie nicht wecken will, muss das dünne Plaid vorerst ausreichen. Bevor ich das Schlafzimmer verlasse, streiche ich ihr eine Haarsträhne aus dem Gesicht und gebe ihr einen Kuss auf die Stirn. Ein Glücksgefühl steigt in mir auf.

Ich bin merkwürdig zufrieden.

Nika ist hier, bei mir in Chicago, für den Rest der Woche. Demnach haben wir genügend Zeit und können in den nächsten Tagen über alles weitere sprechen. Wir könnten sogar einen Plan für die Zukunft schmieden.

Da es noch früh am Abend ist, werde ich meine Recherche zu Paulo Kaipo am besten sofort auf den Weg bringen. Nika braucht mich gerade nicht, also ist die Gelegenheit günstig. Doch bevor ich mich selbst bemühe und zu stöbern beginne, werde ich Pierce anrufen. Er hat mich im letzten Jahr so häufig um einen Gefallen gebeten, dass jetzt der Zeitpunkt gekommen ist, um seine Hilfe in Anspruch zu nehmen. Wenn jemand über unendlich viele Ressourcen in der Informationsbeschaffung verfügt, dann ist das Pierce Gifford Huxley jun.

8

Chris

Es ist kurz vor Mitternacht, da höre ich ein Geräusch und spüre eine Bewegung hinter mir. Ich schließe erst das Fenster und anschließend den Laptop, danach drehe ich mich um. Obwohl meine Suche noch nicht von großem Erfolg gekrönt ist, habe ich doch schon einiges über Nikas Exfreund in Erfahrung bringen können.

Nika gähnt und sieht mich wunderbar verschlafen an. „Wie spät ist es?" Sie hat sich in die dünne Decke im Burritostil um den Körper gewickelt. Die sonnenverwöhnten Hawaiianer sind eben keine winterlichen Temperaturen gewöhnt.

Bei ihrem Anblick muss ich einfach lächeln. Es gefällt mir, dass sie bei mir ist und es gefällt mir ebenfalls, dass sie in meinem Bett geschlafen hat.

„Hey", sage ich und sehe sie ein zweites Mal gähnen.

„Kommst du auch irgendwann ins Bett?" Sie tritt vor, sodass ich sie von meinem Schreibtischstuhl aus umschlingen kann. Meine Hände wandern erst auf ihren Rücken und anschließend auf ihren Po. Sogar meine Nase ist dicht vor ihren Brüsten. Wenn die Decke nicht wäre...

Das Blut schießt mir in tiefere Gefilde und lässt mich Seufzen. „Möchtest du denn, dass ich zu dir ins Bett komme?" Die Frage klingt scheinheilig, aber wir wissen beide, dass sie es nicht ist. „Ich kann auch auf der Couch schlafen. Du musst nicht denken..."

„Komm ins Bett", unterbricht Nika mich, greift nach meiner Hand und zieht daran, bis ich mich erhebe. „Ich möchte dich neben mir haben."

Ergeben folge ich ihr, weil ich gar nicht anders kann.

Zurück im Schlafzimmer wartet Nika, bis ich die Tagesdecke und die Kissen weggeräumt habe. Für gewöhnlich lege ich keinen Wert auf dekorativen Firlefanz, aber die Innenausstatterin hat bei ihrer Planung darauf bestanden und mir versichert, dass Zierkissen auch für Singles enorm wichtig sind. Und da ich mein Bett und die Wohnung nicht selbst aufräume, habe ich mich nicht gewehrt. Jetzt bin ich froh, Nika ein hübsches Umfeld bieten zu können.

Sie lässt den Plaid fallen und schlüpft mit nackten Beinen unter die Decke. Den Strickpulli behält sie an.

„Hast du in deinem Köfferchen nichts Bequemeres zum Schlafen." Ich öffne die Knöpfe an meinem Hemd. Natürlich entgeht mir Nikas Blick nicht, der meinen Bewegungen folgt.

„Doch habe ich", antwortet sie und zieht sich ohne viel Aufhebens das kratzige Ding über den Kopf. „Aber ich dachte ...", sie klimpert mit den Lidern, „wir schlafen nackt."

Hölle!

Die Worte reichen aus, um sämtliches Blut in meinen Schwanz zu schicken. War diese Frau immer schon so direkt? Warum habe ich sie und Hawaii überhaupt verlassen? Kann mich mal jemand in den Hintern treten.

„Das dachtest du also?" Mit Bedacht ziehe ich das Hemd aus der Hose und lasse es wenig später zu Boden fallen. Herausfordernd werde ich gemustert, was nur dafür sorgt, dass ich kaum noch an mich halten kann. Ich möchte dieses Haut-auf-Haut-Gefühl spüren. Jetzt sofort.

In Windeseile entledige ich mich der übrigen Klamotten und krieche nur in Boxershorts zu ihr ins Bett. Wärme und ein wunderbarer Duft, den ich mit Nika und Hawaii in Verbindung bringe, empfangen mich.

Nika öffnet ihre Arme. Ich lasse mich nicht lange bitten und schiebe meinen Körper über ihren. Dabei gebe ich acht, dass ich ihre Knie nicht anstoße oder unvorsichtig darüber reibe.

Endlich. Meine Brust drückt gegen ihre. Nur ihr BH ist zwischen uns, und stört das unglaublich gute Gefühl.

Nika lässt den Hinterkopf ins Kissen sinken und gibt einen Laut von sich, der dem süßen Schlaflaut von eben sehr ähnlich ist. Wie habe ich diese Nähe in den letzten Wochen vermisst. Obwohl wir uns nach meinem Urlaub auf Hawaii keine Treue geschworen haben, war ich seither mit keiner anderen Frau zusammen. Es hat sich nichts ergeben und ich habe kein Bedürfnis verspürt, mir etwas Neues zu suchen.

„Nika..."

„Ja?" Sie schiebt ihre Hände meinen Rücken hinunter, bis in meine Shorts. Auf meinem Po stoppen sie. Himmel, wie soll ich mich konzentrieren, wenn ihre Hände auf meiner nackten Haut liegen?

„Süße Nika, wir sollten erst ein paar Dinge klären, bevor wir weitermachen." Kaum ausgesprochen, komme ich mir wie die schlimmste Spaßbremse des Jahrtausends vor. Üblicherweise halte ich keine Frau auf, die dabei ist, Lust und Vergnügen mit mir zu teilen.

Nach einem langen Ausatmen lege ich meine Stirn gegen ihre. „Willst du das wirklich?" Ich lasse die Augen zu und warte auf ihre Antwort. „Sex mit mir? Ist es das, was du möchtest?" Ich muss es genau wissen.

„Ja", kommt ihre Antwort schnell und unverzüglich.

Danke – danke, danke!

Unendlich froh über ihre Zustimmung, hebe ich den Kopf und sehe ihr in die Augen. Ich entdecke Zuneigung und tiefstes Wohlbefinden.

„Sicher? Ich meine, du bist schwanger, hast einen gewalttätigen Exfreund und ich kann dir möglicherweise nicht das bieten, wonach du suchst." Besser wir reden von Anfang an Klartext. „Ich habe noch nie eine feste Beziehung geführt. Unter Umständen bin ich dazu gar nicht fähig. Ich habe keine Übung und erst recht keine Erfahrung." Von dem Baby, dessen Vater ich nicht bin, fange ich gar nicht erst an. Der Gedanke, für eine Frau und ein Kind verantwortlich zu sein, ängstigt mich zu Tode. Wäre ich dazu überhaupt in der Lage? Über etwas Absurdes wie das, habe ich noch nie nachgedacht.

„Chris, du bist plötzlich ganz blass. Ist dir schlecht?"

„Was?" Ich schüttele den Kopf und wische die Gedanken weg. „Nein. Mir ist nicht schlecht." Nikas Hand legt sich an meine Wange und zwingt mich den Blickkontakt zu halten. Irgendwie ist mir doch komisch.

„Du musst nicht in Panik geraten", sagt sie, mit einem Lächeln auf den Lippen. „Ich will nicht mehr oder weniger, als du mir schon gegeben hast. Vor vier Wochen im *Lailani Beach Hotel.* Erinnerst du dich? Die sorgenfreie Zeit hat mich glücklich gemacht. Können wir nicht einfach da anknüpfen? Keine Verpflichtungen, für niemanden von uns."

„Willst du das wirklich?" Sollte sie nicht nach mehr streben?

„Ja. Ich will genau das." Sie küsst mich und drückt ihre Brüste, die in weiße Spitze gehüllt sind, an mich. „Lass mich nicht betteln, Christopher T. Markham. Bis Sonntag möchte ich unser Zusammensein genießen und an nichts anders denken. Danach kehre ich in die Realität zurück und kümmere mich um sämtliche Herausforderungen, die mich auf Oʻahu erwarten."

Verdammt. Ich steh darauf, wenn sie mich Herr Anwalt nennt oder mich mit meinem vollen Namen anredet. Das macht etwas mit mir.

„Also schön. Du hast es nicht anders gewollt." Ich richte mich mit ihr im Arm auf und ziehe sie in eine sitzende Position. Anschließend löse ich den Verschluss ihres BHs. „Den brauchst du nicht mehr." Sobald ich ihn ausgezogen habe, werfe ich die hübsche Spitze zu Boden. Später ist noch genug Zeit Nika darin zu bewundern.

„Endlich hast du verstanden", kommentiert sie meine Bemühungen.

Ich küsse erst ihre Lippen, anschließend ihren Hals und nur wenig später ihren Bauch. Kaum geschehen, streife ich ihr den Slip ab. Endlich. Jetzt ist die wunderschöne Hawaiianerin nackt und ich habe alles, was ich brauche.

Nicht ganz.

„Wir machen es mit Kondom." Das ist keine Frage, trotzdem sehe ich ihr ins Gesicht, um ihre Reaktion abzuwarten.

Nika nickt ernst. „Du entscheidest. Ich bin gesund. Die Untersuchungen in der Abtreibungsklinik sind erst wenige Tage alt." Ihre ernste Miene verzieht sich zu einem Lächeln, das sogar ihre Augen erreicht. „Der letzte Mann, mit dem ich geschlafen habe, warst du."

Pures Glück rauscht durch meine Blutbahn und löst eine unbeschreibliche Emotion aus. Ich freu mich. Sehr sogar. Trotzdem werden wir ein Kondom benutzen. „Natürlich bin ich mir bewusst, dass das Kind längst in den Brunnen gefallen ist", sage ich und halte kurz inne. „Außerdem bin ich so sauber wie du. Auch du warst die Letzte, mit der ich geschlafen habe. Aber ...", gerate ich ins Stocken, „ich habe es noch nie ohne Gummi getan. Noch nie. Nicht mal als Teenager."

Anders als erwartet, wirkt Nika nicht überrascht. Sie grinst sogar. „Ein solches Verhalten passt zu dir."

„Findest du?" Sie scheint es mir nicht übel zu nehmen, dass mein Vertrauen in die Frauen quasi nicht vorhanden ist. Meine Vorsicht grenzt an Paranoia, dessen bin ich mir bewusst.

„Du bist Anwalt und überlässt nichts dem Zufall." Sie zuckt mit den Schultern.

„Stimmt." Ich beuge mich vor und ziehe die Nachttischschublade auf, um einhändig nach der Verpackung zu fischen.

Nika drückt sich hoch und küsst meinen Hals, ganz die smarte Verführerin. Ihre Nähe umschmeichelt meine Sinne und stört meine eh schon schwindende Konzentration. „Chris?"

„Ja", stöhne ich mehr als dass ich es sage. Wo ist nur die verdammte Verpackung? Sie muss irgendwo hier sein.

„Darf ich dir das Kondom überstreifen?" Nikas Stimme ist lediglich ein Flüstern.

„Jaaa …"

Treffer! Meine Finger finden das Gesuchte. Endlich.

„Darf ich auch …" Sie räuspert sich umständlich und zieht damit meinen Blick auf sich. „Ich habe da so eine Idee", erklärt sie und tippt sich an die Lippen, die zu einem vielsagenden Schmunzeln verzogen sind.

Heiliges Kanonenrohr! Ich halte in der Bewegung inne und versuche zu verstehen, was sie meint. Was hat die Geste zu bedeuten?

„Wie bitte soll ich das verstehen?", frage ich nach, und kann einen überraschten Ausdruck nicht zurückhalten. Vermutlich sehe ich äußerst merkwürdig aus. Schnell schließe ich den Mund, als mir auffällt, dass er offensteht.

Nika lacht, schubst mich um und nimmt mir die Verpackung aus der Hand. „Zieh die Shorts aus, Anwalt."

Kaum ausgesprochen, holt sie ein quadratisches Päckchen aus der Verpackung und hält es mir vor die Nase.

„Bereit dich verwöhnen zu lassen?", fragt sie und reißt es auf.

Aber sowas von…

9
Nika

Am nächsten Morgen bin ich lange vor Chris wach und vertreibe mir die Zeit damit, ihn ausgiebig zu betrachten. Da wir ausgezogen eingeschlafen sind, ist es besonders interessant. Er liegt auf dem Bauch. Die Decke hat sich um seine Beine gewickelt und gibt den Blick auf seinen Po frei. Einen wirklich knackigen Po, auf den ich zu gerne meine Hände legen würde.

Kaum denke ich daran, ihn zu berühren, schlägt er die Augen auf. „Guten Morgen, meine Wunderschöne." Er dreht sich auf die Seite, mit dem Kopf zu mir und achtet nicht auf die Decke. Wenn sie ein klein wenig tiefer rutscht, könnte ich... alles sehen.

„Guten Morgen." Ich kuschele mich tiefer ins Kissen und ziehe die Decke bis zum Kinn. Obwohl es im Zimmer nicht kalt ist, ist es doch nicht so warm wie zu Hause.

„Gut geschlafen?", fragt er und bringt sein Gesicht vor meins.

„Nein. Nicht wirklich." Ich küsse ihn auf den Mund. „Der Jetlag hat mich im Griff."

Bevor Chris auf Ideen kommt, da weiter zu machen, wo wir gestern aufgehört haben, setze ich mich auf und lehne mich mit dem Rücken gegen das Kopfteil. Die Zudecke ziehe ich mit. Er tut es mir gleich und wartet ab.

Einen Moment sitzen wir im gemeinschaftlichen Schweigen da und hängen unseren Gedanken nach. Es ist ein angenehmes Schweigen. Keiner von uns scheint die letzte Nacht zu bereuen – ich am allerwenigsten.

„Darf ich dich etwas fragen?" Chris wirkt nachdenklich, fast schon befangen. Anscheinend gehört er zu den Männern, die noch vor dem ersten Kaffee Probleme lösen können.

„Natürlich." Sofort bin ich neugierig.

„Du musst nicht auf meine Frage antworten, wenn du nicht möchtest." Er stößt ein Seufzen aus. „Aber... warum bist du schwanger?"

Echt?

Ein unkontrolliertes Glucksen bricht aus mir heraus. Ist das sein Ernst? „Paulo und ich hatten Geschlechtsverkehr", antworte ich, kann aber nicht verhindern, dass sich meine Mundwinkel verziehen und ich ein wenig wie meine Biolehrerin von früher klinge.

„Werd' nicht frech." Chris stupst mich mit dem Ellenbogen in die Seite. „Ich weiß, wie Babys gemacht werden. Aber ich kann mir nicht erklären, warum du ungewollt schwanger geworden bist. Habt ihr denn nicht aufgepasst? Wieso der Leichtsinn?"

Wo er recht hat, hat er recht.

Die Frage lässt mich ernst werden. Ich habe einen Fehler begangen. „Wenn ich mehr wie du denken würde, wäre es nicht passiert", offenbare ich und ärgere mich über meine Gutgläubigkeit. „Wir haben keine Kondome benutzt – niemals. Paulo hat mir versichert, dass er keine Kinder zeugen kann. Seinen Worten zufolge hat er verengte Samenleiter, die eine zu geringe Anzahl an Spermien durchlassen, um für eine Befruchtung der Eizelle zu sorgen." Ich lege die Hand unter der Zudecke auf meinen Bauch. Irgendein Mini-Spermium hat sich wohl doch durchgezwängt. „Die Anti-Baby-Pille vertrage ich nicht, deswegen war ich auch nicht anderweitig geschützt", schiebe ich meiner Erklärung hinterher.

„Glaubst du, dein Ex hat dich belogen? War seine Rechtfertigung eine Lüge? Es gibt unzählige Männer, die sich strickt weigern, Kondome zu benutzen."

„Nein. Auf keinen Fall." Meine Stimme ist fest. „Paulo war so überrascht und vollkommen entsetzt, als ich ihm von dem positiven Schwangerschaftstest erzählt habe, dass ich etwas Derartiges ausschließen kann. Außerdem hat er sofort von Abtreibung gesprochen. Paulo wollte und will kein Kind mit mir." Ich schnaube, weil ich mich über mich selbst ärgere. „Hätte ich damals schon gewusst, dass er verlobt ist, hätte ich niemals etwas mit ihm angefangen. Er hat mich benutzt – und anschließend ruckzuck fallen gelassen."

„Das tut mir leid." Chris sucht nach meiner Hand und legt sie auf meine.

„Ich war dumm und hätte es besser wissen müssen." Es ist traurig, aber wahr. „Wir sind schließlich zusammen zur Schule gegangen. Schon damals, war ich sein kleines Geheimnis, genau wie heute. Daran hat sich nichts geändert. Die Kaipos sind eine reiche, charakterlose und ziemlich eigenartige Familie. Sie interessieren sich nur für sich selbst. Lediglich ein paar wenige Auserwählte bekommen die Gelegenheit, in den sonderbaren Clan aufgenommen zu werden. Meine Chance war quasi nie vorhanden. Heute habe ich das auch verstanden."

„Möchtest du wissen, was ich herausbekommen habe?"

Mein Kopf schnellt in seine Richtung. „Du hast schon etwas herausbekommen? So schnell?" Dieser Mann ist ein Genie.

„Yep. Als du geschlafen hast, habe ich mit meinem Freund gesprochen. Mit seiner Hilfe war die erste Recherche ein Klacks." Chris drückt meine Hand und zieht sie anschließend unter der Decke hervor.

„Erzähl mir alles. Ich bin neugierig." Ungeduldig und gespannt, was mich erwartet, rücke ich das Kissen im Rücken zurecht.

„Die Zukünftige deines Exfreundes heißt Emilia Vida. Die Vidas sind mindestens genauso angesehen, wie die Kaipos. Beide Familien sind alteingesessen und haben ihre Wurzeln in Hawaii. Pressemitteilungen zufolge soll die Hochzeit im Juni stattfinden, wenn die Big-wave-Saison vorbei ist."

„Vida-Boards", unterbreche ich Chris als ich eins und eins kombiniere. „Obwohl ich auf Hawaii geboren bin, habe ich nie eine Begeisterung für den Surfsport entwickeln können. Doch selbst mir sind die heißbegehrten und hochgelobten Vida-Boards ein Begriff. Die einflussreichsten Surfer schwören auf diese kostspieligen Fiberglasbretter."

„Genau. Mein Freund Pierce hat mir das auch gesagt. Seine Freundin Ana schwört auf Vida. Sie würde nie etwas anderes kaufen."

„Ana Keoki?"

„Ja genau. Die beiden sind seit unserem letzten Aufenthalt ekelhaft verliebt und versuchen sich gerade an einer Fernbeziehung."

Ungewollt muss ich Schmunzeln. Ich kenne Ana Keoki von der Keoki-Plantage. Sie beliefert unter anderem das *Lailani Beach Hotel* mit hausgemachtem Ananaseis. Obwohl wir keine Freundinnen sind, haben wir uns schon des Öfteren unterhalten. Ana ist oft in Eile und hat selten Zeit für ausführliche Gespräche. Sie ist ein sympathischer Wirbelwind. Ich mag sie.

„Und Emilia Vida wird Paulo heiraten, sobald die Bigwave-Saison mit ihren perfekten Surfbedingungen zu Ende geht?", komme ich zum Thema zurück. Ich ärgere mich über mich selbst, dass ich nicht nachgeforscht habe, als meine Kollegin mich darauf aufmerksam gemacht hat, dass ich nicht die einzige Frau für Paulo Kaipo bin und von ihm betrogen werde. Aber was hätte es genützt zu wissen, mit wem Paulo mich betrügt. Die Information über Emilia hätte es nicht besser gemacht.

„So wird es in der Presse angekündigt. Durch die Hochzeit von Emilia Vida und Paulo Kaipo, wird eine Marktsteigerung der Firma Vida in Millionenhöhe erwartet. Paulo bringt einen Batzen Geld mit in die Ehe, welches Vida in die Entwicklung neuer Surfboards stecken will."

„Eine Win-win-Situation für beide Seiten?"

„Genau."

„Deshalb will mich Paulo zur Abtreibung überreden. Sollte herauskommen, dass er fremdgegangen ist und sogar ein Kind gezeugt hat, wird die noch unwissende

Emilia es sich eventuell anders überlegen und ihn zum Teufel schicken.“

„Die Wahrscheinlichkeit ist groß“, bestätigt Chris. „Keine Hochzeit, kein Geld für Vida, keine Einnahmen in Millionenhöhe für zukünftige Surfboards.“

„Hm.“ Nachdenklich lasse ich meinen Kopf an die Rückwand sinken. Was fange ich mit den neuen Informationen an? Gar nichts.

„Glaubst du wirklich Paulo würde einen Unfall provozieren um dir zu schaden und der Schwangerschaft ein Ende zu bereiten?“, fragt Chris und klingt nicht nur neugierig, sondern auch fassungslos.

Ich seufze und kann sein Entsetzten darüber verstehen. „Schwer zu sagen. Normalerweise würde ich das resolut verneinen. Früher dachte ich, er sei anders als der Rest seiner Familie.“

„Aber...“

„Aber seit dem letzten Gespräch...“, ich stocke, weil die Erinnerung mich traurig stimmt, „... weiß ich nicht mehr, was ich von Paulo halten soll. Sein Benehmen hat mich schockiert und sehr nachdenklich zurückgelassen. Besser ich rechne mit allem. Wie es scheint, will er seine Ehe unter keinen Umständen gefährden. Dass ich ihm mit einem DNA-Test gedroht habe, hat seine schlimmste Seite zum Vorschein gebracht. Hätte er nur eine Affäre gehabt, hätte er alles abstreiten können. In dem Fall stände sein Wort gegen meins. Aber ein Baby kann er nicht verleugnen. Weder vor seiner Verlobten noch vor seiner Familie, die sicherlich entsetzt wäre.“

„Die Hochzeit soll erst in fünf oder sechs Monaten stattfinden. Das ist viel Zeit, um der Presse einen Wink zu geben und einen Skandal zu verursachen", bringt Chris es auf den Punkt.

„Vielleicht wollte Paulo mich auch nur einschüchtern. Er weiß, dass ich tagtäglich mit dem Fahrrad zur Arbeit fahre und hat das Schreckensszenario für mich heraufbeschworen, damit ich es im Hinterkopf behalte. Als Warnung oder zur Abschreckung. Damit ich nicht auf Ideen komme – ich habe keine Ahnung."

„Mir gefällt das nicht. Was ist, wenn an der Drohung doch etwas dran ist?" Chris klingt besorgt und das, obwohl mein Problem gar nicht seins ist.

Diese Unterhaltung wird langsam anstrengend. Außerdem schlägt sie mir aufs Gemüt.

„Nein. So etwas ist Quatsch", versuche ich das Gespräch zu beenden und uns nicht den Morgen zu verderben. „Paulo wird mir nichts antun. Bestimmt nicht. Er wollte mir lediglich Angst einjagen. Er war sauer, dass ich nicht abgetrieben und mich seinen Wünschen widersetzt habe. Meine Drohung hat das Fass zum Überlaufen gebracht." Thema beendet. Fall erledigt.

„Wir könnten ihm ein Angebot unterbreiten. Ihm Geld anbieten, damit er dich in Ruhe lässt und dir nach der Geburt das alleinige Sorgerecht überschreibt. Dann bräuchtest du dir keine Sorgen mehr zu machen."

Hallo!?

Was für ein dämlicher Vorschlag.

„Ganz sicher nicht." Ich ziehe die Decke zurück und schwinge die Beine aus dem Bett. Es ist höchste Zeit aufzustehen. „Welches Geld soll ich ihm denn bitteschön anbieten? Ich bin Zimmermädchen. Mein Lohn ist überschaubar. Außerdem haben die Kaipos genug Geld, wie du gerade selbst festgestellt hast. Nein. Auf keinen Fall." Ich lasse den BH liegen und ziehe den Strickpullover über, den ich gestern auf den Boden geworfen habe. „Sollte Paulo mich ein weiteres Mal aufsuchen, werde ich ihm erklären, dass ich keinen Ärger machen werde. Solange er für unser Kind zahlt, werde ich die Schweigsame spielen und mich von der Presse und seiner Emilia fernhalten. Ich bin nicht rachsüchtig. Das war ich nie." Ein guter Plan. „Wenn Paulo sich sicher fühlt und nichts zu befürchten hat, gibt es für ihn keinen Grund, mir schaden zu wollen. Dann bleibe ich sein Geheimnis – für immer."

Kaum habe ich Slip und Jeans übergestreift, drehe ich mich zu Chris um, der sich noch keinen Millimeter bewegt hat und unzufrieden aus der Wäsche schaut. Mit seinen Gedanken ist er weit weg. Es scheint, als blicke er durch mich hindurch.

Belustigt hebe ich die Hand und winke, um seine Aufmerksamkeit zu bekommen. „Gibt es in deiner komfortablen Küche auch so etwas profanes wie Kaffee?", frage ich und lege den Kopf schief, um einen auf niedlich zu machen. Obwohl ich wegen der Schwangerschaft auf Koffein verzichten sollte, brauche ich jetzt mein Glück am Morgen. Unter Umständen komme ich auch mit einer halben Tasse aus. Es wird Zeit, dass wir frühstücken und das Thema Paulo und Co. vorerst beiseiteschieben. Ich will nicht länger darüber nachdenken. Und streiten möchte ich mich erst recht nicht.

Chris erwacht aus seiner Erstarrung. Er wirkt verwirrt, sogar ein wenig überrumpelt. „Natürlich. Kaffee? Habe ich. Sogar Frühstück kann ich machen, wenn du möchtest."

Mein fettes Grinsen wird von lautem Magenknurren untermalt. „Wie schön. Das ist perfekt. Dann raus aus den Federn, Herr Anwalt. Ihr Gast hat Hunger."

Satt und zufrieden schlendern wir Stunden später durch Chicago. Chris wollte mir unbedingt seine Stadt und die schöne Architektur, für die die Metropole bekannt ist, zeigen. Es scheint ihm wichtig zu sein, dass ich von seinem Zuhause so begeistert bin wie er von Hawaii.

Noch bevor er mir seinen Lieblingsplatz, ein kleines Café in der Nähe des *John Hancock Centers* zeigen kann, verstehe ich Chris Hingabe für seinen Wunschwohnort. Chicago hat einen ganz eigenen Charme und ist völlig anders als Honolulu. Die atemberaubende Skyline von Wolkenkratzern hält eindeutig, was überall geschrieben steht. Sie ist überwältigend und einzigartig. Da wir mitten in der Vorweihnachtszeit stecken, sind einige Bereiche in der Innenstadt wunderschön geschmückt. Überall glitzert und glänzt es. Es scheint, als wollte Chicago mich beeindrucken und sich von seiner besten Seite zeigen. Sogar das Wetter spielt mit. Der Wind ist zwar eiskalt, aber dafür scheint die Sonne.

„Möchtest du Kaffee? Oder Kuchen?", fragt Chris mich als wir nach einem langen Marsch vor dem *Willis Tower* stehen. „Ich weiß, wo es den besten Käsekuchen Chicagos gibt. Es ist nur ein kleines Stück weit zu laufen."

Laufen? Ich will nicht mehr laufen. Bitte, nicht. Mir tun die Füße weh, trotzdem möchte ich meinen privaten Führer ungern ausbremsen. Der Gute versprüht so viel Energie. Es ist großartig das mitzuerleben. Bin ich dafür verantwortlich? Ein schöner Gedanke.

„Nein", beantworte ich seine Frage und lege meine Hand auf den Bauch, der sich leicht hebt. Die Wölbung kommt nicht von der Schwangerschaft, sondern ist eine Folge des hervorragenden Frühstücks, welches Chris für uns zubereitet hat. „Danke. Ich bin noch pappsatt."

Offenbar ist Chris nicht enttäuscht von meiner Ablehnung, denn er stellt sich hinter mich und legt seine Arme um meine Taille. Sein Gesicht drückt er in meinen Nacken. Ich spüre, wie er Luft holt und meinen Duft einatmet. Hoffentlich ist er nicht enttäuscht, denn ich rieche nicht nach mir, sondern nach seinem Shampoo. Dummerweise und weil ich überstürzt aufgebrochen bin, habe ich meines vergessen, sodass ich mich an Chris Pflegeprodukten bedienen musste.

„Du riechst gut", flüstert er mir ins Ohr.

„Ich rieche nach dir", antworte ich und lege den Kopf schief, damit er mir den Nacken küssen kann. Auf den kratzigen Schal habe ich zum Glück verzichtet. Der wäre jetzt eindeutig im Weg.

„Sag ich doch. Du riechst gut."

Sein Kommentar lässt mich schmunzeln. Chris ist eingebildet, aber auf eine charmante Art. Ich mag das.

„Du würdest natürlich noch besser riechen, wenn du nicht geduscht hättest."

Ich verziehe das Gesicht und boxe ihn mit dem Ellenbogen. „Igitt. Du magst den Geruch von Schweiß und Sex am Morgen danach?"

„Oh ja." Der Schönredner hinter mir lässt die Worte unanständig grollen. „Du glaubst gar nicht wie sehr."

Da es wenig Sinn macht, diese Unanständigkeit zu kommentieren, boxe ich ihn kein zweites Mal, dafür rolle ich mit den Augen und kuschele meinen Rücken an seine Vorderseite. Sogar die Augen schließe ich für einen Moment. Es ist ewig her, dass ich untätig dagestanden und mich von einem Mann habe halten lassen. Chris Arme, die mich fest umschlingen, geben mir Sicherheit. Dieses wunderbare Gefühl würde ich am liebsten in mein winziges Köfferchen packen und mit nach O'ahu nehmen. Leider ist das unmöglich.

„Was hältst du davon, wenn ich am Sonntag mitfliege?"

Seine Worte überraschen mich so sehr, dass ich prompt „Wohin?" frage.

Chris' Lachen kitzelt mich. „Nach Hawaii... Honolulu... mit zu dir", präzisiert er sich und küsst meinen Hals.

Das Angebot verschlägt mir kurzzeitig die Sprache. Ich weiß nicht, was ich zuerst denken oder fühlen soll. Meint er das ernst? Habe ich mich verhört? Verwirrung macht sich breit.

„Was ist mit deiner Arbeit?", platzt die erste Frage aus mir heraus. Kaum ausgesprochen, befreie ich mich und drehe mich um. Wir sollten uns in die Augen sehen, wenn wir dieses Gespräch führen.

„Ich nehme mir frei?" Seine Arme wandern auf meine Schultern und seine Finger fangen an, mit meinen Haaren zu spielen.

„Geht das – einfach so?" Ist irgendwie schwer vorstellbar.

„Ja."

Was soll ich auf eine direkte Antwort, die ohne Zweifel ausgesprochen wird, äußern? „Warum willst du mitkommen?", umgehe ich die Frage nach der Arbeit. Chris soll nicht meinetwegen seine Urlaubstage verplempern. Außerdem ist das Jahr fast um, bestimmt hat er kaum noch freie Tage. Hoffentlich plant er nicht, unbezahlten Urlaub zu nehmen. Etwas Derartiges würde ich nicht wollen.

„Fragst du mich das wirklich?"

„Ja." Auch ich kann direkt antworten, wenn ich will. Sogar meine Augenbrauen ziehe ich zusammen, damit er sieht, wie ernst ich seine Antwort nehme.

Chris Blick wird finster. „Der Hauptgrund, liebe Nika, bist du. Jetzt, wo ich dich wieder bei mir habe, will ich dich nicht so schnell wieder gehen lassen. Die paar Tage hier in Chicago sind zu wenig." Er stößt ein Seufzen aus und lässt seinen Blick weich werden. „Der andere Grund ist – wie du dir sicher denken kannst – Paulo Kaipo. Ich traue dem Kerl nicht über den Weg und möchte nicht riskieren, dass dir etwas passiert, kaum dass du einen Fuß zurück auf die Insel gesetzt hast."

Am liebsten würde ich den Kopf schütteln. Etwas Derartiges ist unwahrscheinlich. Paulo wollte mir nur Angst einjagen. Je länger ich darüber nachdenke, desto sicherer bin ich mir. Da Chris meinem Gefühl aber keinen Glauben schenken wird, schweige ich. Es macht wenig Sinn, dieses Thema erneut zu diskutieren. Keiner von uns würde gewinnen.

Verdammte Zwickmühle.

„Unbezahlter Urlaub kommt nicht infrage", stelle ich die erste Bedingung. „Außerdem würdest du bei mir wohnen und nicht im Hotel. Obwohl mein kleines Zuhause nicht mit deinem pompösen Domizil mithalten kann, möchte ich nicht, dass du unnötig Geld verschwendest. Wenn du nach O'ahu kommst, wohnst du bei mir."

Chris grinst breiter denn je. „Deal."

Mein Kommentar bleibt mir im Halse stecken, da im nächsten Moment Chris' Lippen auf meinen liegen und er mich in den Himmel küsst. Verrückter Kerl.

10
Nika

Tage später

„Ich werde dich vermissen", sagt Chris und zupft meinen Schal zurecht. Seine Stimme klingt traurig. Wir stehen am *Chicago O'Hare International Airport* und verabschieden uns. Anders als gehofft, kann Chris nicht mit nach Honolulu fliegen. Offensichtlich war es für ihn doch nicht so leicht, vor Weihnachten ungeplanten Urlaub zu bekommen. Frühestens im Januar gibt es eine Chance.

„Ich dich auch", antworte ich und gebe ihm einen Kuss. Chris Finger streicht über meinen Halsansatz, genau über die Stelle, die er heute Morgen verschönert hat. „Dass du das getan hast... schon wieder..." Mein Kopfschütteln ist eine Mischung aus Frust und Belustigung. Dieser Mann hat eine Vorliebe dafür, Knutschflecken als Abschiedsgruß zu hinterlassen.

„Was?", fragt der Charmeur scheinheilig.

„Du weißt genau, was ich meine."

„Du meinst den *Sweet Kiss*, den du von mir bekommen hast." Erneut fährt er über die Stelle und schiebt sogar den Schal beiseite, um den Knutschfleck für jeden am Flughafen sichtbar offen zu legen.

116

„*Sweet Kiss*? Chris... das hässliche Ding ist ein Knutschfleck von der Größe Afrikas. Zu so etwas Kindischem lassen sich höchstens Teenager hinreißen."

„Teenager und Anwälte aus Chicago, die ein Zeichen setzen wollen", antwortet er völlig ungeniert und besieht sich sein Kunstwerk, als wäre er mächtig stolz darauf. Männer. „Er wird seinen Zweck erfüllen."

„Seinen Zweck? Welchen Zweck?", frage ich verdutzt.

„Dieses Zeichen wird Paulo nicht übersehen, sollte er dich das nächste Mal aufsuchen. Wir Männer haben ein Auge für Kleinigkeiten dieser Art." Das Lächeln, welches sich auf Chris' Gesicht bildet, hat etwas Fieses.

Sprachlos sehe ich den Mann an, in den ich mich in den letzten Tagen mehr und mehr verliebt habe. „Ich kann nicht glauben, was du da andeutest. Du hast mich markiert", empöre ich mich. Mein Gesicht verzieht sich auf unschöne Weise. „Igittigitt. Irgendwie fühle ich mich, als hättest du mich angepinkelt."

Chris bricht in Gelächter aus und zieht mich in seine Arme. „Nein, süße Nika. Ich habe dich nicht angepinkelt, ich will dich nur beschützen. Den Bodyguard, den ich für dich engagieren wollte, hast du schließlich abgelehnt."

Diskussionen mit einem Anwalt kann eine Frau nicht gewinnen. Chris ist sich für nichts zu schade und kämpft mit harten Bandagen. „Kennst du ein Zimmermädchen, das einen eigenen Bodyguard hat? Ich nicht." Die Vorstellung lässt mich lächeln. „Soll der mir beim Putzen helfen?" Was für ein lustiger Einfall. In Gedanken sehe ich einen breitgebauten Mann im Anzug seine Hemdsärmel aufrollen, um nach der Klobürste zu greifen.

„Nein – er soll dich beschützen", flüstert Chris mir ins Ohr, und lässt das Bild vor meinem inneren Auge verschwinden. Der Unverbesserliche bringt Abstand zwischen uns, hält mich aber weiterhin an den Schultern fest. „Ich bin immer noch der Meinung, dass es sicherer wäre, wenn du in den nächsten Tagen jemanden an deiner Seite hättest."

Ich atme lange aus, weil die Diskussion in ihrer Häufigkeit ermüdend ist. „In diesem speziellen Fall sind wir unterschiedlicher Meinung", sage ich und seufze. „Du machst dir zu viele Sorgen. Paulo hat seine Drohung nicht ernst gemeint." Wie oft ich das in den letzten Tagen wiederholt habe, kann ich nicht zählen. Chris will einfach nicht verstehen. Es ist zwecklos.

„Pass auf dich auf." Erneut rückt er den Schal zurecht. Ich werde mir das kratzige Ding vom Hals reißen, sobald ich durch die Taschenkontrolle bin. Selbstverständlich sage ich davon nichts. Chris hat solchen Spaß daran, an mir herumzufummeln, dass ich ihm gerne das Vergnügen lasse.

„Ich passe immer auf mich auf. Aber solltest du Wert darauflegen, rufe ich dich sogar an, sobald ich gelandet bin."

„Darum möchte ich bitten." Sein Blick ist gespielt streng.

Wenn er so dreinschaut, bin ich verloren. Schnell noch ein Kuss, bevor ich mich gar nicht mehr lösen kann.

„Wir sehen uns nach Weihnachten. Mach's gut."

„Ja. Am sechsten Januar stehe ich vor deiner Tür. Wehe du bist nicht da", scherzt er.

In Honolulu ist es warm. Kaum bin ich aus dem Flughafengebäude getreten, ziehe ich mir den Pullover aus und öffne den obersten Knopf der Bluse, die ich darunter trage. So ist es besser. Zumindest, bis der nächste Regenschauer mich überrascht.

Ich habe Bitsy gebeten, mich vom Flughafen abzuholen. Leider kann ich die Gute nirgends entdecken.

Mein Flug ist eine halbe Stunde früher als geplant gelandet, da wir Rückenwind hatten. Es wundert mich also nicht wirklich, dass meine Freundin noch nicht parat steht. Sie gehört nicht zur pünktlichen Sorte Frauen. Und zur überpünktlichen schon gar nicht. Ich lasse den Blick schweifen und suche eine Bank, auf der ich bequem warten kann, da sehe ich ein bekanntes Gesicht.

Ich bin überrascht.

Mit ihm habe ich hier nicht gerechnet. Auf Flughäfen trifft man die merkwürdigsten Leute. Okay… vermutlich bin ich doch nicht überrascht. Der Flughafen muss ein lukratives Einnamegebiet sein. Ein Junge, der so geschickt ist wie James-Dean, kann hier ordentlich absahnen.

Neugierig beobachte ich die Situation, in der der Langfinger steckt. Ob der Koffer nur Tarnung ist oder ob er tatsächlich irgendwohin reist. Kurz vor Weihnachten wäre das nicht ungewöhnlich.

Ich finde eine Bank und setze mich. Meinen Blick nehme ich nicht eine Sekunde von dem Bagagisten des *Lailani Beach Hotels*. Ob ich mitbekomme, wenn er Beute macht? Nah genug bin ich. Aber ist mein Blick schnell und scharf genug? Zu gerne würde ich sehen, wie James-Dean es anstellt. Stielt er wirklich nur das

Bargeld aus den Brieftaschen, oder auch anderen Kram? Mich würde interessieren, ob seine Bemerkung dahingehend stimmt. Schließlich kann er uns alles Mögliche erzählt haben.

Er geht auf zwei Leute zu, die aus dem Flughafen kommen und ebenfalls Koffer dabeihaben, und fragt sie etwas. Seine Finger hält er die ganze Zeit bei sich. Sogar den Koffer lässt er nicht los.

Einer der Angesprochenen antwortet und James-Dean schüttelt, offenbar missgestimmt über die Information, den Kopf, bevor er sich bedankt – höflich und zuvorkommend. Danach steuert er direkt auf meine äußerst bequeme Bank zu. Da er stur geradeaus schaut, glaube ich nicht, dass er mich erkannt hat.

„Hey, James-Dean Makaio", spreche ich ihn mit vollem Namen an, als er an mir vorbeilaufen will, ohne guten Tag zu sagen.

„Nika?" Fragend dreht er sich um und schenkt mir ein Lächeln. „Was machst du am Flughafen?"

„Was machst *du* am Flughafen?", kontere ich. „Bist du auf Beutefang?" Es ist nicht fair, James-Dean Ungesetzliches zu unterstellen, aber die Frage ist durchaus berechtigt und meine Neugier groß. Und... wer direkt fragt, bekommt meist eine direkte Antwort.

Mein Arbeitskollege legt in gespieltem Entsetzen die Hand auf sein Herz. „Ich doch nicht. Was denkst du..." Er zwinkert mir zu und verwirrt mich damit. Was bedeutet das Zwinkern? „Mein Flug nach Florida geht in", er sieht auf seine Uhr, „fünfundfünfzig Minuten. Eventuell sollte ich mich etwas beeilen."

Interessant.

„Du fliegst nach Florida?", frage ich überrascht, weil James-Dean gefühlt immer im Hotel ist. Ich habe noch nie mitbekommen, dass er Urlaub macht. Was natürlich totaler Quatsch ist, weil jeder irgendwann ein paar Tage frei hat.

„Ich besuche einen neuen Freund. Wir haben uns über das Internet kennengelernt. Er wird mir helfen, ein völlig neues Business aufzuziehen. Nick ist unglaublich begabt und produktiv. Sein Einfallsreichtum ist sagenumwoben."

Das hört sich spannend an, wenn auch ein bisschen verrückt und abenteuerlustig. Hoffentlich verspricht der Junge sich nicht zu viel von diesem Nick. Mit Internetbekanntschaften ist das so eine Sache. Derartige Treffen können auch in die Hose gehen. Besser ich frage nicht um welches Business es bei der Sache geht. James-Dean scheint eh unter Zeitdruck zu stehen.

„Du weißt aber schon, dass hinter mir die Ankunftshalle liegt?" Ich deute auf die Tür, durch die ich vor wenigen Augenblicken getreten bin. „Zum Abflug geht es da lang", sage ich und deute nach links.

Der Hawaiianer fängt an zu nicken. „Die Information habe ich auch gerade bekommen. Entschuldige, Nika, ich spute mich lieber. Es ist Jahre her, dass ich geflogen bin. Außerdem bin ich ein wenig nervös – wegen Nick." Er hebt die Hand zum Gruß. „Wir sehen uns in ein paar Tagen, wenn ich zurück bin. Dann erzähle ich dir alles. Bye."

Bevor ich antworten und ihm einen guten Flug wünschen kann, ist er schon davongerauscht.

„Ein flinkes Bürschchen, unser James-Dean."

„Bitsy." Mein Kopf dreht sich der Stimme zu. „Du bist da!"

„Ja, genau und ich bin sogar pünktlich", betont sie.

Mich von der Bank erhebend grinse ich meine beste Freundin an. „Stimmt. Ich sitze nur hier, weil wir früher gelandet sind. Du bist absolut *on time*."

Bitsy nimmt mir den Koffer ab, bevor ich danach greifen kann. Sie hat wie immer, wenn wir nicht die Uniform des *Lailani Beach Hotels* tragen, Shorts und T-Shirt an. Ihr sportlicher Look erinnert mich oft an Ana Keoki. Die Eislieferantin der größten Ananasplantage auf Hawaii hat ebenfalls eine Vorliebe für kurze Shorts. Aber anders als Ana, würde Bitsy nie ein Sommerkleid tragen. Obwohl meine Kollegin schon seit zwei Jahren auf O'ahu lebt, hat sie ihr Backpackeraussehen noch nicht abgelegt. Sie scheint jederzeit bereit, ihren Rucksack zu schultern und abzuhauen.

„Hast du die Tage in Chicago genossen? Konntest du abschalten und ein wenig nachdenken?" Mit neugierigem Blick mustert sie mich, ein paar Sorgenfalten auf der Stirn.

„Oh ja. Die letzten Tage habe ich vollends ausgekostet. Und das, obwohl es eiskalt war und der Wind schneidend scharf."

„Lass mich raten... du hattest einen Mann, der dich warmgehalten hat. Stimmt's?" Die Sorgenfalten verschwinden, dafür taucht ein zweideutiges Lächeln auf.

„Woher weißt du das?" Etwas zu übermütig stupse ich sie gegen die Schulter.

„Deine Miene verrät dich. Du siehst anders aus. Irgendwie verliebt."

Verliebt?

Die Aussage lässt mich nachdenken. Kann man verliebt aussehen? Wenn der Göttliche neben einem steht und sichtbar angehimmelt wird, dann ja. Aber ich… verliebt… hier am Flughafen… und ohne dass Chris anwesend ist? Die Aussage ist äußerst fragwürdig. Vermutlich will Bitsy mit der Masche nur ein paar Neuigkeiten aus mir herauskitzeln. Es wäre nicht das erste Mal, dass sie auf unkonventionellem Weg versucht, an brandheiße News zu kommen.

„Ich habe in Chris' Wohnung übernachtet, wir haben in einem Bett geschlafen und er wäre mit nach Honolulu geflogen, wenn er Urlaub bekommen hätte", gebe ich nach und kürze so die bevorstehende Fragerunde ab.

„Ha! Ich wusste es", kommentiert Bitsy meine Aussage und dirigiert mich zum Parkhaus. „Und…?" Ihr Seitenblick wirkt erwartungsvoll.

„Und was?", stelle ich mich dumm.

„Habt ihr…? Du weißt schon?" Ein Augenrollen, das Bände spricht, folgt den Worten.

Ich muss lachen und gleichzeitig den Kopf schütteln. „Redest du über die schönste Sache der Welt? Fragst du mich ernsthaft, ob ich mit Christopher T. Markham geschlafen habe? Dem heißbegehrten Anwalt aus Chicago?"

„Ja. Genau. Diese Kleinigkeit interessiert mich – brennend." Bitsy wird langsamer und versucht meine Miene zu studieren.

Als wäre plötzlich etwas mit meinen Schuhen nicht in Ordnung, schaue ich zu Boden. Einen Kommentar gebe ich nicht ab. Mein Grinsen wird nur übernatürlich breit als ich wenig später wieder hochsehe. Gerne würde ich mich undurchschaubar geben, aber es geht nicht. Unter Umständen bin ich doch ein winziges bisschen verliebt.

Bitsy versteht meine Geste völlig richtig. Sie fängt augenblicklich an mit kindischem Vergnügen auf der Stelle zu hüpfen. „Ich wusste es. Ich wusste es", tanzt sie im Kreis und wedelt mit den Armen. Schnell nehme ich ihr den Koffer aus der Hand, bevor sie damit noch ein parkendes Auto beschädigt. Meine Freundin ist verrückt. Eindeutig. „Dann habe ich ihn nicht angelogen. Geschieht dem Blödmann recht."

Bitte? Ich verstehe nicht. „Wen hast du nicht angelogen? Was geschieht wem recht?" Meine Ahnung prophezeit nichts Gutes. *Bitsy, was hast du angestellt?*

„Paulo."

„Du hast mit Paulo gesprochen?" Mir wird ein bisschen übel. Meine gute Laune ist wie weggeblasen.

„Nicht direkt", druckst meine Freundin herum. „Er war im Hotel und hat nach dir gefragt."

„Und?" Wir stehen vor Bitsys brauner heißgeliebten Schrottkarre. Nach zwei Versuchen, den Schlüssel zu drehen, springt endlich der Kofferraumdeckel auf, sodass ich mein Gepäck verstauen kann.

„Ich weiß nicht. Mr. Okalani hat ihm gesagt, dass du Urlaub hast und dich nicht im Hause aufhältst."

Gut. Das ist gut. „War er sauer? Konntest du feststellen, ob Paulo sich darüber aufgeregt hat?"

„Leider habe ich nicht viel mitbekommen. Aber mir wurde erzählt, dass er Blumen dabeihatte."

„Blumen?" Die Tatsache überrascht mich.

„Ja. Wenn ich Cassies Worten Glauben schenken kann – sie hat deinen Ex das Hotel verlassen sehen –, war das Ich-liebe-dich-noch-immer-Gemüse bombastisch. Sozusagen hochzeitssuitentauglich."

„Oh." Damit hätte ich nicht gerechnet. „Vielleicht wollte er sich entschuldigen." Warum sollte er sonst Geld für Blumen verschwenden?

Bitsy entweicht ein abwertendes „Pffft", bevor sie um ihr Auto herum geht und auf der Fahrerseite einsteigt. „Er hat dir gedroht, dich festgehalten und anschließend zu Boden gestoßen", belehrt sie mich, als ich mich neben sie auf den Beifahrersitz setze. „So groß kann der Strauß gar nicht sein, dass du ihm diese schmerzhaften Handgreiflichkeiten vergeben solltest."

„Hmm", brumme ich nachdenklich vor mich hin. Blumen sind nicht Paulos Art zu kommunizieren. Ich habe noch nie Blumen von ihm bekommen. Nicht mal als wir noch zusammen waren. Und jetzt will er mich mit einem bombastischen Strauß überraschen – auf der Arbeit? Da steckt mehr dahinter. Was das wohl ist?

11
Chris

Am Donnerstag hat sich meine schlechte Laune, die mich seit Nikas Abreise befallen hat, noch kein Stück weit verbessert. Für gewöhnlich ist mir Urlaub egal, ich will ihn nicht mal. Ich gehöre zu den Anwälten, die sechzig bis siebzig Stunden die Woche schuften und so etwas wie Ferien gar nicht kennen. Doch seit die hübsche Hawaiianerin mich in Chicago besucht hat, hat sich etwas verändert. Anders als bei unserem ersten Abschied, vermisse ich sie jetzt so sehr, dass es mir fast körperliche Schmerzen bereitet.

Das liegt unteranderem an der Tatsache, dass sie mich in meinem Zuhause besucht hat und mir ihre ständige Gegenwart um mich herum, unglaublich gut gefallen hat. Dass ich mir Sorgen um ihre Sicherheit mache, hilft auch nicht dabei, mich auf meine Arbeit zu konzentrieren. Nikas Unbekümmertheit teile ich nicht. Die Lage ist vermutlich ernster als sie denkt. Das ist meistens der Fall, wenn viel Geld im Spiel ist. Eine Familie wie die Kaipos wird den Zusammenschluss mit Vida-Design nicht in Gefahr bringen wollen. Schon gar nicht wegen einer verhängnisvollen Affäre mit einem Zimmermädchen.

Weil mir keine bessere Lösung für mein Schlechte-Laune-Dilemma einfällt, rufe ich meinen Freund Pierce an. Unter Umständen hat er Verständnis für meinen Kummer. Schließlich ist er auch in Chicago und seine Freundin Ana auf O'ahu. Wenn mich heute jemand versteht, dann er.

Pierce' Assistentin versucht gar nicht erst, mich mit einer fadenscheinigen Ausrede abzuwimmeln, sondern stellt mich gleich durch. Sie kennt mich und sie mag mich, so wie unzählige andere Vorzimmerdamen. Die Tatsache, dass ich und mein unglaublicher Charme beliebt sind, ist ein gern genommener Vorteil und macht mir das Leben in vielerlei Hinsicht leicht.

„Christopher", begrüßt mein Freund mich überschwänglich und vergnügt. „Was gibt's? Hast du Sehnsucht nach mir?"

Oh Gott! Hoffentlich ist das ansteckend. Ich könnte ein wenig von dieser brillanten Laune gebrauchen.

„Du bist aber gut drauf? Was ist der Grund dafür? Kommt der Prozess, in dem dein Vater ausgesagt hat, langsam in Schwung? Wird er mit einem blauen Auge davonkommen?" Vermutlich ist es zu früh, danach zu fragen, aber ich tue es trotzdem.

Pierce stößt einen Seufzer aus und fährt danach nüchterner fort. „Es ist noch nichts entschieden. Die Verteidigung ruft einen Zeugen nach dem anderen auf und zieht das Verfahren, warum auch immer, unnötig in die Länge."

„Ein solches Verhalten war zu erwarten, oder?", beschönige ich nichts. Mein Freund und Kollege ist lange genug Anwalt, um sich das selbst beantworten zu können.

„Ja – vielleicht." Pierce hält kurz inne. „Was gibt es? Du rufst doch sicher nicht an, um dich nach meinem Vater zu erkundigen? Geht es um Vida Boards? Soll ich Ana bitten, vor Ort etwas zu recherchieren?"

Ich nehme mir einen Moment Zeit für die Antwort und denke nach. „Nein. Besser nicht." Der Gedanke, durch Unvorsichtigkeit schlafende Hunde zu wecken, bereitet mir Angst. „Wie geht es Ana?", frage ich stattdessen.

Genau wie ich, hält mein Freund sich zurück. Gerade als ich denke, die Leitung ist womöglich unterbrochen worden, spricht er weiter: „Wieso fragst du mich nach Ana?"

„Himmel Pierce, werde nicht gleich eifersüchtig", echofiere ich mich. „Ich möchte nur wissen, wie es deiner Freundin geht und erfahren, ob du vorhast sie am Wochenende zu besuchen."

„Warum?" Misstrauen schwingt mit.

„Nicht so freundlich, alter Junge. Ich könnte denken, dass du kein netter Kerl bist."

„Ich bin kein netter Kerl."

„Stimmt, im Moment bist du unnötig angepisst", sage ich und stoße einen genervten Laut aus. „Reg dich ab. Fliegst du nun nach Oʻahu oder nicht?"

„Da ich morgen frei habe, steige ich sogar schon heute Abend in ein Flugzeug", klärt er mich auf und klingt schlagartig schrecklich verliebt. Ich verstehe, deshalb hat er mich so gut gelaunt begrüßt.

Glückspilz. Zu gerne würde ich mich ebenfalls auf den Weg machen. „Wie schön."

„Warum willst du das wissen? Geht es um deine neue Freundin? Vermisst du sie?" Pierce feixt. „Möchtest du mitfliegen? Wir könnten uns eine Maschine teilen. Sicher gibt es noch freie Plätze." Erneut gluckst er auf, diesmal lauter. Sogar das Leder seines Schreibtischstuhls höre ich knirschen. Vermutlich lehnt er sich nach hinten, um es sich bequem zu machen und meine Not in vollen Zügen zu genießen.

Vielen Dank auch. Das ist wahre Freundschaft.

„Ich kann nicht mitfliegen." Meiner Stimme hört man die Verzweiflung an. „Wir haben einen schwierigen und leider sehr arbeitsaufwändigen Fall reinbekommen und jetzt hänge ich hier fest. Sogar die Wochenenden sind blockiert, weil das ganze Team sich voll reinknien muss. Weniger als ein Freispruch ist nicht akzeptabel."

„Wie immer."

„Genau."

„Mist." Da Pierce selbst Strafverteidiger ist und weiß, wovon ich rede, kann er meine Situation nachvollziehen. Anwälte haben es nicht leicht.

Der nächste Einfall kommt spontan. Er ist gut. Er ist sogar ausgezeichnet. Die Chance ist einmalig.

„Ich...", fange ich an und werde gleich wieder unterbrochen.

„Was genau willst du von mir, Chris? Spuck es endlich aus."

Also schön. Wollte ich mich zu Beginn des Telefonats nur aufmuntern lassen, habe ich jetzt doch ein Anliegen.

„Ich weiß, dass du nicht im *Lailani Beach Hotel* wohnen wirst..." Seit drei Wochen hat Pierce eine eigene Wohnung in Downtown Honolulu, in der er mit Ana wohnt, wenn er auf Oʻahu ist. „... aber könntest du trotzdem dort vorbeischauen und etwas für mich erledigen?"

„Jetzt bin ich neugierig." Wieder knirscht der Stuhl. Diesmal bestimmt, weil Pierce sich aufrecht setzt.

„Könntest du dem Bagagisten des Hotels eine Nachricht von mir überbringen und ihm meine Handynummer geben?" Es ist raus. Ich bin nicht stolz auf mein Vorhaben, James-Dean ist noch ein Teenager, aber es ist die einzige Lösung, die mir einfällt. Jemand muss ein Auge auf Nika haben. Sie ist zu leichtsinnig. Ich brauche einen Spitzel und Pierce ist derjenige, der dafür sorgen kann, dass ich einen bekomme. Einen der besten Späher überhaupt, wie ich hoffe.

„Redest du von James-Dean?" Verwunderung schwingt mit.

„Ja genau." Wie dumm. Natürlich hat das Hotel nicht nur einen Bagagisten. „James-Dean, der Taschendieb, der mir die Brieftasche geklaut hat und dem du mein Bargeld überlassen hast, bevor du mich genötigt hast, dir sämtliche Drinks zu spendieren." Mein Tonfall ist mit jedem Wort schärfer geworden. Über diese Ungeheuerlichkeit bin ich noch nicht hinweg.

„Diesen Spaß wirst du mir ein Leben lang nachtragen. Habe ich recht?"

„Nicht, wenn du James-Dean eine Nachricht von mir überbringst."

Ein Schnauben dringt an mein Ohr. „Ich höre. Soll ich mitschreiben, oder kann ich es behalten?", zieht der Mistkerl mich auf.

In den nächsten Minuten weihe ich Pierce in meinen Plan ein und weise ihn an, meinem neuen Verbündeten strickte Anweisungen zu geben. Nika hat mir verboten einen Bodyguard zu engagieren. Sie hat sich sogar über mich lustig gemacht. Aber sie hat mir nicht verboten, einen Arbeitskollegen zu bitten, auf sie aufzupassen.

Als ich das Gespräch nach einer halben Stunde beende, geht es mir deutlich besser. Meine Sorgen sind weniger geworden und ich empfinde eine Ruhe, die eben noch nicht da gewesen ist. Nika wird nach dem Wochenende einen Beschützer und Aufpasser haben. Womöglich ist die Lösung sogar besser als die Hilfe durch einen ausgebildeten Bodyguard, der gehörig für Aufsehen gesorgt hätte. Zudem braucht James-Dean keine Gäste mehr beklauen, wenn ich ihn für seine Arbeit angemessen bezahle. Meine Einfälle sind wirklich grandios. Am liebsten würde ich mir für meinen Scharfsinn und das dazugehörige Organisationstalent selbst gratulieren.

Jetzt muss ich mir nur noch einen Flug für den sechsten Januar buchen und danach kann ich mich ganz auf den anstehenden Fall konzentrieren.

Nika

Das Wochenende ist nah. Ich mache zehn Kreuze, wenn die Frühschicht vorbei ist. Ob es an der Schwangerschaft liegt, dass ich mich fühle als würde ich eine Tonne wiegen und könnte mich nicht bewegen? Eigentlich ist das unmöglich. Gestern habe ich mich gewogen und festgestellt, dass ich ein Kilo abgenommen habe.

Das ist wenig verwunderlich, da mir seit neustem übel ist. Nicht nur morgens, sondern auch abends – und zwischendurch. In Chicago war mir noch nicht übel. Deshalb habe ich angenommen, dass ich zu den schwangeren Frauen gehöre, die den Morgen nicht über der Kloschüssel beginnen müssen. Ein Trugschluss.

Bitsy hat mir geraten, mich krankschreiben zu lassen. Aber das möchte ich nur im äußersten Notfall. Mr. Okalani ist ein strenger und sehr aufmerksamer Chef. Ihm entgeht nichts. Außerdem sind Raumpflegerinnen, wie er uns gerne betitelt, leicht zu ersetzen. Ich möchte ihn ungerne hängen lassen und ihm einen Grund geben, mich zu entlassen. Nicht jetzt, wo das Hotel ausgebucht ist, da Weihnachten vor der Tür steht.

Paulo hat sich nicht gemeldet und ist auch kein weiteres Mal mit Blumen aufgetaucht. Nicht mal angerufen hat er. Ich weiß nicht, was ich davon halten soll. Obwohl ich ihm nicht zutraue, mir und dem Baby etwas anzutun, ist er doch kein Mann, der kampflos aufgibt.

Ich bin in der zehnten Schwangerschaftswoche. Da eine Abtreibung nur bis zur zwölften Woche möglich ist, wird Paulo, sollte er nochmals auf mich einreden wollen, nicht mehr lange auf sich warten lassen. Ein bisschen gruselt es mich vor unserem nächsten Zusammentreffen. Hoffentlich ist Bitsy dabei, wenn es passiert. Die Gute macht sich Sorgen und klebt jede freie Minute an mir. Dabei habe ich sie nicht darum gebeten den Bodyguard für mich zu spielen.

Sofort kommt mir Chris' Vorschlag in den Sinn. Obwohl ein professioneller Beschützer auf der Arbeit überflüssig ist, habe ich schon darüber nachgedacht, wie schön es wäre, sich auf dem Nachhauseweg chauffieren zu lassen. Natürlich verspüre ich den Wunsch, da ich mich schlapp, müde und ausgelaugt fühle. Mein Fahrrad und ich bilden momentan kein harmonisches Team. Dabei habe ich es immer genossen, nach der Arbeit mit dem Rad nach Hause zu fahren. Die frische Luft macht den Kopf frei und entspannt.

Ich sitze bei einer Tasse Tee, die meinen Magen beruhigen soll, im Pausenraum und starre die Wand an. Gerade als ich mich frage, ob die braune Stelle über dem Fenster ein Wasserfleck sein könnte, geht die Tür auf und Bitsy kommt herein. Genau wie ich, trägt sie die Uniform des *Lailani Beach Hotels*. Die Haare hat sie nach hinten gebunden, wie es meistens der Fall ist, wenn sie arbeitet. Ihre Miene lässt darauf schließen, dass sie gute Nachrichten hat.

„Ein Päckchen ist für dich angekommen." Sie zieht einen Karton, der etwa halb so groß ist wie ein Schuhkarton, hinter ihrem Rücken hervor. „*Lailani Beach Hotel*, Roomservice, Wanika 'Aulani", liest Bitsy vor und grinst mit jedem Wort breiter. „Aus Chicago", trällert sie und reicht es mir.

Mir fehlen die Worte. Ich schaue erst meine Freundin an, anschließend das Päckchen, auf dem *Nicht vor Weihnachten aufmachen* steht, und weiß nicht, wie ich reagieren soll.

Wow. Einfach nur Wow.

Ein Geschenk! Und völlig überraschend.

„Du sagst ja gar nichts." Bitsy setzt sich zu mir an den Tisch.

Schwer ist das Päckchen nicht gerade. Immer noch zu überrascht, um sprechen zu können, rappele ich daran.

Nein. Stille. Es ist kein Geräusch zu hören. Nichts, was Aufschluss über den Inhalt gibt.

„Mache es auf!", fordert Bitsy mich auf und rückt mit ihrem Stuhl näher an mich heran. Ganz die Neugier in Person.

„Nein! Niemals", finde ich endlich meine Sprache wieder. „Hast du nicht gesehen?" Ich deute auf den Hinweis. „Ich kann es nicht aufmachen. Zumindest nicht heute."

Bitsy rollt mit den Augen und lehnt ihre Schulter gegen meine. „Nun sei keine Spielverderberin. Er erfährt es schließlich nicht. Du bist hier und er in Chicago." Sie zwinkert. „Ich verrate dich nicht, versprochen. Los, mach es auf! Ich möchte wissen, was drin ist." In freudiger Erwartung, als wäre das ihr Geschenk, rutscht sie auf der Sitzfläche ihres Stuhls herum und reibt sich die Hände.

Bitsy ist unmöglich. Meine Mutter würde sich im Grab umdrehen, wenn sie davon erfahren würde. Weihnachtsgeschenke frühzeitig aufmachen... allein der Gedanke... unvorstellbar.

„Nein!", sage ich diesmal lauter. Als müsste ich das Geschenk vor den flinken Fingern meiner Freundin beschützen, drücke ich es mir an die Brust. „Wenn das ein Weihnachtsgeschenk ist, dann mache ich es auch erst am Weihnachtsmorgen auf. Punkt."

„Du bist langweilig." Bitsy rückt von mir ab, schmollt und straft mich mit Missachtung. Sie überkreuzt sogar die Arme vor der Brust, um ihren Worten Nachdruck zu verleihen.

Obwohl ich vor Spannung und Ungeduld platze, werde ich nicht nachgeben und das Päckchen öffnen.

Das ist doch das Schöne an Weihnachten. Die Vorfreude und später die Überraschung beim Auspacken. Was Chris wohl für mich ausgesucht hat? Ich kann es kaum erwarten…

„Ist mir egal. Dann bin ich eben langweilig." Erst jetzt realisiere ich, dass ich ein Weihnachtsgeschenk bekommen habe. Von Chris – aus Chicago! Wie toll ist das denn, bitteschön? „Ich muss ihm auch etwas schenken", informiere ich die beleidigte Leberwurst neben mir und spüre, wie mich Panik befällt. „Verdammt. Wenn er mir etwas schickt, muss ich ihm auch etwas schicken."

Verdammt. Verdammt. Verdammt. Jetzt steckst du in der Klemme, Nika.

Was schenkt man einem Anwalt, der sich alles kaufen kann? Achtung, Notfall! Hilfe! Was soll ich tun? „Verdammt! Kommt es noch rechtzeitig an, wenn ich es Samstag losschicke? Vor Weihnachten dauert die Paketpost länger als üblich." Fieberhaft überleg ich. Chris soll sich natürlich genauso freuen wie ich. „Ich muss es schnellstmöglich auf den Weg bringen, damit es rechtzeitig klappt. Verdammt."

„Nika. Du hast jetzt oft genug verdammt gesagt. Ich habe es verstanden."

Ich zwinge mich einmal lange auszuatmen und die Verzweiflung niederzuringen. Keine Panik. Gemeinsam finden wir eine Lösung.

„Gut. Ich brauche dringend deine Hilfe. Was soll ich Chris zu Weihnachten schenken? Hast du eine Idee? Eine gute und einzigartige." Nichts anderes ist denkbar.

„Nope." Bitsy sieht mich nicht mal an. Sie spielt immer noch eingeschnappt. Wie kindisch.

„Du hast keine Sekunde nachgedacht", beschwere ich mich und lege das Päckchen auf den Tisch, an dem wir sitzen und der der Mittelpunkt des Pausenraums ist.

„Lass mich in das geheimnisvolle Kartönchen schauen, dann denke ich für dich nach."

Frechheit. „Das ist Erpressung."

„Yep." Bitsy steht auf und streicht ihre Uniform glatt. „Schenke ihm eine Angel." Sie zuckt mit den Schultern und strahlt totale Gleichgültigkeit aus.

„Eine Angel?" Hat sie das wirklich vorgeschlagen?

„Ja. Angeln ist männlich. Viele Männer gehen angeln."

„In Chicago?" Das mag für Hinterwäldler zutreffen, aber nicht für Staranwälte aus einer der größten Städte Amerikas. Ich kann mir Chris nicht mit einer Angelrute und einem Köfferchen voll Würmer vorstellen. Nein. Igitt.

„Warum nicht? Zumindest fließt der *Chicago River* durch die Innenstadt. Wasser ist also in Reichweite. Keine Ahnung ob Fische drin sind."

„Du spinnst!" Verrückter Gedanke.

Bitsy grinst und geht zur Tür. „Wenn du bessere Vorschläge hören möchtest, musst du das Päckchen öffnen und mich hineinsehen lassen. Überleg es dir. Wir sehen uns nach Schichtende."

Und weg ist die Nudel mit den verrückten Ideen. Fassungslos starre ich auf die zugeschlagene Tür. „Verdammt!", fluche ich ein letztes Mal. Da Spicken keine Option ist, muss ich eben ohne Hilfe klarkommen.

<h1 style="text-align:center">12</h1>
<h2 style="text-align:center">Chris</h2>

„Wieso ist James-Dean nicht im Hotel?"

„Weil er Urlaub macht."

„Urlaub?" Ich kann nicht glauben, was mein Freund da erzählt. Pierce hat das verlängerte Wochenende auf O'ahu verbracht und mich gleich angerufen, kaum dass sein Arbeitstag begonnen hat.

„Ja, Urlaub." Der Schuft lacht. „Ana hat im Hotel nachgefragt und sogar seine Mutter gesprochen. Mrs. Makaio arbeitet seit neustem von zu Hause aus für die Keoki-Plantage, um das Geld in der Familienkasse aufzustocken. Sie hat bestätigt, dass ihr Sohn nach Florida geflogen ist. Er wird in ein paar Tagen zurückerwartet."

„Mist."

„Kein Stress, Bro. Ana und ich haben im Hotel und bei seiner Mutter eine Nachricht hinterlassen. Sobald der Junge zurück ist, wird er sich bei dir melden und dann kannst du ihm deine Wünsche mitteilen. Jeden einzelnen."

Auch wenn Pierce seine Belustigung nicht offen zur Schau stellt, weiß ich, dass er meine Idee vom Bodyguard genauso lächerlich findet wie Nika. Er ist eine weitere Person, die denkt, dass ich überreagiere und mich aufspiele. Vielleicht haben Nika und Pierce recht und ich sollte ein wenig Vertrauen in ihre Menschenkenntnis setzen. Aber das ist leichter gesagt als getan. Ich habe Nikas verletzte Knie und den blauen Fleck an ihrem Oberarm gesehen. Der Anblick will nicht aus meinem Kopf verschwinden. Ich traue diesem Paulo nicht. Er muss Nikas Arm fast zerquetscht haben als er sie festgehalten hat. Ein Versehen sieht anders aus.

„Okay. Ich gedulde mich", gebe ich nach.

„Dir wird nichts anderes übrigbleiben, alter Freund."

„Wahrscheinlich", antworte ich und reibe mir frustriert über die Stirn. „Was macht dein neuer Job?", frage ich, um mich abzulenken.

„Es geht alles seinen Gang und nimmt langsam Fahrt auf. Ich kann wie geplant am ersten Mai anfangen. Dieses Wochenende war ich mit Ana und einem der Partner zum Essen aus. Wir haben geredet und letzte Einzelheiten besprochen."

Natürlich freue ich mich für meinen Freund, trotzdem wird es komisch sein, ihn nicht mehr um die Ecke zu wissen.

„Ich kann es immer noch nicht fassen, dass du Chicago den Rücken kehrst. Einfach so."

„Wenn du die richtige Frau an deiner Seite hast, spielt es keine Rolle, wo du wohnst oder arbeitest." Pierce Stimme klingt überzeugt, trotzdem zweifele ich an seiner Aussage.

„Auch an einem Ort, an dem die Luftfeuchtigkeit dich spätestens am frühen Nachmittag niederstreckt? Ein Hoch auf müffelnde Schweißflecken", amüsiere ich mich auf seine Kosten. „Es gibt doch nichts Schöneres als ein Businesshemd, das dir bei fast vierzig Grad wie eine zweite Haut am Körper klebt."

„Du übertreibst", antwortet Pierce völlig unbekümmert. Dummerweise will er sich nicht von mir ärgern lassen. Nicht heute und auch sonst nicht. Schade aber auch.

„Wann fliegst du wieder zu Ana?", wechsele ich das Thema, weil es wenig Sinn macht meinem Freund seine neue Arbeitsstelle mies machen zu wollen. Für ihn scheint alles perfekt zu sein.

„Leider schaffe ich es über Weihnachten nicht. Ich muss mich bis nach den Feiertagen gedulden."

„Du klingst überhaupt nicht betrübt", wundere ich mich und wittere einen Plan. Da ist etwas faul.

„Bin ich auch nicht." Das Grinsen, welches sich höchstwahrscheinlich in Pierce' Gesicht ausbreitet, ist durch die Verbindung zu spüren. „Ana kommt nach Chicago. Wir feiern hier Weihnachten."

Echt? Das kommt unerwartet.

„Sie lässt die Ananas-Plantage, ihren Vater und ihren Bruder über die Feiertage im Stich?" Da ich weiß, dass Ana und ihre Familie tief verbunden sind, überrascht mich dieses Verhalten doch ein wenig.

„Yep." Pierce zögert. „Es ist ihr erstes Weihnachtsfest, das sie ohne ihre Familie feiert. Nur meinetwegen."

Himmel! „Gleich fange ich an zu flennen", ziehe ich den vernarrten Glückspilz auf. „Sie scheint dich wirklich zu mögen, wenn sie so etwas tut."

„Sie liebt mich eben."

„Ich weiß." Meine Augen verdrehen sich nach hinten. „Das hast du mir schon mehr als einmal unter die Nase gerieben."

Angeber.

„Was machst du an Weihnachten? Verbringst du ein paar Tage bei deinen Eltern?", fragt Pierce mich.

Meine Eltern leben in Illinois, aber außerhalb von Chicago. Wir sehen uns selten bis gar nicht, meist nur an den Feiertagen. Unser Verhältnis ist ein wenig zwiegespalten, weil ich mir seit Jahren anhören muss, wie schön es ist, zu heiraten und eine Familie zu gründen. Erfolg zu haben und vorwärtszukommen ist erstrebenswert, aber es sollte nicht der alleinige Lebensinhalt eines Mannes sein. Zumindest denkt das meine Mutter, die mich bei jedem Besuch daran erinnert. Als könnte ich ihren Standpunkt jemals infrage stellen.

„Ich werde zum Weihnachtsessen hinfahren, aber nicht über Nacht bleiben", beantworte ich Pierce' Frage. „Ansonsten läuft die Arbeit in der Kanzlei einfach durch. Wir müssen eine Menge aufholen." Ich brauche meinem Freund nichts im Einzelnen zu erklären. Er ist selbst Anwalt und weiß genug, um sich den Stress kurz vor Prozessbeginn ausmalen zu können.

„Darf ich dich etwas fragen?" Seine Stimme hat etwas Zögerliches, das mich misstrauisch stimmt.

„Klar." Ich seufze und warte auf das, was da kommt. Es kann nichts Gutes bedeuten, wenn Pierce mich fragt, ob er fragen darf.

„Als du mich gebeten hast für dich nach diesem Kaipo zu recherchieren, hast du mir erzählt, dass das Baby nicht von dir, sondern von ihm ist. Und dass Nika eine Freundin ist und du ihr gerne helfen möchtest, weil du sie magst."

„Stimmt."

„Warum kniest du dich in die Sache so verbissen rein? Du bist nicht der Vater des Kindes. Wenn ich das richtig verstanden habe, war sie schon schwanger, als ihr euch zum ersten Mal getroffen habt. Außerdem lebst du in Chicago und sie auf Hawaii. Euch trennen viertausend Meilen. Verrennst du dich nicht in etwas Ungewisses ohne Zukunft?"

Merkt Pierce nicht, wie absurd seine Vorhaltungen sind? Ihn trennen schließlich genauso viele Meilen von seiner Angebeteten. Seine Einstellung wurmt mich. Unsere Situationen sind nicht eins zu eins vergleichbar, trotzdem...

„Würdest du dich anders verhalten, wenn Ana bereits ein Kind hätte? Würdest du in dem Fall nicht nach Honolulu ziehen – zu ihr? Wäre sie dir als Mutter bei deinem Urlaub auf Hawaii nicht aufgefallen? Hättest du ihre Gesellschaft abgelehnt und dich nicht verliebt? So wie ich dich verstanden habe, bist du ihr vom Fleck weg verfallen. Ein Kind hätte daran nichts geändert", schließe ich meine Vorhaltung und bin leicht außer Atem.

„Hm."

„Genau. Du hattest keine Chance."

„Das ist etwas anderes. Ana hat kein Kind. Außerdem führen wir eine feste Beziehung. Und das schon seit Wochen. Ich teile mir eine Wohnung mit ihr und irgendwann werden wir heiraten."

Ach herrje!

„Sag nicht du hast schon einen Ring gekauft?" Jetzt bin ich baff. Pierce überrascht mich stets aufs Neue, seit er rettungslos verliebt ist.

„Nein. Noch nicht. Aber ich habe fest vor, Ana im nächsten Jahr zu fragen. Sobald ich mich eingelebt habe und mir sicher bin, dass sie ja sagt, werde ich vor ihr auf die Knie fallen.“

Das ist ein Ding.

Einen Moment denke ich nach und beschließe dann das Thema Heiraten ruhen zu lassen. Vorerst.

„Es ist egal, ob Nika und ich nur Freunde sind, oder ob wir eine feste Beziehung führen“, belehre ich meinen Gesprächspartner. „Ich möchte nicht, dass sie unnötig in Gefahr gerät.“ Dass ich schon über eine Beziehung, zumindest im Hinterkopf, nachgedacht habe, verrate ich meinem Freund nicht. Am liebsten würde ich Nika zurück nach Chicago holen, für ein paar Wochen – vielleicht sogar Monate. Hier wäre sie in Sicherheit und ich bräuchte mir keine Sorgen zu machen.

Ob sie sich dauerhaft bei mir wohl fühlen würde?

„Ich muss Schluss machen“, durchbricht Pierce meine Gedanken, bevor sie richtig in Fahrt kommen. „Grüße deine Eltern von mir, wenn du sie an Weihnachten siehst.“

Da Pierce und ich schon Ewigkeiten befreundet sind und er in der Vergangenheit oft bei uns zu Hause war, kennt er meine Eltern. Es gab Zeiten, vor allem während des Studiums, da sind wir regelmäßig gemeinsam bei ihnen aufgeschlagen. Da ich ein Einzelkind bin und meine Eltern Familienzusammenhalt großschreiben, war es ihnen immer recht, wenn ich meinen besten Freund mitbrachte. Pierce gehört von jeher zu den Markhams. Er ist wie ein Bruder für mich und auch meine Eltern sehen ihn als Teil der Familie.

„Mach ich", antworte ich und stoße ein Lachen aus, weil ich einen Einfall habe. „Vielleicht erzähle ich ihnen sogar, dass du bald heiratest, dann lassen sie mich mit ihrer ewigen Fragerei nach einer festen Freundin in Ruhe."

Pierce lacht ebenfalls. „Sag ihnen sie bekommen eine Einladung zur Hochzeit, sobald es soweit ist. Bis dann."

Mit einem Seufzen und wenig zufrieden, weil ich Nika von Chicago aus keine Hilfe bin, lege ich das Handy weg und schnappe mir die Akte, die darauf wartet, von mir aufgeschlagen zu werden.

Ob mein Päckchen schon angekommen ist? Kurz vor Weihnachten ist der Zustelldienst ausgelastet und viele Lieferungen verzögern sich. Außerdem ist es bis Hawaii ein Stück weit.

Der Gedanke, Nika die Babyschühchen zu kaufen, die ich zufällig im Sportgeschäft gesehen habe, kam mir spontan. Natürlich habe ich mich gefragt, was ein Säugling mit ein paar echten Air Jordans anfangen soll. Aber... die klitzekleinen Sneakers sahen so niedlich aus. Ich musste sie einfach kaufen, obwohl sie ein kleines Vermögen gekostet haben. Sie waren so winzig, dass ich gerade mal zwei Finger hineinstecken konnte. Unvorstellbar, dass Babys so kleine Füße haben.

Gerne hätte ich für Nikas Nachwuchs zusätzlich ein Sparbuch oder etwas Ähnliches angelegt – für die Zukunft. Leider geht das erst, wenn der Sprössling auf der Welt ist. Auch gut, dann weiß ich wenigstens, was ich Nika zur Geburt schenken kann.

Die Geburt.

Mir wird gerade bewusst, dass ich keinen Schimmer habe, wann das Baby zur Welt kommt. Der errechnete

Entbindungstermin müsste... im Spätsommer liegen. Oder noch im Sommer?

Warum interessiert dich das?

Du bist nicht der Vater.

Ich öffne die Akte, auf die ich mich eh nicht konzentrieren kann, und versuche, mein plötzliches Interesse an diesem Baby zu ergründen.

Ein Baby.

Ein zuckersüßes Baby mit Air Jordans an den Füßen.

Könnte ich mir vorstellen, eine Beziehung mit Nika zu führen? Sollte ich das tatsächlich in Erwägung ziehen, kann ich das Baby nicht außen vorlassen. Nika gibt es nur noch im Doppelpack. Bald wird sie einen Babybauch vor sich hertragen und damit wunderschön aussehen. Der Gedanke verzückt mich nicht zum ersten Mal.

Ich bin von mir selbst überrascht.

Könnte ich mir vorstellen, diesen Doppelpack in mein Leben zu holen? Es wäre eine Umstellung. Es wäre mehr als das... es wäre das, was meine Eltern sich für mich wünschen würden. Eine Familie.

In den letzten Jahren habe ich nichts in meinem Leben vermisst. Ich hatte Sex und Frauen – im Überfluss, wenn mir der Sinn danach stand. Auch an Gesellschaft jeglicher Art hat es mir nie gemangelt. Der Wunsch, eine Familie zu gründen, war nie präsent genug, um darüber nachzudenken. Bis jetzt. Jetzt hat sich das Blatt gewendet. Und ich weiß nicht mal, wie das passiert ist.

Könnte ich mir vorstellen für Nika und das Baby nach Hawaii zu ziehen? So wie Pierce es für seine Ana plant?

Oh Gott!

Nein!

Und nochmal nein.

Ich liebe Chicago. Ich liebe meine Wohnung und ich liebe die Stadt, die von ganz allein zu meiner Wunschheimat geworden ist. Chicago ist mir heilig. Mich bei neunzig Prozent Luftfeuchtigkeit mit stechenden Insekten herumzuschlagen klingt nach einem Albtraum. Was ich zu Pierce über Schweißflecken und klebrige Businesshemden gesagt habe, war ernst gemeint. Nein danke. Auf Hawaii mache ich gerne Urlaub, leben möchte ich dort aber nicht.

Was bedeutet das jetzt? Mein Gedankenkarussell steht einfach nicht still. Es kommt gerade erst in Fahrt.

Nika ist Hawaiianerin. Ob sie so verwurzelt ist wie Ana? Vielleicht habe ich Glück und bei Nika ist es anders. Soweit ich weiß, hat sie keine Familie mehr. Ihre Mutter ist gestorben, Bitsy ist für Nika das, was einer Familie am nächsten kommt. Bei Ana ist es völlig anders. Ihre Familie führt seit Generationen die größte Ananasplantage auf Hawaii. Die Keoki-Familie gehört zu Hawaii wie die Surfer zum Meer. Pierce' Freundin würde die Insel sicher nicht verlassen.

Ich seufze und senke meinen Blick in die Akte, die immer noch unbearbeitet vor mir liegt. Verdammtes Gefühlschaos. Ich habe keine Zeit, hier zu sitzen und Überlegungen anzustellen, die mich nicht weiterbringen. Die Arbeit ruft.

Und trotzdem...

Es hat mir gefallen, Nika für ein paar Tage bei mir zu haben. Ob sie sich vorstellen kann, zu mir nach Chicago zu ziehen? Nicht sofort, aber irgendwann? Eine vorsichtige Frage wäre es wert.

Allein der Gedanke löst ein Kribbeln in mir aus und versetzt mich in Aufregung. Es wäre ein gewagter Schritt, der gut überlegt sein will.

Etwas so Wichtiges muss ich sie persönlich fragen. Das geht nicht am Telefon und auch nicht über Skype. Die Frage wird bis nach Weihnachten warten müssen.

Zum Teufel! Warum dauert es bis zum sechsten Januar noch so unverschämt lange?

13
Nika

In den nächsten Tagen bekomme ich ein Gespür für Übelkeit und Erschöpfung. Sie überfallen mich meist gleichzeitig klingen aber ab, wenn ich mir einen Moment Zeit nehme und meinem Magen einen Cracker anbiete. Bisher wissen nur Bitsy und Paulo von der Schwangerschaft.

Jetzt, wo das Baby tagtäglich präsenter wird, überlege ich, Mr. Okalani einzuweihen. Ein bisschen Zeit habe ich wohl noch, aber spätestens im Januar sollte ich der Hotelleitung Bescheid geben. Sobald der Manager informiert ist, kann ich einen Teil der schweren Arbeiten an andere delegieren. Ein nicht zu unterschätzender Vorteil.

Der Gedanke entlockt mir ein Schmunzeln. Oft, fast schon ein bisschen zu oft, tauchen Bitsy und James-Dean wie aus dem Nichts auf, um mir im richtigen Moment mit dem Servicewagen zu helfen. Sobald ich ins Lager fahre, um nachzufüllen, steht schon einer der beiden parat, um mir die schweren Sachen vom obersten Regal zu reichen. Alles Zufall... oder abgesprochen?

Ich bin nicht sicher, ob Bitsy James-Dean von meinem Zustand erzählt hat oder ob ich mir diese Fürsorglichkeit einbilde. Zumindest kleben die beiden an mir wie zwei Bodyguards. Manchmal habe ich sogar das Gefühl, sie sprechen sich ab und passen schichtweise und im Wechsel auf mich auf.

Verrückter Gedanke. Meine Fantasie geht eindeutig mit mir durch.

Ich habe nichts dagegen, dass James-Dean von der Schwangerschaft erfährt, bald werden es eh alle Angestellten im Hotel wissen. Außerdem ist er, seit dem Vorfall mit Paulo, bei dem er als mein Retter aufgetreten ist, zum guten Freund geworden. Vielleicht hätte ich ihm sowieso davon erzählt, wenn sich die Gelegenheit ergeben hätte.

„Hallo Nika", reißt eine Stimme mich aus den Gedanken, kaum, dass ich den Servicewagen aus dem Personalaufzug geschoben habe.

Paulo!

Er steht vor mir, der Wagen zwischen uns. Diesmal hat er keine Blumen dabei.

„Hallo", antworte ich, weil mir keine andere Erwiderung einfällt. Meine Verwunderung ist groß. Sogar mein Atem stockt kurz.

„Können wir uns unterhalten?" Seine Stimme klingt versöhnlich. Der grobe Tonfall von vor zwei Wochen ist verschwunden. Vor mir steht eindeutig ein anderer – freundlicher – Paulo.

Gegen eine Unterhaltung ist nichts einzuwenden. Irgendwann müssen wir sowieso reden. Schließlich ist er verpflichtet. Auch wenn er nicht Vater spielen will, und ich zuvor dachte es ohne Hilfe schaffen zu können, brauche ich die Unterhaltszahlungen. Genug Geld zu verdienen, wird in Zukunft meine größte Sorge sein.

„Natürlich. Ich wollte gerade Pause machen. Wenn du kurz wartest, bis ich den Wagen weggebracht habe."

„Kann ich dir helfen?", fragt er und legt die Hände auf den Stapel Handtücher, der sich obenauf türmt.

„Geht schon." Gekonnt schiebe ich mein Arbeitsgerät in den Raum für die Reinigungswagen, gleich neben dem Aufzug. Diese neuentdeckte Zuvorkommenheit stimmt mich misstrauisch. Hat er seine Meinung geändert. Oder will er sich nur verständnisvoll zeigen, um sich mein Wohlwollen zu sichern? Gleich werde ich es wissen. Dass er plant, mich seiner Familie vorzustellen ist unwahrscheinlich, nachdem was mir Chris über den geplanten Zusammenschluss mit Vida erzählt hat.

„Woher wusstest du überhaupt, dass ich hier bin?", frage ich und wische mir die Hände am Rock ab. Sie sind plötzlich feucht geworden. Ein bisschen nervös macht mich dieses unerwartete Gespräch schon. Meine äußere Coolness ist nur gespielt.

„Ich habe es vermutet. Du hast früher immer um die Uhrzeit Pause gemacht und bist mit dem Personalaufzug ins Erdgeschoss gefahren." Er zuckt mit den Schultern. „Ich habe auf mein Glück gehofft."

Er hat recht. Wir haben die Mittagspausen oft zusammen verbracht. Besser, ich schiebe den Gedanken mit all seinen Emotionen zur Seite. Zu dem Zeitpunkt war ich davon überzeugt, dass die Welt in Ordnung sei. Dabei hat er mich nach Strich und Faden belogen.

„Was gibt es?", frage ich mit einer Nüchternheit in der Stimme, die mich selbst überrascht.

„Können wir woanders hingehen?"

„Nein. Lass es uns hier klären. Meine Mittagspause ist kurz. Außerdem habe ich Hunger und möchte noch etwas essen, bevor ich wieder los muss." Mein Bedürfnis, mit Paulo allein zu sein, ist seit dem letzten Mal gedeckt. Hier vor den Personalaufzügen herrscht ein reger Betrieb. Sollte Paulo erneut handgreiflich werden, wird es nicht lange dauern, bis jemand Wind davon bekommt.

„Ich will das Baby nicht." Sein Tonfall verändert sich minimal. Ein Fremder würde keinen Unterschied heraushören, aber ich kenne Paulo. Er hält seine Wut und den Frust nur mit Mühe im Zaum. Ein brodelnder Vulkan, kurz vor dem Ausbruch.

„Ich weiß", sage ich zu ihm aufblickend. Obwohl ich mich unwohl fühle und meine Hände immer feuchter werden, starre ich ihm in die Augen. Er soll erkennen, dass ich an meinem Standpunkt festhalte, egal was er denkt.

„Was muss ich tun, damit du das Baby loswirst?"

„Nichts."

„Ich kann dir Geld geben." Die Worte werden von einem Seufzen begleitet.

„Nein." Sicherheitshalber weiche ich zurück, bis ich die Wand im Rücken spüre. Ich möchte nicht, dass er, wie beim letzten Mal, nach mir greift.

Paulo schaut kurz zur Decke. „Sei nicht dumm, Nika. Jeder ist käuflich. Nenn mir eine Summe – und ich zahle."

Soll mich dieses Angebot glücklich stimmen? Letzten Monat wollte er nicht mal die Abtreibung bezahlen und jetzt bekomme ich sogar einen Bonus in Wunschhöhe.

„Nein! Verdammt!" Ich stocke und bin mir der kalten Wand in meinem Rücken bewusst. Vielleicht wäre es doch besser gewesen, das Gespräch woanders zu führen. Der Gang ist reichlich schmal. „Es ist sowieso fast zu spät. In wenigen Tagen habe ich die zwölfte Schwangerschaftswoche erreicht, danach ist eine Abtreibung unmöglich. Am dritten Juli kommt unser Kind zu Welt."

Oh-ha... ein Fehler!

Ich habe das Falsche gesagt. Was bin ich doch für eine Quasselstrippe. Paulos Gesicht verzieht sich. Seine Stirn legt sich in Falten und auch sein Mund formt sich zu einer geraden Linie, weil er die Lippen fest aufeinanderpresst.

„Mach das nicht." Der Vater meines Babys schüttelt den Kopf und nähert sich mir, bis auf ein paar Zentimeter. Mein Herzschlag nimmt automatisch zu, genau wie das mulmige Gefühl in meinem Bauch. „Mach. Das. Nicht. Setz mich nicht unter Druck." Ein *Du wirst es bereuen*, hängt in der Luft.

„*Ich* setze dich unter Druck?", fahre ich ihn an, obwohl das nicht sehr schlau ist. Im Tatsachenverdrehen ist er einsame Spitze. „*Du* setzt mich unter Druck", kontere ich. „Du drohst mir sogar und hast mich zu Boden gestoßen." Einmal Luftholen. „Ich bin schwanger. Verflucht!"

„Miststück."

Entgeistert stehe ich da und traue meinen Ohren nicht. Hat er mich gerade Miststück genannt? Wie konnte ich jemals glauben, dass dieser Mann mich liebt? Er liebt nur sich selbst. Ob seine Zukünftige ahnt, was für ein Mensch sich hinter der Fassade verbirgt?

Womöglich lässt sie sich ebenso täuschen wie ich. Paulo kann ein guter Schauspieler sein.

In seinen Augen blitzt etwas auf, das ich als blanken Zorn identifiziere und meinen Fluchtreflex aktiviert. Schnell weg.

Es ist Zeit, das Gespräch zu beenden. Ein für alle Mal. Offensichtlich ist dieser Fiesling nicht bereit, von seinem Standpunkt abzuweichen und über eine Zukunft zu reden, in der sein Kind eine Rolle spielt. Warum versteht er nicht, wie aussichtlos es ist, sich dagegen zu sträuben? Dieses Baby wird Realität werden. Schon sehr bald. Die Entscheidung treffe ich. Der Erzeuger hat dabei kein Mitspracherecht.

„Ich gehe", sage ich, da ich diesmal schlauer bin und mich nicht wieder von ihm anfassen lassen will. „Komm nicht mehr ins Hotel und versuche auch, keinen Kontakt mit mir aufzunehmen. Du hörst von mir, sobald das Kind auf der Welt ist." Obwohl Paulo nah vor mir steht, drehe ich mich seitlich weg und sehe zu, dass ich Land gewinne.

Kaum habe ich zwei Schritte gemacht, spüre ich eine Hand zwischen den Schultern. Im nächsten Augenblick werde ich nach vorn gestoßen. Wäre der Gang nicht so schmal und könnte ich mich nicht abstützen, würde ich zu Boden gehen. Ich würde fallen und erneut auf den Knien landen.

Entsetzt schnappe ich nach Luft. Wie hinterhältig, durchtrieben, charakterlos.

Dieser Mistkerl hat es schon wieder getan. Das wovon ich behauptet habe, dass er sich dazu nicht erneut herablassen würde. Er hat mich angegriffen. Zwar hat er mich nur geschubst, aber trotzdem. Wer tut sowas?

Was ist das für ein Mensch, der eine Schwangere angreift? Unter Umständen liegt Chris mit seiner Einschätzung gar nicht so falsch. Paulo ist gefährlich. Gefährlicher als ich angenommen habe. Ich habe ihn unterschätzt.

Anders als beim letzten Mal zögere ich nicht. Ich drehe mich um, reiße den Mund auf und schreie aus vollem Halse. Es ist kein Hilferuf. Es ist einfach nur Schreien. Ein Kreischen, um genau zu sein. Hoch, schmerzhaft und äußerst unschön mitanzuhören.

Am Ende des Ganges liegt der Pausenraum. Bevor ich Luftholen kann, um meinen Schrei zu verlängern, fliegt die Tür auf. Die Klinke schlägt mit einem Krachen gegen die dahinterliegende Wand. Bitsy und James-Dean sehe ich zuerst, dahinter treten zwei weitere Kolleginnen in den Gang.

Paulo steht wie erstarrt vor mir, die Hand erhoben. Obwohl ich Verwunderung in seinem Blick erkenne, haben sich seine Augenbrauen zusammengezogen. Offensichtlich überrascht ihn meine ungewöhnliche und sehr intuitive Reaktion. Mit einem derartigen Gekeife hat er nicht gerechnet. Gut für mich.

„Nika“, brüllt James-Dean und ist schneller bei mir als Bitsy, die ebenfalls irgendetwas ruft. Leider verstehe ich sie nicht, weil ich immer noch kreische.

Kaum wird mir das bewusst, höre ich damit auf.

Stille.

Die Hilfe ist da. Meine Rettung. Ich klappe den Mund zu und schlucke, weil meine Zunge sich trocken anfühlt. Ich bin nicht allein.

James-Dean schiebt sich zwischen mich und Paulo und lässt den Liebling der Familie Kaipo nicht aus den

Augen. James-Dean ist klein, viel kleiner als mein Angreifer. Dafür hat er ein breites Kreuz und Muskeln, um das Gepäck der Leute von A nach B zu tragen. Außerdem ist er mutig und fühlt sich offenbar unbesiegbar. Er scheint vor nichts Angst zu haben. Auch nicht vor einem deutlich größeren Kaipo, der kurz vor einer Explosion steht. Ohne es zu wollen, bin ich beeindruckt.

„Verschwinde", presst er zwischen zusammengebissenen Zähnen hervor und schubst Paulo, genauso fest wie der mich geschubst hat. „Du hast hier nichts verloren. Lass Nika in Ruhe."

Wenn ich nicht schon ein klitzekleines bisschen in einen sexy Anwalt aus Chicago verliebt wäre, würde ich mich jetzt in James-Dean vergucken. Natürlich in die ältere Version von ihm. Der Bagagist ist schließlich noch ein Teenager. Die Frauenwelt muss sich in Acht nehmen, sobald der Junge erwachsen wird.

Wie von selbst verlangsamt sich mein Herzschlag und auch meine Atmung normalisiert sich. Es geht mir gut, ich bin sicher. Paulo hat mich nicht verletzt. Zumindest nicht körperlich. Durch die Begegnung ist mir allerdings klar geworden, dass er tatsächlich zur dunklen Seite gewechselt ist. Etwas, das ich bisher nicht habe glauben wollen.

„Nimm dich in Acht!" Paulo deutet über James-Deans Schulter mit dem Finger auf mich. „Du wirst dieses Baby nicht zur Welt bringen."

Schock!

Mich überkommt Übelkeit und diesmal sind es nicht die Hormone, die daran schuld sind. Die offene Drohung, direkt ausgesprochen, verfehlt ihre Wirkung nicht. Kombiniert mit dem stechenden Blick ist es kaum auszuhalten.

Ich habe Angst.

Im nächsten Moment werde ich erneut überrascht. James-Dean wirft sich mit seinem kompletten Körpergewicht gegen Paulo und bringt ihn zu Fall. Danach holt er aus und schlägt meinem Exfreund mitten ins Gesicht. Ich sehe Blut spritzen und wenig später eine aufgeplatzte Lippe. Bitsy schreit, oder sie feuert James-Dean an, ich bin nicht sicher. Total verwirrt trifft es wohl eher. Wo soll ich zuerst hingucken? Was passiert hier? Vor meinen Augen...

Gerade versuche ich den Überblick zu erlangen, da hat Paulo seine Überraschung abgeschüttelt. Er wehrt sich, setzt zum Gegenzug an, holt aus und boxt James-Dean gegen den Kiefer. Wieder sehe ich Bluttropfen durch die Luft fliegen.

Himmel. Das kann doch nicht wahr sein? Sind die beiden verrückt geworden? Sie sollen aufhören. Ich schlinge die Arme um meinen Körper und halte mich fest.

Hilfe!

Gerade überlege ich, dazwischen zu gehen, da kommt Bitsy mir zuvor. Sie zieht den Kopf ein und packt Paulo, der halbaufgerichtet auf dem Boden hockt, von hinten am Kragen. Sein nächster Schlag geht ins Leere. Gott sei Dank. Einen Augenblick später befindet sich auch James-Dean in Gewahrsam. Wo kommen all die Leute her? Der Pausenraum hat sich komplett geleert und den Gang mit unzähligen Angestellten des *Lailani Beach Hotels* gefüllt. Nik, ebenfalls Bagagist hält James-

Dean fest und Bitsy wird von einem männlichen Kollegen abgelöst, um Paulo am Weiterkämpfen zu hindern.

Was für ein Aufstand. Und alles nur meinetwegen. Verdammt. Im Mittelpunkt zu stehen, gefällt mir überhaupt nicht. Kann ich bitte woanders sein?

„Schafft diesen Mistkerl raus", erteilt Bitsy Befehle, als wäre sie der Chef dieser selbstorganisierten Einsatztruppe. „Aber passt auf, dass Mr. Okalani nichts mitbekommt. Am besten, ihr geht hintenherum und werft dieses Schwein zu den Mülltonnen. Da ist er gut aufgehoben."

Bitsy sagt das mit Genugtuung in der Stimme. Ich erkenne meine sonst so liebe und umgängliche Freundin nicht wieder. Diese Seite an ihr ist neu.

Die anwesenden Männer führen Paulo, der sich mittlerweile beruhigt hat aber immer noch sauer dreinschaut, durch die nächstgelegene Tür ins Freie.

Ich bin froh, dass mein Exfreund schweigt und sich vorerst geschlagen gibt. Die Tatsache, dass er erneut den Kürzeren gezogen hat, hindert ihn nicht daran, mir einen letzten Blick zuzuwerfen. Einen Blick, der mir das Blut in den Adern gefrieren lässt.

***

„Wieso hat dein Ex dich im Hotel aufgesucht? Was wollte er?", begrüßt mich Chris am Abend, ohne vorher Hallo zu sagen. Seit ich ihn in Chicago besucht habe, telefonieren wir jeden zweiten Tag. Zumindest, sobald es seine Arbeit und die Zeitverschiebung zulassen. Es ist nicht so einfach, alles unter einen Hut zu bringen.

Wenn es schlecht auskommt, muss einer von uns lange aufbleiben, oder sich einen Wecker stellen.

„Woher weißt du davon?", frage ich, weil der Vorfall gerade mal ein paar Stunden her ist. Ich bin eben erst nach Hause gekommen. Bei Chris ist es nach dreiundzwanzig Uhr.

„Äh…"

„Wie hast du davon erfahren?", bohre ich nach. Dass ich die Begegnung mit Paulo hatte verschweigen wollen, sage ich nicht. Zu gerne hätte ich mir ein *Siehst du: Ich hatte recht* erspart. Pech für mich. Heute gibt es wohl keine Geheimnisse mehr zu wahren.

„Äh…" Chris steckt eindeutig in Erklärungsnot.

„Du hattest recht", sage ich und erspare mir den Kommentar, den ich mir sicher im nächsten Satz hätte anhören müssen. „Paulo ist ein Idiot, ein Mistkerl und ich habe ihn unterschätzt. Er gehört nicht zu den Guten. Kein bisschen." Mehr gibt es dazu nicht zu sagen. Mein Baby wird ohne Vater aufwachsen.

Gefühle und Emotionen steigen augenblicklich in mir hoch, obwohl ich das gar nicht will. Mist. Jetzt ist nicht der richtige Zeitpunkt, um in Tränen auszubrechen oder sich in Selbstmitleid zu suhlen.

„Geht es dir gut? Hat er dich wieder verletzt?" Sorge und Bestürzung sind nicht zu überhören.

Mit einem langen Ausatmen schlucke ich die ungeweinten Tränen hinunter und lecke mir über die Lippen, weil mein Mund sich trocken anfühlt. „Nein. James-Dean und Bitsy waren rechtzeitig zur Stelle und haben umgehend eingegriffen." Kaum ausgesprochen, fällt der Groschen. „Wer von den beiden hat gepetzt?"

Woher sollte Chris sonst Bescheid wissen? Irgendjemand muss ihn eingeweiht haben. Niemand sonst kommt infrage.

„Keiner hat gepetzt." Chris' Antwort klingt abgehackt und wird von einem Schnauben begleitet. Außerdem höre ich ein schlechtes Gewissen heraus. „Was ist gepetzt überhaupt für ein Wort? Gepetzt. Gepetzt. Wir sind doch nicht im Kindergarten."

Die Antworten sind so typisch und bringen mich zum Schmunzeln. „Versuchen Sie sich auf schnippische Art herauszureden, Herr Anwalt?"

Chris stöhnt rau und ungehalten. „Nenn mich nicht Herr Anwalt, wenn du tausende von Meilen entfernt bist. Du weißt, dass mich das anmacht."

Ein unkontrolliertes Kichern steigt in mir auf. „Möchtest du bestreiten, dass du planst, mich mit unwichtigen Fragen vom Hauptthema abzulenken? Ist das eine gängige Masche von euch Juristen?"

Chris' Antwort ist ein Brummen.

„Ich durchschaue dich." Obwohl mein Gesprächspartner mich nicht sehen kann, kneife ich die Augen zusammen. „Lass mich raten. Es ist James-Dean, richtig? Du hast ihn auf Paulo angesetzt. Ich weiß nicht wie du es angestellt hast, vielleicht hast du ihn über das Hotel anrufen lassen oder..." Die nächsten Worte bleiben mir im Hals stecken. Ein furchtbarer Gedanke durchzuckt mich. „Chris! Hast du ihn wirklich auf Paulo angesetzt? Der Junge ist noch ein Teenager. Du kannst ihn doch nicht bitten, sich in Gefahr zu bringen – für mich. Das ist nicht richtig." Wie kann er so etwas tun? Ein solches Verhalten ist unverantwortlich.

„Himmel, Nika, glaubst du wirklich, ich würde einen Jungen mit einem übergroßen Ego um so etwas bitten?" Chris klingt beleidigt.

„Hast du nicht?"

„Nein. Nicht so wie du denkst. Ich habe lediglich dafür gesorgt, dass er im Hotel ein Auge auf dich hat. Sonst nichts. Er sollte sich in keine Probleme einmischen und schon gar nicht deinen Ex stalken oder ihn verprügeln. Ich weiß selbst, dass James-Dean ein übermotivierter Sechzehnjähriger ist."

Einen Moment denke ich über das nach, was Chris gesagt hat. „Was ist mit Bitsy? Steckt sie auch mit drin?"

Chris fängt an zu lachen. „Deine Freundin kenne ich nicht. Ich habe weder mit ihr gesprochen, noch zahle ich ihr ein Gehalt. Aber glaub mir, ich brenne mehr und mehr darauf, diese Frau kennenzulernen."

Habe ich mich verhört?

„Du zahlst James-Dean ein Gehalt?" Jetzt bin ich von den Socken. „Damit er auf mich aufpasst?" Unvorstellbar. Der Tag weist einiges an Überraschungen auf.

Ein Seufzen ist zu hören.

„Du wolltest keinen Bodyguard. Hast du das vergessen? Außerdem braucht der Junge keine Touristen mehr zu beklauen, solange er anderweitig genug verdient. Es ist nicht direkt ein Gehalt... nur so ein bisschen."

Nur so ein bisschen, wiederhole ich in Gedanken und zweifele an der Aussage. Wie hoch ist für Chris *ein bisschen*? Verdammt. Wie kann ich ihm böse sein, wenn er so etwas Umsichtiges tut. „Und jetzt?" Diesmal seufze ich.

„Jetzt haben dein Ex und James-Dean eine aufgeplatzte Lippe. Sie werden es beide überleben. Wenn ich da gewesen wäre, wäre dein Ex nicht so gut davongekommen." Die letzten Worte spricht Chris hart aus.

Interessant. Er scheint haarklein über den Ablauf der Prügelei informiert worden zu sein. Ob er auch die Arztrechnung von James-Dean übernimmt? Unter Umständen, sollte James-Deans Kiefer weiterhin schmerzen, muss er ihn röntgen lassen.

„Wie geht es jetzt weiter?" Mit einem Plumps lasse ich mich auf die Couch fallen und lege die Füße auf den Wohnzimmertisch.

„Der Junge passt weiterhin auf dich auf, auch wenn es dir nicht gefällt", fügt er hinzu, bevor ich protestieren kann. „Außerdem komme ich am sechsten Januar zu dir nach Honolulu. Einen Flug habe ich bereits gebucht."

Wenn Chris wüsste...

„Okay", stimme ich ihm zu, da ich meine Überraschung noch ein Weilchen für mich behalten möchte. „Aber sage James-Dean, dass er sich nicht mehr meinetwegen prügeln darf."

„Habe ich schon gemacht."

„Danke." Von meinem Platz aus sehe ich Chris' Geschenk, das ich auf das Sideboard gelegt habe, damit ich es mir jederzeit von der Couch aus anschauen kann. Obwohl ich zum Ausflippen neugierig bin, habe ich es nicht ausgepackt. Und das, obwohl Bitsy mich schon hundert Mal darum gebeten hat. Was wohl drin ist? Ein paar Tage muss ich mich noch gedulden.

„Ich habe dir übrigens auch ein Weihnachtsgeschenk besorgt“, sage ich und wackele ein bisschen mit den Zehen. Meine Füße schmerzen vom vielen Laufen.

„Hast du?“ Natürlich habe ich mich noch am selben Tag, an dem das Päckchen angekommen ist, bei Chris bedankt.

„Yep. Aber ich schicke es nicht mehr mit der Post. Wahrscheinlich kommt es eh nicht rechtzeitig an. Außerdem ist es etwas, das ich ungern dem Versandservice überlassen möchte.“ Mehr Informationen bekommt er nicht.

„Du willst mich neugierig machen?“

„Ein bisschen“, antworte ich mit seinen Worten. Prompt steigt ein überlegenes Schmunzeln in mir auf. „Das ist nur gerecht. Ich bin schließlich ebenfalls neugierig. Was könnte in deinem kleinen Päckchen drin sein? Die Frage stelle ich mir jeden Morgen, sobald mein zufälliger Blick darauf fällt.“

„Möchtest du es wissen?“

„Natürlich möchte ich es wissen. Aber du hast *Nicht vor Weihnachten aufmachen* draufgeschrieben. Also halte ich mich zurück.“

„Mach es auf!“

„Das werde ich. Lange muss ich nicht mehr warten. Bis Weihnachten sind es nur noch ein paar Tage.“

„Nika? Mach es *jetzt* auf.“

„Jetzt?“

Chris lacht. „Ja, genau. Jetzt sofort.“

„Bist du sicher?“ Ein nervöses Kribbeln steigt in mir auf. Es fühlt sich falsch an, Weihnachtsgeschenke frühzeitig auszupacken. Sowas habe ich noch nie getan.

„Wenn du vorher zu FaceTime wechselst, bekommst du meine Erlaubnis, es unverzüglich auszupacken. Das ist die einzige Bedingung. Ich möchte beim Öffnen dein Gesicht sehen."

14
Chris

Ich fühle mich wie ein kleiner Junge. Als würde ich selbst das Geschenk auspacken. Dabei will ich nur Nikas Freude sehen, sobald sie die winzigen Sneakers entdeckt. Sie wird ausflippen. Zumindest hoffe ich das. Ich für meinen Teil, finde Mini Air Jordans extrem cool und definitiv zum Ausflippen.

„Nun mach schon", locke ich sie, kaum dass ich ihr Gesicht auf meinem Handy sehen kann.

„Moment." Sie stellt das Handy ab und richtet es aus, damit sie die Hände frei hat. Dabei erhasche ich einen wunderbaren Blick auf ihre nackten Beine. Und ihre Füße. Sind ihre Zehennägel rot lackiert? Oh Gott, wie gerne wäre ich in diesem Moment bei ihr. Dieses bunte Sommerkleid, das ihre noch schlanke Taille betont, steht ihr ausgezeichnet. Zu gerne würde ich es ihr ausziehen und sie überall küssen.

Konzentration Markham!

„Nun mach schon."

„Dränge mich nicht. Ich will es genießen."

„Jetzt sag nicht, dass du zu den Leuten gehörst, die vorsichtig mit Geschenkpapier umgehen, damit sie es wiederverwenden können." Die nackten Beine verschwinden aus dem Sichtfeld, bevor Nika mit dem Päckchen in den Händen zurückkommt.

„Dies ist ein Karton. Es gibt kein Geschenkpapier."

Meine Augen verdrehen sich nach hinten, bevor ich kurz zur Decke sehe. „Nun mach schon. Ausnahmsweise werde ich darüber hinwegsehen, dass du nicht auf meine Bemerkung reagiert hast. Ich werde dir beibringen, Geschenkpapier einfach abzureißen. Kurz und schmerzlos. Es ist ganz leicht. Du musst es nur oft genug üben."

„Wehe du schenkst mir jetzt ständig etwas." Sie hält inne und wirft mir einen strengen Blick zu. „Chris..."

Himmel!

„Den Gedanken hatte ich kurzzeitig", gestehe ich und lache, weil sie mich durchschaut hat. „Nun mach schon", wiederhole ich mich zum gefühlt hundertsten Mal. „Weniger reden, mehr auspacken."

Nika schüttelt den Kopf, fängt aber vorsichtig, wie ich es vermutet habe, an, den Karton zu öffnen. Sie hat ein bezauberndes Lächeln auf den Lippen und sieht wunderschön aus. Ich krieche förmlich ins Display, um jede noch so kleine Regung in ihrer Miene aufzuspüren. Ob sie ahnt wie anschaulich sie mit jeder Faser ihres Körpers strahlt, wenn sie von Vorfreude und Ungeduld gepackt ist?

„Was ist das?" Etwas umständlich holt sie den Schuhkarton aus dem Umkarton, der für den Versand bestimmt war, und wirkt herrlich verwirrt.

Ich genieße den Augenblick in vollen Zügen.

„Klappe den Deckel auf." Meine Ungeduld ist völlig untypisch. Normalerweise bin ich die Ruhe in Person.

Mit Mühe zwinge ich mich, auf dem Teppich zu bleiben und nichts mehr zu sagen.

Nika folgt meiner Anweisung und schlägt das Seidenpapier zur Seite. Jetzt müsste sie das erste Schühchen bereits sehen können.

Ihr Schmunzeln verändert sich.

Verflixt! Warum ist sie so weit vom Handy entfernt? Sie streicht mehr Seidenpapier aus dem Weg, diesmal zur anderen Seite. Den Blick hält sie die ganze Zeit auf den Inhalt des Kartons gerichtet. Mist. Kann sie mal hochschauen? Gefallen ihr die Schühchen nicht? Ich sehe ihr Gesicht nicht richtig. Unsicherheit macht sich breit. Vielleicht finde nur ich die Air Jordans gut, weil ich ein Mann bin und Michael Jordan bewundere. Natürlich habe ich nicht wirklich über diesen Spontankauf nachgedacht. Vermutlich steht Nika nicht mal auf Sport. Wir haben nie darüber geredet. Wie dumm. Warum habe ich nichts anderes gekauft? Einen Schnuller oder so...

„Oh Gott. Sind das Schuhe?", stöhnt sie überwältigt und legt sich die Hand auf den Mund. Sie greift nach den Schnürsenkeln und befreit die winzigen Sneakers von dem letzten Stück Papier. Mir war gar nicht bewusst, wie viel Zeug die Verkäuferin in den Karton gestopft hat.

„Ja. Es sind Air Jordans", beantworte ich ihre Frage mit einem Rest Verlegenheit in der Stimme. „Ich habe sie zufällig im Sportgeschäft entdeckt und musste sie einfach kaufen. Wenn du sie nicht kennst oder sie dir nicht gefallen, ist das kein Problem. In dem Fall schenke ich dir etwas anderes. Ich könnte..." Besser ich höre auf zu reden, bevor ich mich weiter blamiere.

Nika sieht hoch und ich glaube, Tränen in ihren Augen schimmern zu sehen. Freudentränen. „Natürlich kenne ich Air Jordans." Ihr Lächeln wird von einem Kopfschütteln begleitet. „Ich lebe auf Hawaii nicht auf dem Mond."

Ihr Kommentar bringt mich zum Lachen. „Dann ist es ja gut." Ein langes Ausatmen folgt den Worten und Erleichterung macht sich breit.

„Ich habe sogar selber welche", fährt sie fort. „Obwohl ich sie nicht oft trage, weil es zu warm ist." Plötzlich ist sie weg. Ich höre Geräusche aus dem Hintergrund, die ich nicht definieren kann. Wenig später tritt sie zurück ins Sichtfeld und zeigt mir einen Sneaker, der denen, die ich ihr Geschenkt habe, sehr ähnlich ist – nur größer. „Schau." Sie hält den Kleinen daneben. „Ich liebe sie. Du musst völlig verrückt sein, wenn du mir etwas so Teures schenkst."

„So teuer waren sie gar nicht", lüge ich, weil ich mich freue, das Richtige gekauft zu haben. Der Preis spielt keine Rolle. Die Freude in ihren Augen wollte ich sehen. Schön, dass es mir gelungen ist.

„Ich glaube dir nicht, aber ich freue mich riesig. Danke." Sie schickt mir einen Handkuss durchs Telefon.

Während Nika die Schuhe aus den Händen legt und sich dran macht, das Papier vom Tisch und Boden aufzuheben, überlege ich, ob ich mich trauen und vorfühlen soll. Es ist sicher zu früh und irgendwie seltsam, aber ich möchte sie zu gerne fragen. Die Gedanken lassen mich nicht in Ruhe und stören mich beim Arbeiten.

So blockiert und unkonzentriert wie in den letzten Tagen war ich noch nie. Dummerweise ist das Rachel und den Partnern in der Firma auch schon aufgefallen.

Es wäre schön, Bescheid zu wissen, bevor ich mich in eine Frau verliebe, die nicht bereit ist, sich auf einen Anwalt in Chicago einzulassen. Am besten ich springe ins kalte Wasser und verschaffe mir Klarheit. Direkte Worte sind der einfachste und schnellste Weg. Eigentlich wollte ich warten bis wir uns persönlich – von Angesicht zu Angesicht – gegenüberstehen. Aber es geht nicht. FaceTime muss ausreichen.

„Kann ich dich etwas fragen?", platzt es aus mir heraus, bevor ich es mir anders überlegen kann. Mein Herzschlag beschleunigt sich augenblicklich. Auch meine Handflächen werden feucht.

Nika setzt sich zurück auf die Couch und nimmt das Handy in die Hand. Sie ist jetzt wieder ganz nah. Was gut ist, weil ich so jede Regung in ihrem Gesicht erkennen kann.

„Natürlich. Schieß los." Ihre zufriedene Miene ist bezaubernd. Ich kann mich gar nicht sattsehen. Und alles nur wegen ein paar Schühchen. Vielleicht werde ich in Zukunft ein sehr guter Kunde im Schuhfachgeschäft.

Konzentration!

Wie fange ich an?

„Äh…" Mist.

Nikas Mundwinkel heben sich. „So schwer?"

Warum bekomme ich die Zähne nicht auseinander?

„Eigentlich nicht." Auch ich muss lächeln. „Seit du bei mir in Chicago warst, geistert mir eine Frage durch den Kopf, die mich nicht mehr loslassen will."

„In dem Fall solltest du einfach mit der Sprache herausrücken." Sie zwinkert auf eine freche Art, wie sie es immer tut, wenn ihr der Schalk im Nacken sitzt. „Es ist ganz einfach, genau wie Geschenkpapier abreißen."

Kurz bin ich sprachlos. Kaum habe ich mich gefangen, muss ich lachen und ihr recht geben. Touché.

„Also schön... dann lege ich mal los und reiße das Geschenkpapier mit voller Wucht ab." Einatmen und ausatmen. „Könntest du dir vorstellen, in Chicago zu leben?" Wenn das nicht mit voller Wucht war, weiß ich es auch nicht. „Ich meine natürlich bei mir. Könntest du dir vorstellen, Hawaii zu verlassen und zu mir nach Chicago zu ziehen?" Bevor sie antworten kann, rede ich gleich weiter. „Mein Freund Pierce hat sich entschlossen nach O'ahu zu gehen, weil Ana und ihre Familie auf Hawaii verwurzelt sind. Bist du auch verwurzelt?" Himmel. Was stelle ich für bescheuerte Fragen? „Ich meine... also ich weiß, dass du schwanger bist und bald ein Kind bekommst. Die Tatsachen sind mir bewusst. Aber ich möchte dich nicht loslassen und frage mich, ob es dir ähnlich mit mir geht. Möchtest du bei mir sein? Hier in Chicago?" Das letzte flüstere ich nur, danach verstumme ich, weil alles gesagt ist. Ich hoffe, ich habe mich nicht zu sehr zum Affen gemacht.

Leider fühle ich mich keinen Deut besser, als vor der Frage. Solange ich keine Antwort habe, fürchte ich, wird sich das auch nicht ändern.

Warum ist Nikas Miene so schwer zu deuten? Hält sie mich für verrückt oder denkt sie nach oder... ist sie entsetzt? Keine Ahnung. Warum sagt sie nichts? War es doch zu früh, diese besondere Frage zu stellen? Ich bin verwirrt.

„Nika?“

Die Frau, für die ich mich mehr als jemals zuvor ins Zeug gelegt habe, wendet den Kopf. Ihre braunen mandelförmigen Augen richten sich direkt auf mich. Sie durchbohren mich und scheinen mir etwas sagen zu wollen.

Warum macht sie es so spannend? Kann sie nicht endlich sprechen? Gerade als ich denke, dass ich jetzt eine Abfuhr bekomme, öffnet sie den Mund und überrascht mich.

„Ja.“

Hä?

Wie ja? Einfach ja?

„Ich verstehe nicht.“ Mein Atem stockt. Da meine Hand plötzlich rutschig ist, wechsele ich das Handy in die andere. „Du kannst dir vorstellen, bei mir in Chicago zu leben?“ In mir drin bricht vorsichtiges Jubelgeschrei aus.

„Ja.“ Ihre Antwort wird von einem Nicken begleitet, das ich in diesem Augenblick für das schönste Nicken auf der Welt halte.

„Nika, du machst mich gerade zum glücklichsten Menschen auf der Welt. Du möchtest das wirklich machen?“

Ein Seufzen ist zu hören. „Ich liebe Hawaii“, fängt Nika an zu erklären und sieht kurz zur Wand, an der ein Bild vom Waikiki Beach hängt. „Ich bin hier geboren und fühle mich wohl. Aber ich besitze keine Ananasplantage und habe keinen Vater und keinen Bruder, die mich gemeinsam an ihrer Seite behalten wollen. Ich bin Zimmermädchen. Überall, wo es Hotels gibt, kann ich arbeiten. Meine Mutter ist tot, meinen Vater kenne ich nicht und Geschwister habe ich auch keine. Ich habe nur Bitsy und die ist Backpackerin." Nika verschluckt sich an einem plötzlichen Lacher. „So wie ich sie einschätze, würde sie es verstehen. Vielleicht würde sie mein Ausreisen sogar als Grund nehmen, um ihren Posten im Hotel aufzugeben und ebenfalls loszuziehen. Ihr Aufenthalt auf Hawaii dauert bereits unverhältnismäßig lange. Für gewöhnlich bleibt Bitsy selten länger als sechs Monate an einem Ort."

Ein Traum.

Ich bin im Himmel.

Nika ist die Beste. *Ich liebe sie.*

Das ist mir jetzt so rausgerutscht. Zum Glück habe ich es nicht laut ausgesprochen. Für eine Liebesbekundung ist es eindeutig zu früh. Viel zu früh.

„Wow. Ich freue mich." Am liebsten würde ich sie jetzt in den Arm nehmen und küssen. Leider geht das nicht, da sie viertausend Meilen weit entfernt ist. Ich kann ihr nur mit einem dämlich verliebten Grinsen antworten. „Gut. Sehr gut. Toll", überschlage ich mich und spüre meine Gesichtsmuskeln, die außer Kontrolle geraten. Unverzüglich versuche ich den ungeordneten Schwall an Worten zu bremsen. „Dann sind wir jetzt zusammen", beschließe ich und gebe mir alle Mühe, dieses Grinsen abzustellen. „Fest. Du und ich. Zusammen. Wir sind ein Paar." Mein Gestammel wird schlimmer.

„Chris? Atme einmal tief durch."

Gute Idee.

Nikas sanfte Stimme bringt Ruhe in meinen Kopf und lässt mich durchatmen. Mir war gar nicht bewusst, wie hektisch ich geworden bin. „Danke." Ich zähle von fünf runter und genehmige mir noch ein paar extra Atemzüge. Schon besser.

„Du hast mich nur gefragt, ob ich mir vorstellen kann, in Chicago zu leben, bei dir. Das kann ich. Aber deshalb musst du nicht in Panik geraten oder Dinge überstürzen. Lass es uns langsam angehen." Ihr Blick ist mitfühlend und scheint mich förmlich zu streicheln. „Wir müssen etwas so Bedeutsames nicht sofort entscheiden. Nicht mal im nächsten halben Jahr. Komm im Januar nach Hawaii und dann sehen wir, wie es läuft. Vielleicht magst du mich bis dahin nicht mehr, oder hast es dir anders überlegt, weil ich schon ein kleines Bäuchlein habe."

Wohl kaum. Die Befürchtung ist lächerlich.

„Du wirst umwerfend aussehen. Ich freu mich schon auf deinen Schwangerschaftsbauch. Hoffentlich wird er gigantisch." Ich forme mit den Händen einen übergroßen Kreis.

Nika hebt das Kinn und rollt mit den Augen. „Besser du wartest ab, bevor du dir so etwas wünscht. Zweifellos sehen viele Schwangere wunderschön aus, trotzdem gibt es Frauen, denen eine Schwangerschaft nicht so gut steht."

„Dir wird sie gut stehen." Für mich ist das klar. Klarer geht es kaum. Keine Ahnung, warum ich von der Vorstellung so verzaubert bin. Aber ich freue mich auf jede Veränderung. Und sei sie noch so klein.

„Warten wir es ab. Es ist zu früh, Behauptungen anzustellen." Nika greift nach den Schühchen. „Zumindest wird das Baby, wenn es erst auf der Welt ist, mit den Sneakers extrem cool aussehen."

Selbstverständlich. Da sind wir uns einig.

„Ich wünschte, ich könnte dich küssen." Der Wunsch
steigt erneut mit aller Heftigkeit in mir auf. Mir fehlt
Nikas Nähe. Sie nur zu sehen reicht nicht.

„Nur noch ein paar Tage", versucht sie mich zu trös-
ten.

„Du musst Weihnachten und Silvester ohne mich verbringen." Da Nika außer Bitsy keine Familie hat, ist das
sicher schwer.

Ihr seliger Gesichtsausdruck fällt ein wenig zusammen. Anscheinend denkt sie ähnlich. „Ich muss sowieso über die Feiertage arbeiten", versucht sie die
Stimmung zu heben. „Wenn du hier wärst, könnten wir
uns kaum sehen."

Ein schwacher Trost, der bei mir nicht recht fruchten
will.

„Telefonieren wir morgen wieder?", frage ich.

„Wie spät ist es?" Nika dreht sich der Wanduhr hinter
ihr zu. „Du musst morgen früh aufstehen und es ist bereits nach Mitternacht", ruft sie. „Chris! Warum hast du
denn nichts gesagt? Wir hätten schon früher aufhören
können."

Auf keinen Fall.

„Weil ich es nicht wollte. Wie ich mich kenne, bekomme ich sowieso kein Auge zu. Jetzt wo ich weiß,
dass du mich willst. Du sogar bereit bist, zu mir zu kommen."

Nika versucht, nicht verlegen dreinzublicken. Ihre
Geste, unauffällig zur Seite zu schauen, ist zu süß. „Du
bist unverbesserlich. Wenn du davon träumst, dass ich
nach Chicago ziehe, anstatt darüber zu grübeln, bekommst du zumindest noch ein wenig Schlaf ab." Die
Worte spricht sie lächelnd aus.

Kein schlechter Grundgedanke. „Ich versuche es. Bis morgen. Träum du auch etwas Schönes“, verabschiede ich mich mit einem Zwinkern.

15
Nika

Nach den Weihnachtsfeiertagen wird es auf der Insel etwas ruhiger. Das *Lailani Beach Hotel* ist zwar noch gut belegt, aber nicht mehr ausgebucht. Aus meiner Erfahrung heraus, wird das wohl auch bis Silvester so bleiben.

Chris ruft so oft er kann an, aber in den letzten Tagen hatte er kaum Zeit, da der Fall, an dem er arbeitet seine komplette Aufmerksamkeit fordert. Ich mache mir ein wenig Sorgen. Kann er wirklich am sechsten Januar zu mir fliegen? So wie es momentan aussieht, wird das kaum möglich sein. Chris versinkt in Arbeit und wirkt bei jedem Gespräch erschöpfter. Seine tiefliegenden Augenringe erschrecken mich bei jedem FaceTime-Anruf mehr.

Obwohl der Gedanke, einen Aufpasser und Beschützer zu haben, mir zu anfangs nicht gefallen hat, muss ich nach den letzten Tagen zugeben, dass mir das Arrangement mit James-Dean guttut. Ich habe ihm erzählt, dass Chris mich eingeweiht hat und von nun an verbringen wir die Mittagspause gemeinsam. Sogar unserer Handynummern haben wir ausgetauscht – für den Notfall. Sodass ich jederzeit anrufen und ihn um

Hilfe bitten kann, sollte sich Paulo noch mal blicken lassen.

Paulo.

Er ist nach der letzten Nummer, die er abgezogen hat, nicht mehr aufgetaucht. Mittlerweile ist die Frist für die Abtreibung verstrichen. Ich bin in der dreizehnten Schwangerschaftswoche, ein Abbruch ist nicht mehr möglich. Ob das gut oder schlecht ist, weiß ich nicht. Muss ich ab jetzt um das Leben meines Kindes fürchten? Oder um meines? Paulo scheint unberechenbar. Ich erkenne ihn nicht wieder. Sein Verhalten und auch das Warten auf eine nächste Reaktion setzen mir zu. Oft bin ich schreckhaft. Außerdem habe ich das Gefühl, mich auf dem Nachhauseweg umdrehen zu müssen. Da ich mit dem Fahrrad unterwegs bin, ist das nicht ganz ungefährlich, wie ich in den letzten Tagen des Öfteren feststellen musste.

Meist bemühe ich mich, nicht dran zu denken. Aber wenn es mich überkommt und ich noch auf der Arbeit bin, suche ich James-Deans Gesellschaft und lasse mich von seiner humorvollen leicht überdrehten Art ablenken. In ein paar Tagen, sobald Chris in O'ahu ist, werde ich alles abgeschüttelt haben. Hoffentlich schafft er es. Hoffentlich kann er den geplanten Urlaub nehmen.

Der Servicewagen schiebt sich heute schwerer als sonst. Vielleicht ist ein Rad nicht in Ordnung oder das Lager ist ausgebuttert. Blödes Ding. Ich nehme mir vor, ihn bei nächster Gelegenheit gegen einen anderen auszutauschen. Es gibt nichts Schlimmeres, als kaputte Servicewagen, die sich quer stellen.

Gerade habe ich die Tür zur nächsten Suite auf meiner Liste geöffnet, da kommt eine Frau den Gang herunter. Sie ist groß, hat lange Beine, eine schmale Taille und eine wallende gelockte Mähne in Wasserstoffblond. Die roten Lippen und die goldenen Kreolen passen farblich zu der Handtasche, die an ihrem Ellenbogen baumelt. Vielleicht ist das die Bewohnerin der Suite, die ich als nächste saubermachen möchte. Wenn dem so ist, komme ich später wieder. Anders als die meisten Gäste, trägt die Dame kein Sommerkleid, sondern ein strenges Businesskostüm in Dunkelblau. Unter Umständen ist sie beruflich für ein paar Tage in der Stadt. Im *Lailani Beach Hotel* gibt es verschiedene Konferenzräume, weswegen die Vermutung nicht allzu weit hergeholt ist. Auf einer dieser Konferenzen habe ich schließlich Paulo wiedergetroffen.

Mich eingehend musternd, bleibt die Unbekannte vor mir stehen und wartet. Auf was? Soll ich beiseitetreten? Auf dem Gang ist genügend Platz. Sie braucht nur vorbeizugehen.

„Wenn sie möchten, kann ich später wiederkommen." Ich deute auf die noch geschlossene Tür zur Suite. Bestimmt möchte sie dort hinein.

„Das ist nicht mein Zimmer."

Okay. „Kann ich Ihnen sonst irgendwie helfen?" Die Schöne sieht aus als wartete sie auf irgendetwas.

„Sind sie Wanika 'Aulani?" Ihr Blick wandert zu dem Namensschild an meiner Brust, auf dem nur Nika steht.

Sofort bildet sich eine Gänsehaut und in meinem Magen entsteht ein mulmiges Gefühl. Was hat das zu bedeuten? Woher kennt die Frau meinen vollständigen Namen? Und – noch wichtiger – was will sie?

„Ja. Die bin ich." Mein Kinn hebt sich, weil ich das Gefühl habe Selbstbewusstsein ausstrahlen zu müssen. Ich bin nicht bereit, mich von ihrer Erscheinung, die zweifelsohne Wohlstand und Macht ausdrückt, einschüchtern zu lassen. Schon gar nicht, wenn ich die Zimmermädchenuniform des Hotels trage.

„Ich bin Emilia Vida."

Mehr sagt sie nicht. Anscheinend vermutet sie, dass ich über sie Bescheid weiß. Über sie und Paulo. Sollte sie mit ihren Ausführungen nicht ins Detail gehen, endet unsere Unterhaltung hier. Hätte Chris mich nicht in seine Recherche eingeweiht, wüsste ich gar nichts über sie. Ihr anscheinend sehr bekannter Nachname war mir zuvor nicht geläufig. Soll sie ruhig denken, dass ich von nichts eine Ahnung habe. Mein Wissen ist mein Joker, den ich gerne noch eine Weile behalte.

Es ist nicht meine Aufgabe, es ihr leicht zu machen, deshalb sage ich nur „Schön" und ziehe die Schlüsselkarte aus meiner Tasche, um die Suite zu öffnen. Meine Arbeit erledigt sich nicht von allein. Zum Plaudern ist keine Zeit.

„Möchten Sie gar nicht mit mir reden?" Ihre Verblüffung scheint nicht gespielt.

„Nein. Ich wüsste nicht worüber."

„Sind Sie nicht schwanger? Von Paulo Kaipo?", fragt sie erstaunt.

„Doch, aber ich wüsste nicht, was das eine Fremde angeht. Bitte entschuldigen Sie mich, ich muss arbeiten."

Meine Gelassenheit trage ich wie ein Schutzschild. Ich bin nicht bereit, mehr zuzugeben.

Die Tür zur Suite schwingt auf. Mit dem Rücken lehne ich mich dagegen, sodass sie nicht zufällt und ziehe am Servicewagen. Natürlich will das vermaledeite Rad nicht so wie ich und deshalb stecke ich im nächsten Moment im Türrahmen fest. Mist. Für gewöhnlich bleibt der Wagen auf dem Gang, während ich meine Arbeit erledige. Aber bei den Familiensuiten ist es wegen der Größe oft praktischer, ihn mit hineinzunehmen.

Emilia packt tatkräftig mit an und gibt dem Reinigungswagen den nötigen Schubs. Erledigt.

„Danke", sage ich höflich, wie zu jedem anderen, der mir geholfen hätte. Die Frau hat mir schließlich nichts getan. Sie ist nicht Paulo. Zudem kann ich sie schwer einschätzen. Noch bin ich nicht sicher, ob sie Freund oder Feind ist. Beides ist möglich.

„Ich bin Paulos zukünftige Ehefrau", gibt sie sich zu erkennen. „Können wir reden? Nur wir Frauen?"

„Kommt drauf an." Ich greife nach frischen Handtüchern und halte inne. „Wenn Sie mich zu einem Schwangerschaftsabbruch überreden wollen, dürfen sie gleich wieder gehen." Unnötig ihr zu sagen, dass es eh zu spät ist.

„Deswegen bin ich nicht hier."

Fest drücke ich die Handtücher gegen meine Brust und warte. „Wenn es nicht allzu lange dauert, können wir uns unterhalten. Momentan habe ich allerdings keine Pause. Es muss schnell gehen, da ich zeitig fertig werden muss."

Emilia wirkt aus dem Konzept gebracht. Sie scheint eindeutig etwas anderes von dem Gespräch und ihrer Gesprächspartnerin erwartet zu haben. Wahrscheinlich wird eine Frau in ihrer Position nicht oft gebeten, sich kurz zu fassen.

„Wie stellen Sie sich die Zukunft vor?"

Das will sie wissen?

Die Frage verwirrt mich.

„Wie stellen *Sie* sich Ihre Zukunft vor?", erwidere ich, weil das in meinen Augen die wichtigere Frage ist. „Ich bekomme ein Kind. Fertig. Paulo dürfen Sie behalten. Ansprüche erhebe ich auf den Fremdgeher nicht. Sollten Sie meinen Segen für eine Beziehung mit ihm brauchen, dann bitte, den gebe ich Ihnen gerne."

Amen.

Emilias Blick gefriert zu Eis. Ich habe mich im Ton vergriffen. Meine Gnade war offensichtlich nicht von Nöten.

„Ihren Segen brauche ich nicht", fährt sie mich scharf an, sodass ich einen Schritt zurückweiche. „Deshalb bin ich nicht hergekommen."

„Warum dann?" Es ist an der Zeit, Klartext zu reden.

„Letzte Woche hat Paulo mir von seinem Fehltritt und Ihnen erzählt. Er hat alles gebeichtet und mich um Verzeihung gebeten. Aber..." Emilia stockt und presst die Lippen aufeinander als zweifele sie an dem, was sie gleich sagen wird. Warum steht Unbehagen in ihren Augen? Unbehagen und etwas, das ich nicht deuten kann.

„Aber was?" Ich lege die Handtücher zurück auf den Wagen. Warum ich das tue, weiß ich nicht. Die ganze Situation verwirrt mich mehr als mir lieb ist.

„Paulo möchte verhindern, dass die Presse Wind von
Ihnen und dem Baby bekommt und unsere Ehe und der
gute Ruf der Kaipos gefährdet werden. Sie müssen verstehen... wir heiraten nicht aus Liebe“, klärt die Frau,
der jegliche Herzchen in den Augen fehlen, mich auf.
„Wir werden eine Zweckehe führen. Mir gehen meine
Karriere und der Name Vida über alles. Bei Paulo ist es
etwas anders. Er wird hauptsächlich von seiner Familie
unter Druck gesetzt und zu dieser Ehe genötigt. Aber im
Grunde will er es auch. Er will mit mir und Vida-Design
den Markt erobern. Genau wie ich, ist er ein Karriere-
mensch – kein Familienmensch.“

Ihr Businesskostüm und das restliche Auftreten bestätigen ihre Worte, weswegen es mir nicht schwer-
fällt, das zu glauben.

Mein Schweigen füllt die Stille. Was soll ich auch sagen?

„Ich bin gekommen, um Sie zu warnen, Wanika“,
rückt die Karrierebesessene mit der Sprache heraus.
„Gehen Sie. Verschwinden Sie irgendwohin und lösen
Sie sich in Luft auf. Am besten verlassen Sie Hawaii
und blicken sich nicht um. Informieren Sie unter keinen Umständen die Medienmeute, oder versuchen Sie
mit den Kaipos Kontakt aufzunehmen. Mit keinem.
Weder jetzt noch später. Die Familie ist eine Nummer
zu groß für ein Zimmermädchen mit einem mickrigen
Gehalt wie dem Ihren. Kein Kaipo lässt sich erpressen.
Kein Kaipo zeigt jemals Schwäche.“ Emilia seufzt und
streicht sich in einer eleganten Geste eine ihrer blonden Locken über die Schulter. Ganz die Frau von Welt.
„Ich habe um ihretwillen Paulo gebeten seinen Vater

einzuweihen und dafür zu sorgen, dass Sie eine Verschwiegenheitserklärung unterschreiben können." Emilia Vida zuckt mit den Schultern. „In meinen Augen ist das die beste Möglichkeit, um aus der Nummer heil herauszukommen. Vielleicht lässt der alte Sack sich darauf ein und Sie bekommen eine Abfindung, die Sie für Ihr Baby zurücklegen können. Vielleicht auch nicht. Kimokeo Kaipo ist steinalt, stur und schwer einzuschätzen. Seine Handlungen lassen sich nicht vorhersehen. Unter Umständen ist es längst zu spät."

Höre ich Mitleid heraus? Ich bin zu verblüfft, um irgendetwas zu sagen. Immer noch fehlt mir jedes noch so kurze Wort. Das ist verrückt. Ein Albtraum.

Emilia rückt ihr goldenes Handtäschchen zurecht. „Seien Sie vorsichtig. Denken Sie an meine Worte und rechnen Sie bei den Kaipos mit allem. Man weiß nicht, was als nächstes kommt, weil sich keiner zu schade ist, falsch zu spielen. Ich hoffe, Sie bekommen die Verschwiegenheitserklärung und das Geld."

Emilias Miene nimmt einen freundlicheren Zug an. Sogar ihre Augen strahlen plötzlich und lassen ihre Gesichtszüge weicher erscheinen. „Ich gehe jetzt. Paulo holt mich im Hotel ab. Vermutlich wartet er bereits in der Lobby. Der Reumütige hat mir versprochen, seinen Fehltritt durch den Kauf eines angemessenen Schmuckstückes auszugleichen." Ein Zwinkern, als wären wir beide beste Freunde, folgt den Worten. „Wenn es Sie tröstet, liebe Wanika... Ich werde den Mistkerl ordentlich blechen lassen. Sein Ausrutscher wird ihn ein hübsches Sümmchen kosten. So schnell packt der seinen Zauberstab nirgendwo mehr aus. Bye bye – und noch einen schönen Tag."

Bam... und weg ist sie.

Beeindruckend.

Kaum ist die Tür ins Schloss gefallen, frage ich mich erneut, auf welcher Seite Emilia Vida eigentlich steht.

Auf keiner, beantworte ich mir die Frage selbst. Diese furchteinflößende Frau kämpft nur auf ihrer Seite. Sie wirkt abgeklärt und scheint zu wissen, worauf sie sich einlässt. Schön für sie.

Bestimmt wird es Paulo irgendwann bereuen, sie ausgewählt zu haben. Die Vida-Hexe wird ihn mit Haut und Haaren verschlingen. Vermutlich nicht sofort. Aber irgendwann, sobald sie ihm genügend Diamanten aus der Tasche geleiert hat.

16
Chris

6. Januar

Bis gestern war nicht klar, ob ich heute nach Hawaii fliegen kann. Der aktuelle Fall hat sich unendlich in die Länge gezogen und das ganze Team in Atem gehalten. Aber zu guter Letzt hat es doch geklappt. Zu meiner großen Freude habe ich sogar die Option meinen Urlaub zu verlängern, da wir einen neuen Kollegen in die Kanzlei bekommen haben, der mir einen Teil meiner Aufgaben abnehmen soll.

Diese Entlastung fühlt sich wie ein verspätetes Weihnachtsgeschenk an. Apropos Weihnachtsgeschenk. Nika holt mich in wenigen Minuten vom Flughafen ab und hat versprochen, mir mein Geschenk mitzubringen. Ich soll es noch am Flughafen auspacken. Warum diese Eile nötig ist, hat sie nicht verraten. Sehr merkwürdig.

Eigentlich hatte ich mir ein ruhigeres Plätzchen für unser Zusammenkommen vorgestellt. Ein Hotelzimmer. Ein Bett... ein Wiedersehen mit Geschenkauspacken und anschließendem Sex. Ich hätte auch nichts dagegen, wenn Nika sich als Geschenk verpacken würde. Mit einer roten Schleife, die direkt über ihrem

Busen verläuft, sähe sie zum Niederknien aus. Oder zum Anbeißen.

Stopp.

Ich muss schleunigst aufhören, in diese Richtung zu denken, sonst wird es peinlich. Und dass, obwohl Nika noch gar nicht bei mir ist, sondern ich nur über sie nachdenke. Die Frau hat mich völlig in ihren Bann gezogen. Wann bin ich ihr verfallen? Als sie mich in Chicago besucht hat? Oder früher? Im Oktober, als ich die Postkarte bekommen habe, war noch alles in Ordnung. Oder täusche ich mich?

Schwer zu sagen.

Habe ich mich vor Wochen noch über Pierce und seinen verliebten Blick lustig gemacht, muss ich mir jetzt eingestehen, dass ich wahrscheinlich nicht anders aus der Wäsche gucke. Und das Gute daran... es stört mich nicht mal. Ich bin gerne verliebt.

Ein Zustand, der völlig neu für mich ist. Neu und aufregend.

Kaum trete ich durch die Tür, die mich von der Gepäckausgabe in den Ankunftsbereich führt, wandert mein Blick von rechts nach links und zurück. Wo ist Nika? Ich möchte sie nicht übersehen oder an ihr vorbeilaufen. Das wäre fatal.

Wo ist sie? Warum sind hier so viele Menschen? Wie soll ich sie da finden? Verflixt!

„Hey, du." Mir wird von hinten auf die Schulter getippt. Die Stimme kenne ich.

Nika!

Voll überschäumender Freude drehe ich mich um. Da es keine Zweifel gibt, dass das die Frau ist, nach der ich Ausschau halte, lasse ich meinen Koffer los und schnappe mir meine Freundin. Ich umarme sie, hebe sie hoch und drehe mich mit ihr im Kreis. Das volle Ich-hab-dich-unendlich-vermisst-Programm. Was die Leute um uns herum denken, ist mir schnurzpiepegal.

Nika stößt ein Quieken aus, hält mich aber so fest, wie ich sie. Vielleicht ist ihre Umarmung sogar kräftiger als meine. Bei all der Freude, die in mir tobt, bin ich mir immer noch im Klaren darüber, dass sie in Umständen ist und ich keine Ahnung von schwangeren Frauen habe. Eventuell ist es nicht gut für das Baby, wenn ich zu sehr drücke, deshalb halte ich mich lieber zurück.

Meinen Genuss hole ich mir auf andere Art. Ich vergrabe meine Nase in ihren Haaren und atme das süchtig machende Aroma ein. Nikas eigener Duft vermischt mit dem Geruch nach Meer und Sonne. Es ist ein ganz spezielles Hawaiibukett. Hoffentlich hört sie nie auf, so wunderbar zu riechen.

„Die Leute schauen schon in unsere Richtung", klärt Nika mich mit einem Kichern auf als ich anfange, ihren Hals zu küssen.

„Ist mir egal." Ohne mich an dem Rest der Menschheit zu stören, nehme ich ihr Gesicht in beide Hände und küsse sie direkt auf den Mund. Treffer. Ich finde ihre Lippen und neige den Kopf etwas zur Seite, um einen besseren Zugang zu haben. Nika schmeckt wie sie aussieht. Süß, weich und unglaublich gut. Kaum habe ich ihre Unterlippe mit der Zunge angestupst, da öffnet sie den Mund und lässt mich hinein. Wahnsinn. Ich tauche ein und vergesse alles. Nichts ist mehr wichtig. Nur Nika und der Kuss, der hoffentlich niemals zu Ende geht.

Sie stößt den kleinen süßen Laut aus, den ich ebenfalls unglaublich vermisst habe und sinkt tiefer in meine Hände.

Oh Gott. Ich bin verloren. Wenn ich nicht bald aufhöre, wird es doch noch peinlich. Mein Blut ist bereits eine Etage tiefer gewandert. Sobald Nika weitere Laute ausstößt, wird es um mich geschehen sein. Dann kann ich eine Reaktion nicht mehr verhindern.

Obwohl ich es nicht will, löse ich mich sanft aber bestimmt von meiner Freundin. Sie in Gedanken meine Freundin zu nennen, gefällt mir ausgesprochen gut. Ich freu mich schon darauf, es zum ersten Mal vor anderen Leuten laut auszusprechen. Ich sehne mich danach, sie als meine feste Partnerin vorstellen zu können.

„Hallo", sage ich nach einem langen Augenblick, in dem ich ihr nur in die Augen schaue. In Zeitlupe lasse ich die Hände sinken. Das dämliche Grinsen, welches ich bis zu den Ohren spüre, trage ich mit Stolz. „Du bist hier", stelle ich überflüssigerweise fest.

Anscheinend ist mein Hirn noch von den Nachwirkungen des Kusses vernebelt, denn ich bekomme nur einen schlappen Drei-Wort-Satz zustande.

„Ja." Nikas Mundwinkel verziehen sich und ihr Blick nimmt einen herzlichen Zug an. „Ich bin hier, um dich abzuholen", ergänzt sie, hebt die Hand und streicht mir über den Wangenknochen unter den Augen. „Du siehst müde aus." Der freudige Gesichtsausdruck fällt ein wenig in sich zusammen. Ihr Mitgefühl rührt mich.

Selbstverständlich habe ich Augenringe, so dunkel und tief wie selten. Sogar meiner Assistentin ist das aufgefallen. „Auf der Arbeit und im Gericht war viel los.

Aber jetzt bin ich hier und kann mich ausruhen. Fahren wir gleich zum Hotel?"

Bitte – sag ja!

„Nein." Nika schüttelt den Kopf und das Grinsen ist von jetzt auf gleich wieder da.

Was hat sie vor?

„Komm, wir suchen uns draußen ein ruhiges Plätzchen." Sie nimmt meine Hand und führt mich ins Freie. Meine Neugier steigt. Zugegeben, der Gedanke ins Hotel und sofort ins Bett zu fallen, um mir ihren Körper genau anzusehen – ich will jede noch so kleine Veränderung aufspüren – ist übermächtig. Wie es scheint, werde ich mich noch etwas gedulden müssen. Auch gut. Ich bin hier bei ihr... das ist alles, was zählt.

Nika führt mich zu einer Bank, die sich abseits vom Taxistand befindet und im Schatten steht. Gott, wenn ich eins nicht vermisst habe, dann sind das die Temperaturen und die hohe Luftfeuchtigkeit. Beides trifft mich mit voller Wucht, als wir das klimatisierte Gebäude verlassen.

Shit!

Heiß wie die Hölle.

„Können wir nicht erst zum Hotel fahren? Oder zumindest in ein Taxi steigen und dort reden. Wenn wir den Fahrer nett bitten, macht er bestimmt die Klimaanlage für uns an."

„Setz dich, ich möchte dir dein Weihnachtsgeschenk geben."

„Hier? Auf der Bank?" Ein winziges bisschen bin ich enttäuscht. Also nix mit roter Schleife und viel nackter Haut.

„Ja hier. Du musst es auspacken, bevor wir ins Taxi steigen."

„Okay." Jetzt bin ich neugierig. Nika hat in den letzten Wochen nichts verraten. Nicht mal einen Hinweis habe ich bekommen. Anders als ich, kann sie Überraschungen für sich behalten.

Meinen Koffer stelle ich neben die Bank, bevor ich mich setze. Nika lässt sich neben mich fallen. Sie scheint aufgeregt, fast schon nervös zu sein. Ich frage mich, wo sie das Geschenk hat. Es kann nicht sehr groß sein, denn sie hat keine Tasche dabei. Und das Kleid, das sie trägt, umschmeichelt ihre Kurven und liegt eng an. Die Möglichkeiten sind also begrenzt.

„Angelst du eigentlich?"

Hä?

Die Frage scheint ihr spontan eingefallen zu sein. Sie wirkt so überrascht wie ich.

„Ob ich angele, willst du wissen?" Was hat das zu bedeuten?

„Ja, genau. Angelst du? Im Chicago River, oder so? Angeln ist männlich." Ihre Wangen färben sich niedlich rot.

„Nein", sage ich und streiche mit dem Finger über ihre gerötete Haut. Ein Lachen halte ich nur mit Mühe zurück. „Ich habe noch nie eine Angelschnur ausgeworfen und weiß nicht, ob in dieser Sportart meine Qualitäten liegen. Wenn du mit mir zum Fischen aufs Meer hinausfahren möchtest, sollten wir vorher im Supermarkt einkaufen gehen. Gut möglich, dass wir ohne Fang nach Hause kommen. Es sei denn, du bist befähigt darin", füge ich mit einem Zwinkern hinzu.

Nika winkt ab. „Ich will nicht mit dir Fische fangen gehen. Ich wollte nur sicherstellen, dass ich das richtige Weihnachtsgeschenk ausgesucht habe.“

„Was hat Angeln mit meinem Geschenk zu tun?“ Merkwürdiger geht es kaum.

„Nichts.“ Nika greift in die verdeckte Tasche ihres Kleides und zieht das winzigste Päckchen heraus, das ich jemals gesehen habe. Es hat die Größe einer Streichholzschachtel.

„Frohe Weihnachten – nachträglich“, sagt sie feierlich und reicht es mir. Ihre Aufregung ist jetzt wieder deutlicher zu spüren.

„Da ist definitiv keine Angelrute drin.“

„Nein.“ Sie lacht und legt die Hände in ihren Schoß. „Keine Angelrute. Mein Geschenk ist besser.“

Gespannt hebe ich das Päckchen, zwischen Daumen und Zeigefinger haltend, ans Ohr und rappele daran. Es bewegt sich etwas. Da ist ein Geräusch.

Da ich nicht zu den geduldigsten Menschen auf Erden gehöre, reiße ich das Papier ab – so wie ich es von Nika verlangt habe – und entdecke... eine Streichholzschachtel.

Hm!

Kurz wende ich mich Nika zu, dann schiebe ich die Schachtel auf. Ihren Blick spüre ich förmlich auf meinem Gesicht. Anscheinend will sie keine Reaktion verpassen. Darin sind wir uns ähnlich.

Was als nächstes zum Vorschein kommt, wundert mich.

„Ein Schlüssel?“

Ich nehme ihn in die Hand und halte ihn hoch, zwischen uns. Es ist ein stinknormaler Schlüssel. Nicht altertümlich, oder schön und geheimnisvoll mit Verzierungen. Es ist ein Schlüssel, wie ich ihn auch in etwas anderer Ausführung am Schlüsselbund trage.

„Ja. Es ist *mein* Schlüssel.“

„Dein Schlüssel?“

Nika senkt das Kinn, nur um es danach wieder zu heben. Dabei grinst sie. „Ja. Mein Haustürschlüssel, zu meiner Wohnung, den ich für dich habe nachmachen lassen. Deine Hotelreservierung habe ich übrigens storniert. Du bleibst bei mir.“ Sie räuspert sich umständlich. „Natürlich nur, wenn du möchtest.“

Ich weiß nicht, was ich sagen soll. Das ist eine Überraschung. Mir hat es die Sprache verschlagen. Der Schlüssel ist so viel mehr als nur ein Weihnachtsgeschenk. Diese Geste zeigt mir, dass Nika ähnlich wie ich empfindet. Wir sind dabei, eine richtige Beziehung zu starten.

„Danke.“ Ein Wort ist zu wenig, aber mehr fällt mir gerade nicht ein. Ich bin tief berührt. Völlig aus dem Häuschen greife ich in meine Jackentasche und ziehe meinen Schlüsselbund heraus. Mit wenigen Handgriffen öffne ich den Ring und reihe Nikas Wohnungsschlüssel neben all die anderen. Meine Bewegungen führe ich langsam und mit Bedacht aus. Ich möchte es auskosten.

„Du bist so still.“ Unsicherheit schwingt mit. „Ist es zu viel?“

Zu viel?

Ahnt sie nicht, wie glücklich sie mich gemacht hat?

„Nein." Unverzüglich schließe ich den Ring und umfasse den Bund mit der Hand. „Es ist nicht zu viel. Es ist nur… ich habe noch nie den Wohnungsschlüssel einer Frau besessen. Dies ist eine Premiere." Ich lasse den Bund zurück in meine Tasche gleiten und beschließe, mir das hübsche Ding später in Ruhe von allen Seiten anzusehen.

Nika neigt den Kopf und schenkt mir einen sexy Augenaufschlag. „Möchtest du jetzt meine Wohnung sehen? Sie ist nicht so beeindruckend wie deine, aber sie ist gemütlich. Außerdem habe ich ein großes Bett und eine Klimaanlage."

Mein Blick wandert gen Himmel. „Das hört sich unglaublich toll an. Ich bin verzückt", flachse ich, weil meine Laune noch nie besser war. Im Nu erhebe ich mich und greife nach Nikas Hand. „Komm, meine wunderschöne Nika. Ich muss unbedingt aus dem feinen Zwirn raus." Für den Flug hätte ich wirklich etwas anderes zum Anziehen wählen können. Aber da ich wusste, dass Nika mich sexy in Anzug und Krawatte findet, wollte ich das zu meinem Vorteil ausnutzen. Ich liebe ihren Gesichtsausdruck, wenn ich mein Jackett geraderücke. Sie schaut in diesen Momenten immer drein als wollte sie das für mich übernehmen. „Außerdem habe ich fest vor dir dieses Kleid vom Leib zu reißen, gleich nachdem ich mein Weihnachtsgeschenk ausprobiert habe."

Nika lacht laut und herzlich.

Dieses Geräusch ist alles, was mir zu meinem perfekten Glück noch gefehlt hat. Schön, dass wir uns einig sind.

17
Nika

Chris veranstaltet einen riesigen Wirbel, als wir endlich vor meiner Haustür stehen und er die Tür öffnen darf. Er hält den Schlüssel hoch, als wäre es ein bedeutender Preis und grinst breit, wie ein Honigkuchenpferd, bevor er ihn in Zeitlupe ins Schloss steckt.

„Er passt", sagt er und öffnet gleich darauf die Tür.

Amüsiert verziehe ich das Gesicht. „Natürlich passt er. Was dachtest du denn?" Chris streckt die Hand aus und führt mich in meine eigene Wohnung, fast so, als wäre es seine. Er sieht sich um und scheint nach etwas zu suchen. Groß ist mein Zuhause nicht, weswegen ich mir nicht im Entferntesten vorstellen kann, wonach er Ausschau hält. Die Küche ist offengehalten und das Wohnzimmer ist kaum größer als Chris' Ankleidezimmer in Chicago.

„Wo ist das Schlafzimmer?"

War ja klar. Dem Mann hängen die Augenringe bis zu den Füßen und er denkt an Sex. Ich würde meine neuen Baby-Sneakers darauf verwetten, dass Chris in den nächsten Minuten nicht vor hat, ein Stündchen Schlaf nachzuholen.

„Dort." Ich zeige auf die Tür, die neben der liegt, die zum Badezimmer führt. Kaum ausgesprochen, spüre ich einen Zug an meiner Hand. Der Mann ist unmöglich. Ich habe nicht mal Zeit, meine Schuhe von den Füßen zu streifen, so eilig hat er es.

„Chris…“, rufe ich und muss lachen.

Am Fußende des Bettes bleibt der Ungeduldige stehen und zieht mich in die Arme. Er hält mich fest umschlungen und richtet seine Aufmerksamkeit auf mich. „Hast du Hunger? Möchtest du erst was essen?“

„Nein. Ich habe keinen Hunger. Durst auch nicht“, füge ich an, weil das sicher seine nächste Frage gewesen wäre.

„Gut.“ Er küsst mich auf die Nasenspitze. „Ich möchte auch nichts – nur dich.“

Mit dem Daumen streiche ich über die dunkle Stelle unter seinen Augen. „Möchtest du dich nicht zuerst etwas Ausruhen?“ Einen Versuch ist es wert.

„Nein. Ich möchte sehen wie dein Körper sich in den letzten Wochen verändert hat. Ich habe nachgelesen. Die Brüste von schwangeren Frauen werden mit den Wochen größer und größer und…“

Ich drücke die Lippen aufeinander, um nicht loszuprusten. Die Bemerkung ist typisch Chris. „Das hast du also gelesen“, bemerke ich als ich mich wieder im Griff habe.

„Yep. Und…“ Sein Grinsen verbreitert sich und ich spüre, wie seine Hand in meinem Rücken sich langsam nach unten schiebt. Kurz über meinem Po bleibt sie liegen. „… manche Frauen werden sogar unersättlich… im Bett.“

Wieder beiße ich mir auf die Unterlippe. „Große Brüste und unersättliche Frauen. Hast du bei deiner Recherche noch etwas anderes herausbekommen?“ Wo

Chris diese Informationen wohl her hat? Ich mache mir eine gedankliche Notiz, ihn später danach zu fragen.

„Natürlich." Der Rechercheexperte in Sachen Was-verändert-sich-bei-einer-schwangeren-Frau? Hebt mich im nächsten Moment auf die Arme. „Sex schadet dem Baby nicht. Wir können es so oft und so lange treiben wie wir wollen. Immer und immer wieder." Kaum ausgesprochen, lande ich mittig auf meinem Bett.

Verrückter Kerl.

Chris sieht auf mich herunter und wirkt plötzlich gar nicht mehr müde. Es blitzt und funkelt in seinen Augen. Ohne Frage ist ihm gerade aufgefallen, dass er mit seiner Behauptung die Brüste betreffend, richtig lag. Mein Busen ist durch den Schwung wenig vorteilhaft nach oben gerutscht. Ich habe nicht mehr viele BHs, die mir noch passen. Dass der, den ich momentan trage, bereits zu klein ist, entgeht ihm nicht. Sein Blick ist wie ein Laser, der meinen Körper abtastet. Ich kann es beinahe spüren. Ohne mich aus den Augen zu lassen, greift er sich an die Krawatte und löst den Knoten.

Da ich weiß, dass Chris meinen Bauch sehen will, lege ich beide Hände auf die kleine Wölbung und streiche den dünnen Stoff glatt. Jetzt hat Chris eine genaue Vorstellung von dem, was ihn erwartet, sobald ich das Kleid ausgezogen habe. Die winzige Erhebung ist kaum auszumachen, aber Chris hält in der Bewegung inne und sieht fast andächtig auf meinen Bauch.

„Ich bin erst in der vierzehnten Schwangerschaftswoche. Viel ist noch nicht zu sehen."

Chris schüttelt den Kopf als wäre er da anderer Meinung. Die Krawatte fliegt zu Boden und er macht sich dran, die Hemdsknöpfe zu öffnen. „Ich glaube, ich kann das besser beurteilen als du." Kaum ist das Hemd offen, segelt es zu Boden und Chris macht sich am Hosengürtel zu schaffen. „Ich werde mir alles genau ansehen müssen."

Den Worten höre ich das Schmunzeln an. „So so", kommentiere ich mit dem gleichen Unterton wie er und beobachte, wie der plötzlich Ungeduldige sich die Schuhe von den Füßen kickt. Die Hose samt Shorts landen neben Krawatte und Hemd. Als letztes zieht Chris die schwarzen Socken aus.

Wow.

Ein entblößter Mann, in voller Pracht. Ich bin überwältigt. Christopher T. Markham ist eine echte Sahneschnitte, kräftig gebaut mit einer schmalen Taille. Seine Haut ist unglaublich weiß und lässt ahnen, dass er aus kälteren Gefilden kommt. Viel Sonne hat sein Oberkörper in den letzten Wochen nicht gesehen. Das wird sich ab morgen ändern.

„Komm her." Ich klopfe mit der Hand auf die Matratze. „Ich möchte dich anfassen."

Chris lässt sich nicht zwei Mal bitten. Er legt sich neben mich und zupft an meinem Kleid. „Du willst das doch nicht anbehalten, oder?"

Ich antworte nicht, sondern setze mich auf und ziehe mir das Kleid über den Kopf. Nur mit Unterwäsche am Körper lasse ich mich einen Moment ansehen, bevor ich hinter mich greife und den Verschluss an meinem BH öffne. Noch ehe ich ihn selbst ausziehen kann, hat Chris einen Finger in die Spitze gehakt und ihn zu Boden geworfen. Sein Blick ist auf meine Brustwarzen fixiert.

Himmel! Sofort beginnt die Haut zu kribbeln und meine Nippel werden hart.

„Chris?"

„Hm."

Ich verschränke die Arme vor der Brust, damit er mir in die Augen sieht. Es klappt. „Du starrst mich an." Meine Verlegenheit ist deutlich herauszuhören.

„Ja." Er beugt sich vor und gibt mir einen Kuss. Danach schubst er mich, sodass ich rücklinks auf der Matratze lande. „Und ich will noch ganz andere Stellen anstarren." Seine Finger finden mein Höschen und schwupps ist auch das verschwunden.

Chris legt sich auf mich, zwischen meine Beine. Mit den Ellenbogen stützt er sich ab, sodass er mich nicht erdrückt. „Ich möchte ohne Kondom mit dir schlafen", offenbart er sich, während er mir in die Augen sieht. Die Bemerkung kommt aus heiterem Himmel. Da ich weiß, dass Chris es noch nie ohne Kondom gemacht hat, ehrt mich sein Vorschlag. Ich darf seine Erste sein. „Wir sind beide gesund – und noch schwangerer kannst du nicht mehr werden. Außerdem..." Er küsst mich auf den Mund. „... sind wir jetzt zusammen. So richtig. Und Paare benutzen keine Kondome, wenn sie es nicht müssen."

„Chris..." Ich drücke den Rücken durch und spüre seine Härte zwischen meinen Beinen. Das fühlt sich unglaublich gut an. „Schlaf mit mir. Ich möchte dich ganz und gar. So richtig." Wieder reibe ich mich an ihm. Sofort beschleunigt sich sein Atem und ich höre ihn dicht an meinem Ohr seufzen.

„Bist du schon bereit für mich, meine Hübsche?"
Seine Bewegungen werden dringender. Gezielter
drückt er sich gegen meine Mitte und treibt mich an.

Der nächste Laut bricht ohne Vorwarnung aus mir
heraus. „Ich war schon bereit, als du angefangen hast,
deine Krawatte zu lockern."

Chris

Diese betörende Hawaiianerin ist mein Untergang. Sie
war schon bereit, als ich die Krawatte gelockert habe?
Verdammte Hölle! Wieso sagt sie das nicht eher?

Vorsichtig, weil ich dem, was ich gelesen habe, nicht
blind vertraue, bringe ich mich in Position. Sie ist
feucht und bereit für mich. Hoffentlich nimmt das
Baby uns die Achterbahnfahrt, auf die wir es gleich mit-
nehmen werden, nicht übel.

„Chris." Mein Name aus ihrem Mund ist alles, was ich
mir wünsche. Zum zweiten Mal hat sie ihn mehr ge-
stöhnt als ausgesprochen. „Ich..." Ein Seufzen folgt, als
ich ein Stück tiefer in sie eindringe. „Ich... bitte...
Chris..." Ungeduldig drückt sie sich mir entgegen.

„Ja." Es ist gemein, dass ich mich zurückhalte, ihr sogar ausweiche. Aber ich möchte jede kostbare Sekunde
von meinem ersten Sex ohne störendes Latex auskosten. „Ich weiß, Süße, ich weiß. Gleich... gib mir... ich
möchte dich noch etwas länger spüren."

Und dann schaffe ich es nicht mehr, mich zurückzuhalten. Ich dringe vollständig in sie ein und gebe ihr, wonach sie sich sehnt. Wir bewegen uns zusammen, finden einen Rhythmus und explodieren gemeinsam, kaum dass wir richtig in Fahrt sind. Es kommt schnell und explosionsartig über uns. Jeder Versuch den Orgasmus in die Länge zu ziehen, scheitert.

„Fuck", sage ich als ich wieder Luft bekomme. „Das war…"

„… unfassbar gut", vollendet sie den Satz und klingt so selig, wie ich mich fühle.

Ich lasse mich neben sie fallen und rolle mich auf den Rücken. „Ich wollte mir Zeit lassen – dich und deinen Körper ausgiebig betrachten."

„Dein Vorhaben ist gescheitert", antwortet Nika, ebenfalls auf dem Rücken liegend mit dem Blick zu Decke.

„Ich werde es nachholen." Weil das Bedürfnis übermächtig ist sie zu halten, ziehe ich sie in meine Arme und bette ihren Kopf auf meine Schulter. Anschließend streichele ich ihr mit den Fingern über die Schulter. Nika zuckt, als würde es kitzeln.

„Wenigstens hattest du keine Zeit, mir einen Knutschfleck zu hinterlassen."

Meine Hand hält inne und ich beginne zu schmunzeln. „Wenn ich gewollt hätte, hätte ich es auch in der kurzen Zeit geschafft. Aber für die nächsten Wochen bleibe ich, deshalb ist es nicht nötig."

Nika hebt den Kopf und sieht mich an. Ihre Miene kann ich nicht recht deuten. Verwunderung ist eine Emotion, die deutlich heraussticht, aber die anderen…

„Bekomme ich nur einen Knutschfleck, wenn du mich verlässt? Ist das eine Masche von dir?" Beim letzten Satz verändert sich ihr Tonfall. Nur minimal, aber es entgeht mir nicht. Sie ist vorsichtig.

Um die nächsten Worte zu verdeutlichen, lege ich einen Finger unter ihr Kinn und hebe es an, damit sie mir in die Augen sehen muss. „Nika. Nur bei dir habe ich Knutschflecken hinterlassen. Es ist keine Masche und ich habe es bisher auch bei keiner anderen Frau getan, mit der ich geschlafen habe. Jedenfalls nicht bewusst." Ich küsse ihre Nasenspitze und hoffe, ihre Zweifel auslöschen zu können. „Es gefällt mir, dass du mein Zeichen trägst, wenn ich nicht bei dir bin. Mehr steckt nicht dahinter."

Nika rollt furchtbar niedlich mit den Augen. „So zu handeln, gleicht einem Höhlenmenschen", beschwert sie sich. Zum Glück ist ihr Tonfall wieder der alte.

„Vermutlich ist da etwas Wahres dran." Ich lasse sie los und ihr Kopf sinkt zurück in die Kuhle an meiner Schulter. „Aber es befriedigt mich. Du musst einfach immer bei mir bleiben, wenn du nicht auf Knutschflecke stehst."

„Chris."

„Ja."

„Jetzt wird's kitschig."

Ich lache. „Stehen Frauen nicht auf Kitsch?"

„Diese nicht." Um das zu verdeutlichen, kneift sie mich in die Seite. „Lass es in Zukunft einfach bleiben."

„Okay." Auf keinen Fall.

„Bist du nicht müde?", fragt sie und gähnt.

„Nein. Ich fühle mich regelrecht aufgeputscht", lüge ich. „Deinen Körper neu zu entdecken, hat mich belebt."

„Hm." Nika scheint erschöpfter zu sein als ich.

„Warum hast du mich am Flughafen gefragt, ob ich angeln gehe?", erkundige ich mich, da ich ungern schon einschlafen will. Diese merkwürdige Bemerkung spukt mir im Kopf herum, seit Nika mir diese zusammenhanglose Frage gestellt hat. „Hast du das vermutet? Findest du, dieses Hobby würde zu mir passen?" Ich kann mir mich nicht mit einer Angelrute in der Hand vorstellen, aber es soll entspannend sein. Habe ich zumindest gehört. Unter Umständen ist die Zeit gekommen, es mal zu versuchen. Wenn Nika es erotisierend und reizvoll findet, probiere ich es aus und besorge mir ein paar Würmer. „Um der Sache einen gewissen Reiz zu geben, könnte ich die Angelrute sogar mit freiem Oberkörper auswerfen. Zumindest hier auf Hawaii."

„Bitsy."

„Was?" Habe ich mich verhört? Ist das die Antwort auf meine Frage?

„Bitsy", sagt Nika ein zweites Mal und kichert an meiner Brust. „Es war ihre Idee. Ich wollte einen Rat, was ich dir zu Weihnachten schenken soll. Sie hat eine Angel vorgeschlagen."

Nicht zum ersten Mal verspüre ich das Bedürfnis, diese Bitsy endlich kennenzulernen. Sie scheint einen ausgefallenen Charakter zu besitzen.

„Der Schlüssel war die bessere Idee."

„Finde ich auch." Nika setzt sich auf und zieht das Laken höher, um sich zu bedecken. Anschließend mustert sie mich ausgiebig.

„Ein so wunderbares Geschenk habe ich noch nie bekommen." Während ich das sage, sehe ich ihr in die Augen. Meine Worte machen sie verlegen. Sie wird am Halsansatz ein wenig rot und blickt kurz zur Seite.

„Hast du noch andere tolle Geschenke bekommen? Wie war Weihnachten für dich?", fragt sie mich plötzlich neugierig.

Nika hat keine Familie, mit der sie die Feiertage verbringen kann. Ich besuche meine Eltern zwar nicht häufig und manchmal ist es anstrengend, aber trotzdem fühlt es sich gut an, wenn wir alle gemeinsam am Tisch sitzen und zusammenkommen. Und sobald ich die Belehrungen, das Karriere nicht alles im Leben ist, über mich habe ergehen lassen, ist es sogar richtig nett.

„Wie immer." Meine Schultern heben sich kurz. „Viel Gerede, noch mehr Essen als in den Jahren zuvor. Außerdem strubbelt meine Mutter mir gefühlt hundert Mal am Tag durch die Haare, weil sie vergessen hat, dass ich keine Fünf mehr bin."

Mit der Bemerkung entlocke ich Nika ein Lächeln. „Das hört sich schön an."

„Nächstes Jahr kommst du mit." Ich greife nach ihrer Hand und streichele mit dem Daumen über ihren Handrücken. „Nächstes Jahr kommt ihr beide mit", korrigiere ich mich. Meine Mutter wird ausflippen. Ich sehe es bereits vor mir. Zu meiner eigenen Verwunderung stört mich der Gedanke nicht im Geringsten. Er macht mich sogar irgendwie stolz. Eine Frau und ein Kind… an meiner Seite. Ich gewöhne mich mehr und mehr an die Vorstellung. Womöglich hat meine Mutter doch ein bisschen Recht mit ihrer Behauptung, die Familie betreffend. Natürlich werde ich das niemals in ihrem Beisein zugeben. Ich bin schließlich nicht lebensmüde.

„Wenn du mich... wenn du uns, bis dahin noch nicht satt hast, können wir darüber nachdenken." Ihre Unsicherheit überspielt Nika mit einem spaßigen Tonfall, der mich aber nicht täuschen kann. Sie hat Sorge, dass ich mich aus dem Staub mache, sobald das Baby auf der Welt ist.

Die Befürchtungen kann ich ihr hier und heute nicht nehmen – nicht gänzlich. Dazu ist es zu früh. Ich werde mich in den nächsten Wochen und Monaten beweisen müssen. Doch ich kann mir ein Leben ohne Nika schon jetzt nicht mehr vorstellen. Ein anderer Mann an ihrer Seite wäre undenkbar. Der bloße Gedanke versetzt mich in Aufruhr.

Die Stimmung ist viel zu ernst geworden. Da ich weiß, dass Nika an den Weihnachtstagen nirgendwo eingeladen war, frage ich nicht nach. Besser wir reden über etwas anderes.

„Wann lerne ich Bitsy kennen?"

Mit der Frage lande ich einen Treffer. „Bitsy? Du willst meine Freundin kennenlernen?"

„Aber natürlich. Das habe ich dir beim letzten Mal schon gesagt." Weil sie so weit von mir weg sitzt, ziehe ich sie zurück in meine Arme. „Ich könnte für dich feststellen, ob sie als Patentante taugt. Den Job kann nicht jeder übernehmen." Natürlich ist es vermessen von mir, zu denken, dass ich in dem Punkt irgendetwas mitentscheiden darf. Aber ich möchte das Thema wechseln und Bitsy eignet sich ganz hervorragend.

„Patentante?" Nika klingt herrlich durcheinander. Mit der Bemerkung habe ich sie völlig aus dem Konzept gebracht. Ziel erreicht.

„Ja, Patentante. Oder gibt es jemand anderen in deinem Leben, dem du dein Kind anvertrauen würdest?"

„Nein." Die Antwort kommt schnell, wie ich es erwartet habe.

„Gut, in dem Fall sollten wir uns alsbald mit deiner Freundin treffen und sie fragen, ob sie bereit für den Posten wäre." Ich drücke ihr einen Kuss auf den Mund. „Versprichst du mir, mir beizustehen, wenn sie mich unter die Lupe nimmt?" Ein wenig Muffensausen verursacht mir der Gedanke, Bitsy zu treffen, allemal. Hoffentlich bin ich dieser besonderen Frau gewachsen.

Nika hebt eine Augenbraue. „Willst du mir weißmachen, dass ein hartgesottener Anwalt aus Chicago, Respekt vor dem Treffen mit einem Zimmermädchen hat?"

Meine Lippen streichen über ihre. „Es wäre dumm von mir, keinen zu haben", erwidere ich, bevor ich sie richtig küsse und das Laken zur Seite schiebe. Für heute haben wir genug geredet.

18

Nika

Zum ersten Mal seit sehr langer Zeit wache ich morgens nicht alleine auf. Ein Mann liegt neben mir auf der Matratze. Nicht irgendein Mann. Christopher T. Markham ist der Superheld, der mich die Nacht wachgehalten hat und nun selig schlummert. Er ist nackt, und hat das Gesicht im Kissen vergraben. Gedämpfte Atemgeräusche, die einem Schnarchen ähneln, sind zu hören.

Leise und ohne viel Bewegung in die Matratze zu bringen, stehe ich auf. Ich werde den Teufel tun und diesem überarbeiteten Menschen seinen wohlverdienten Schlaf rauben. Es ist unübersehbar, dass Chris Erholung braucht.

In der Küche bestücke ich so leise wie möglich die Kaffeemaschine und stelle sie an. Heute und morgen habe ich frei. Zum Glück hatte ich noch ein paar Tage Resturlaub, den ich mit ins neue Jahr nehmen konnte. Chris wird mich also ganz für sich beanspruchen können. Danach muss er zusehen wie er zurechtkommt, während ich zur Arbeit gehe. Ich bin gespannt, wie unser Zusammenleben in den nächsten Wochen vonstatten geht. Ich sehe es als frühen Test. Auch wenn es bei meinem Besuch in Chicago ganz wunderbar funktioniert hat, muss es hier auf Hawaii nicht genauso harmonisch ablaufen. Wir werden sehen...

Ich greife nach dem Tablet, das auf dem Tresen liegt und öffne eine Seite mit den aktuellen Nachrichten des Tages. Im Hintergrund höre ich das kochende Wasser durch den Filter laufen, was meine Vorfreude auf den ersten Schluck enorm steigert.

Mit wenigen Handgriffen positioniere ich das Tablet, hole mir eine Kaffeetasse und ziehe den Küchenstuhl heran. Gerade, als ich mich umdrehen will, um zu sehen, wie lange der Kaffee noch braucht, springt mir eine Schlagzeile ins Auge. Natürlich, wie es sich für eine Frau gehört, lese ich den Klatsch zuerst.

Große Liebe – Emilia Vida wird von ihrem Zukünftigen mit Diamanten verwöhnt

Sofort lasse ich mich auf den Stuhl fallen und betrachte das Foto unter den fett gedruckten Worten. Es zeigt eine strahlende Emilia, die eine Hand dicht an ihr Ohr hält. Nicht nur der Ring an ihrem Finger funkelt, auch die passenden Ohrringe glitzern in der Sonne. Sie hat also ein Set rausgeschlagen. Sehr beachtlich. Vermutlich hat Paulo ihr auch die dazugehörige Kette geschenkt. Sie passte nur nicht zusammen mit den anderen Schmuckstücken ins Bild.

Was ich von Emilia halten soll, weiß ich nicht. Ich mag sie nicht sonderlich – ihre Art auch nicht. Aber es gefällt mir, dass sie Paulo für seine Sünden bezahlen lässt. Wenn ich ihn schon nicht büßen lassen kann, freue ich mich eben über Emilias Plan. Zumindest ein bisschen. Wahrscheinlich reißen die hübschen Klunkerchen kein großes Loch in die Tasche der Kaipos. Aber, was weiß ich schon.

Das Gluckern in meinem Rücken hat aufgehört, weswegen ich mich zur Kaffeemaschine umdrehe. Es gibt doch nichts über einen heißen Wachmacher am Morgen. Göttlich.

Mit gefüllter Tasse setze ich mich zurück an meinen Nachrichtenüberblick und trinke. Okay. Das schmeckt... Ich nehme einen zweiten Schluck und dann erinnere ich mich. Der Kaffee ist koffeinfrei! Wie konnte ich das vergessen? Koffein ist nicht gut fürs Baby, deshalb habe ich vor Wochen umgesattelt.

Kaum habe ich die Tasse abgestellt und sie böse angefunkelt, wird mir etwas anderes bewusst. Mir ist nicht übel. Mir geht es sogar ausgesprochen gut. In meinem Magen rumort es nicht und ich habe auch nicht das Bedürfnis, gleich zum Klo stürzen zu müssen. Das ist neu.

Deshalb hat mich auch der Geschmack des Kaffees überrascht, schlussfolgere ich. In den letzten Wochen habe ich meist auf die Morgentasse verzichtet. Wenn ich sie doch getrunken habe, habe ich den Geschmack meinem unwohlen Gefühl zugeordnet.

Hm.

Ich freue mich, dass die Morgenübelkeit nachzulassen scheint. Aber... der Kaffee! Wird er jetzt jeden Morgen so furchtbar schmecken? Unter Umständen macht die Schwangerschaft mich zum Teetrinker.

Weil ich nicht frühzeitig eine Meinung fällen will, nehme ich die Tasse zurück in die Hand. Womöglich muss ich mich erst ein bisschen daran gewöhnen. Zwei Schlucke sind nicht aussagekräftig.

„Guten Morgen", höre ich eine verschlafene Stimme hinter mir.

Sofort verzieht mein Mund sich zu einem Lächeln. Ich drehe mich um und…

Wow.

Der Kaffee mit seinem seltsamen Geschmack ist vergessen… alles ist vergessen.

Chris steht splitterfasernackt vor mir und kratz sich die Brust. Der Mann kennt keine Scham.

„Guten Morgen", antworte ich ihm und verstecke mein Schmunzeln hinter der Kaffeetasse. Es kostet mich alle Kraft, nicht auf die tieferen, äußerst anziehenden Regionen zu starren. „Möchtest du Kaffee? Allerdings muss ich dich vorwarnen. Er schmeckt… interessant."

Chris kommt auf mich zu. Ob die Augen schon offen sind, lässt sich schwer sagen. Ich glaube nicht. Ein blinzelnder Chris küsst mich und greift nach meiner Tasse. Gierig und so schnell wie es die Temperatur zulässt, nimmt er einen Schluck.

„Teufel." Seine Miene verzieht sich. Mit Schwung stellt er das Porzellan auf den Tresen. „Das schmeckt widerlich. Ist das überhaupt Kaffee?"

Lachend stehe ich auf und schmiege mich an ihn. „Ja." Ich gebe ihm einen Kuss und genieße seine Arme, die mich im nächsten Augenblick umschlingen. „Es ist koffeinfreier. Dem Baby zuliebe."

„Oh." Chris hält inne. „Stimmt. Dann nehme ich den auch." Er streicht mir eine Strähne aus dem Gesicht. „Vielleicht muss ich nur mehr davon trinken, um mich an das seltsame Aroma zu gewöhnen. Meine Geschmacksnerven waren nicht vorbereitet", sagt er und grinst schelmisch.

Ich stibitze mir einen weiteren Kuss, dann löse ich mich aus seiner Umarmung. „Du musst meinetwegen nicht auf Koffein verzichten." Während ich das sage, gehe ich zur Maschine und schenke ihm eine Tasse ein. „Nur heute." Mit einem entschuldigen Blick reiche ich ihm den Kaffee des Grauens. „Ich besorge beim nächsten Einkauf andere Bohnen."

Chris lässt sich auf den Stuhl neben meinem fallen. Ob ihm bewusst ist, dass er keine Hose trägt? Ich will mich nicht beschweren, aber... es ist verdammt schwer, nicht ständig... äh... hinzugucken.

„Ich trinke den gleichen Kaffee, den du trinkst." Er sagt das in einem Tonfall, der jegliche Diskussion im Keim erstickt. „Was liest du?"

„Nachrichten – oder eher Klatsch", korrigiere ich mich. „Chris?"

„Ja." Er wendet mir den Kopf zu.

„Ho...se", stammele ich und spüre, wie mir die Hitze in den Kopf schießt. „Ich kann mich nicht konzentrieren, wenn du so vor meinem Tablet hockst. Der Anblick ist zu verlockend."

Gott steh mir bei!

„Ich ziehe mir etwas an." Chris erhebt sich. Sein äußerst zufriedener Gesichtsausdruck entgeht mir selbstverständlich nicht. Mich überkommt der Verdacht, dass der Unersättliche mir absichtlich im Adamskostüm *Guten Morgen* gesagt hat. Er küsst mich auf die Wange. „Bin gleich wieder da."

Höre ich da einen zufriedenen Unterton heraus? Braucht dieser schöne Mann wirklich eine Bestätigung für sein Aussehen? Bisher ist Chris mir nie unsicher erschienen. Unter Umständen wollte er nur seine Wirkung auf mich testen.

Keine Minute später kommt mein Freund aus dem Schlafzimmer. Er trägt nur Boxershorts. Das ist nicht wirklich viel, aber besser als nichts.

„Danke." Bevor er sieht, dass ich schon wieder mit der Hitze in meinem Gesicht kämpfe, setze ich mich zurück auf meinen Platz.

„Also…" Mein Beistand schwingt sich neben mich auf den Stuhl und greift nach seinem Kaffee. „Mir ist das Wort Vida in der Headline aufgefallen. Worum geht es in dem Artikel? Etwas, das ich wissen muss?" Sein Blick klebt am Tablet.

Ich gebe ihm einen Moment Zeit und warte geduldig, bis er den Abschnitt zu Ende gelesen hat. Als er mich fragend ansieht, setze ich zu einer Erklärung an.

„Emilia Vida war vor Weihnachten bei mir im Hotel", lasse ich die Katze aus dem Sack.

Chris richtet sich auf. Plötzlich sitzt er stocksteif neben mir. „Wie bitte?"

Mit einer solchen Reaktion habe ich gerechnet. War ja klar, dass ihm das nicht gefällt. „Reg dich ab", beschwichtige ich und tätschele ihm den Oberschenkel. „Sie wollte mir nur erzählen, dass sie plant Paulo für seinen Seitensprung zahlen zu lassen." Ich deute auf das Foto mit Emilia und den Diamanten. „Hier ist der Beweis, dass sie es geschafft hat."

„Warum hast du mir noch nichts davon erzählt? Was wollte sie noch?" Chris' Muskeln haben sich noch kein

Stück weit gelockert. Er ist immer noch in Alarmbereitschaft und voll konzentriert.

Offensichtlich komme ich nicht drum herum, meinem überfürsorglichen Freund alles haarklein zu erzählen. Hätte er den Artikel nicht gesehen, hätte ich es womöglich für mich behalten. Pech! Jetzt muss ich mit der Sprache rausrücken. Ich dachte, ich könnte verhindern, dass Chris sich zu sehr in die Sache reinsteigert. Der Gute macht sich zu viele Gedanken um mich.

„Emilia ist ins *Lailani Beach Hotel* gekommen, um mich zu warnen.“

„Dich zu warnen?“, wiederholt Chris als könnte er nicht fassen, was ich gesagt habe. Warum wusste ich nur, dass er die Nachricht nicht gut aufnehmen würde?

„Ja. Ich soll verschwinden, Hawaii verlassen und unter keinen Umständen mit der Presse reden. Anscheinend hat sie die Kaipos für mich um eine Verschwiegenheitserklärung gebeten. Sie möchte, dass ich eine Abfindung bekomme. Natürlich im Austausch gegen mein Stillschweigen in der Sache.“ Meine Hand legt sich wie von selbst auf meinen Bauch. Chris starrer Blick ist fast spürbar.

„Und? Hat dir schon jemand etwas angeboten? Wurde dir ein Schreiben zugestellt? Ein Einschreiben?“ Die Stimme ist eindeutig scharf und kalt. Mein Aufpasser ist in den Arbeitsmodus gewechselt.

Ich schüttele den Kopf. „Nein. Bisher nicht. Es ist nett von Emilia, dass sie mir eine Abfindung beschaffen will, aber ich denke nicht, dass die Kaipos sich darauf einlassen werden. Es geht weniger ums Geld als ums Prinzip. Ein Kaipo gibt keinen Fehler zu. Außerdem ist Paulos Vater ein schwieriger und ausgesprochen sturer

Verhandlungspartner. Ich kenne ihn nicht, aber Emilia schien wenig Hoffnung zu haben, dass aus der Abfindung etwas wird." Vermutlich gibt es die unterschiedlichsten Verträge zwischen den Vidas und den Kaipos. Und nicht alle haben mit dem Geschäftszusammenschluss zu tun. Darauf würde ich wetten.

Chris wirkt nachdenklich. „Geizig sind sie also auch noch." Er schüttelt den Kopf, ohne den Blick von dem Artikel vor sich zu nehmen. „Du brauchst kein Geld von denen."

Achtung Nika! Glatteis in Sicht.

Bahnt sich da ein erster Streit an? In dem Punkt sind wir nicht unbedingt einer Meinung. Mir wäre es auch lieber, keinen Unterhalt zu brauchen, aber die Realität sieht leider anders aus. „Es ist egal. Ich möchte heute nicht über Emilia oder die Familie Kaipo reden", versuche ich das Thema zu wechseln und eine weitere Diskussion zu verhindern.

Chris kneift die Augen zusammen und stürzt den Rest Kaffee hinunter. Es sieht fast so aus als würde er mit angehaltenem Atem trinken. Ich muss unweigerlich grinsen. „Jetzt fehlt nur noch, dass du dir die Nase zuhältst."

„Vielleicht beim nächsten Mal." Er stellt die leere Tasse neben das Tablet. „Was hast du für heute geplant?", geht er auf meinen wenig subtilen Themenwechsel ein.

„Nichts. Ich wollte nicht ohne dich entscheiden."

„Gut." Chris erhebt sich. „Wenn wir nichts vorhaben, dann fahren wir zur Keoki-Plantage."

„Du willst Ana besuchen?", schlussfolgere ich. „Ist dein Freund Pierce auf O'ahu?" In den letzten Wochen hat Chris öfter von Ana und Pierce gesprochen. Sein Freund scheint sich mehr und mehr in die Insel zu verlieben.

„Das auch." Chris greift nach meinen Händen und zieht mich hoch. „Aber Ana hat mir eben eine Nachricht aufs Handy geschickt. Sie lädt uns zu einer speziellen Verkostung ein und möchte unsere Meinung hören."

Mein Grinsen kommt überraschend schnell. „Lass mich raten... wir sollen eine neue Eissorte probieren." Das war nicht schwer.

Chris küsst meine Nasenspitze. „Richtig. Unser beider Meinung ist gefragt. Offensichtlich will Anas Familie keine neuen Rezepte ins Programm für die Hotels nehmen. Ihr Bruder scheint ein harter Brocken zu sein und wehrt sich gegen jeden von Anas Vorschlägen. Er will keine Veränderung, weil das bestehende Eissorbet sich kaum besser verkaufen könnte."

„Und jetzt sollen wir unvoreingenommen unsere Geschmacksnerven zur Verfügung stellen und Eis zum Frühstück essen."

In Chris Augenwinkel bilden sich Lachfältchen. „Eis zum Frühstück. Als Kind war das mein Traum."

„Also schön. Dann feiere ich den Verlust meiner Morgenübelkeit eben mit einer Portion Eis." Mit einem Schmunzeln schlinge ich meine Arme um Chris Taille und lehne den Kopf an seine Schulter „Hoffentlich wird mir davon nicht schlecht."

Als wir eine Stunde später die Keoki-Plantage erreichen, werden wir bereits erwartet. Ana und Pierce sitzen auf der Terrasse und trinken Kaffee. Das Geschirr und die leeren Teller lassen darauf schließen, dass sie ihr Frühstück gerade erst beendet haben. Ana trägt ein T-Shirt mit dem Logo der Keoki-Plantage, genau wie der unrasierte Pierce. Beide sehen wunderbar entspannt aus. Optisch passen sie ausgesprochen gut zusammen. Und das liegt nicht nur an den gleichen T-Shirts.

„Guten Morgen", begrüßen wir unsere Freunde gleichzeitig. Chris drückt meine Hand und lächelt zu mir rüber.

„Da sieh einer an... sie sprechen schon aus einem Mund", kommentiert Pierce wenig charmant, bevor Ana ihm einen Stoß versetzt.

„Sei still." Ein entschuldigender Blick wandert in unsere Richtung. „Ignoriert ihn einfach. Er spielt den Beleidigten, weil er heute Morgen lieber mit mir allein wäre, als an einer Eisverkostung teilzunehmen."

„Nichts für ungut Nika." Chris' Freund hebt die Hand. Der Mann besitzt ein einnehmendes Lächeln. Auch wenn es nicht sehr nett war, was er gesagt hat, bin ich bereit, ihm vorerst zu verzeihen. Da ich weiß, dass er für Chris wie ein Bruder ist, möchte ich ihm auf jeden Fall eine Chance geben. Sollten Chris und ich ein Paar bleiben, werden wir uns in Zukunft öfter über den Weg laufen. Daran geht kein Weg vorbei.

Es ist das erste Mal, dass ich Pierce persönlich treffe. Bisher habe ich nur von ihm gehört. Chris erzählt ständig von ihm. Was ich vom ersten Eindruck halten soll, weiß ich allerdings noch nicht. Abwarten.

„Aloha." Da die Tochter des größten Plantagenbesitzers auf O'ahu aufgestanden ist, gehe ich zu ihr und umarme sie. Wir haben zwar nicht oft Kontakt, aber da das *Lailani Beach Hotel* zu den besten Kunden der Keoki-Plantage gehört, laufen wir uns auf der Arbeit in regelmäßigen Abständen über den Weg. Meist hat Ana wenig Zeit, da sie grundsätzlich spät dran ist. Eine Eigenschaft, die sie in meinen Augen ungemein sympathisch macht. Ein verwöhntes Töchterchen aus reichem Haus ist Ana definitiv nicht.

„Aloha Ana", grüße ich zurück.

„Schön, dass ihr mir helfen wollt. Ihr wisst gar nicht, wie dringend ich Unterstützung brauche." Sie deutet auf einen der zwei freien Stühle am Tisch. „Setz dich. Du auch, Chris." Sie zeigt auf den anderen Stuhl.

Chris ist noch dabei, seinen missgelaunten Freund zu mustern, weswegen er nur zögerlich Platz nimmt. Er flüstert Pierce etwas zu, das ich nicht verstehe. Vermutlich eine Zurechtweisung, sich zu benehmen.

„Worum geht es denn genau? Chris hat mir nicht viel verraten." Ich greife nach seiner Hand, um sie zu halten. Seit heute Morgen tuen wir das irgendwie ständig. Verliebt sein ist anstrengend – aber schön.

„Ich habe ein neues Eis kreiert", fängt Ana an zu erzählen und zieht meine komplette Aufmerksamkeit auf sich. Ihre Stimme klingt anders als sonst. Sie scheint ziemlich aufgeregt zu sein. „Diesmal ist es kein reines Ananaseis, sondern eine fruchtige Mischung. Ich will nicht zu viel verraten... aber es ist ein Fruchteis mit Kokos und Limette."

„Jetzt hast du es doch verraten", kommentiert Pierce mit einem Grinsen, das seine Liebe zu Ana verrät. Ich glaube, er hat ebenfalls nach Anas Hand gegriffen, um sie im Vorfeld zu besänftigen.

„Ach, sei still." Ana rollt mit den Augen.

„Hört sich lecker an", mischt Chris sich ein. „Aber bevor wir Eis essen, könnte ich sowas wie einen Kaffee bekommen?"

Der Arme. Mein schlechtes Gewissen meldet sich. Gleich morgen früh werde ich neuen Kaffee besorgen.

„Natürlich." Pierce steht auf. „Ich werde in der Küche Bescheid geben. Sicher können wir noch eine frische Kanne bekommen." Bevor er geht, küsst er Ana auf den Mund. Dass wir seine Zunge aufblitzen sehen, scheint ihn nicht zu stören.

„Du fühlst dich offenbar schon wie Zuhause", ruft Chris Pierce Rücken hinterher, als er sich endlich losgerissen hat.

Sein Freund hebt die Hand, Mittelfinger ausgestreckt, und verzichtet auf eine Antwort.

„Erzähl mir von deinem Eis", bitte ich Ana und komme zum Grund unseres Besuches zurück. „Was muss ich wissen, bevor ich es probiere? Worauf soll ich achten?"

„Du wirst es lieben", platzt es aus der quirligen Hawaiianerin heraus. „Zumindest hoffe ich das. Ich mag es – sehr. Es schmeckt anders als unser Ananassorbet. Aber es ist genauso frisch und lecker. Ich möchte es grün färben, damit es sich von dem Sorbet abhebt." Ein Seufzen folgt. „Aber bisher will Bane nicht mal über das neue Rezept reden, geschweige denn über die Farbe. Ein grünes Ananaseis wird er niemals gutheißen." Ihre Schultern sacken nach unten und ihr Kinn senkt sich gleich mit.

„Hey, Kopf hoch! Du kapitulierst doch nicht schon vorher, oder? Das ist nicht die Ana, die ich kenne."

Sie nickt und hebt den Blick. „Du hast recht." Kaum ausgesprochen, hellt ihre Miene sich auf. „Um euch mein Leid und meine Probleme anzuhören, seid ihr nicht gekommen. Ihr sollt probieren, mir eure ehrliche Meinung mitteilen und mich gerne unterstützen. Ich möchte möglichst viele Leute befragen, bevor ich mich auf das Streitgespräch mit Bane einlasse." Plötzlich ist da ein Zucken an ihrem Mundwinkel. „Meinen Vater habe ich bereits von meiner neuen Kreation überzeugt. Seine Zustimmung ist mein As im Ärmel. Aber die Karte werde ich nur ausspielen, wenn es gar nicht anders geht. Philipo Keoki hat sich aus dem geschäftlichen Teil der Plantage zurückgezogen. Er möchte sich nicht zwischen seine Kinder stellen. Seine Denkweise verstehe ich und deshalb muss ich meinen Bruder irgendwie anders von dem Rezept überzeugen. Zur Not und falls er sich gar nicht mit dem Gedanken anfreunden kann, verzichte ich auf das Grün."

Mustergültig. So kommen wir voran. Diese motivierte und kompromissbereite Ana gefällt mir schon besser.

„Na dann, her damit! Ich bin gespannt, wie es schmeckt."

„Du wirst begeistert sein." Ana wirft Chris einen Blick zu. „Ihr werdet begeistert sein", korrigiert sie sich.

Mein Freund lacht und schüttelt gleichzeitig den Kopf. Er scheint noch müde zu sein. „Erst der Kaffee. Dann probiere ich alles, was du mir servierst. Versprochen."

Ana sieht mich fragend an.

„Er ist unterkoffeiniert", erkläre ich und bemühe mich, meine Gesichtsmuskeln im Zaum zu halten. „Außerdem quält ihn der Jetlag."

„Pierce wird gleich zurück sein. Marie, unsere Köchin, macht den besten Kaffee auf der Insel." Ana greift nach dem Löffel auf dem Tisch und beginnt ihn in der Hand zu drehen. „Ich möchte das neue Eis in einer halben Kokosnuss servieren. Vielleicht sogar direkt darin verkaufen. Mal sehen. Ich stehe in Verhandlungen mit einer Firma die Kokosmilch vertreibt. Die Schale der Kokosnuss ist in der Verarbeitung von Kokosmilch ein Abfallproduckt, das wir quasi kostenlos bekommen könnten. Wir müssten sie bearbeiten, die Fasern entfernen und anschließend polieren, aber es wäre eine tolle Idee." Sie legt den Löffel weg. „Und es wäre gut für die Umwelt, da wir einen Rohstoff, für den es kaum Verwendungsmöglichkeiten gibt, recyceln könnten."

Wie innovativ.

„Warum sollte Bane das nicht wollen? Es hört sich alles wohldurchdacht an. Ich finde die Idee mit den Kokosnussschalen schon jetzt grandios. Eure Kundschaft wird es lieben – und die Hotels auch."

„Du kennst meinen Bruder nicht", sagt Ana mit einem Seufzen. „Im Grunde lehnt er generell alle Ideen ab, die von mir kommen. Ich habe nur die Chance, ihn im zweiten Schritt zu überzeugen und da... gibt es ein paar Schwachstellen in meinem glanzvollen Plan." Wieder schnappt sie sich den Löffel, da sie die Hände offensichtlich beschäftigen muss. „Ich habe kein Businessstudium absolviert, nicht mal einen Kurs in Marketing belegt. Bane ist der Schlaukopf in unserer Familie. Nur er kann berechnen, ob meine Idee lukrativ ist und sich auszahlen wird. Denn auch wenn wir die Kokosnussschalen quasi kostenlos bekommen, müssen wir die Schalen aufbereiten, bevor wir sie mit Eis befüllen. Dieser Verwertungskreislauf könnte teurer sein, als ich vermute."

„Verstehe." Ana hat mein Mitgefühl. „Leider kann ich dir in dem Bereich wenig Tipps geben. Als Einzelkind habe ich keine Erfahrung mit störrischen Brüdern und einen Businessplan kann ich dir auch nicht aufstellen."

Wieder legt sie den Löffel weg. Diesmal mit einem Grinsen. „Wird schon schiefgehen. Du bist hier, um mir deine Meinung zu meiner neusten Kreation zu geben. Dein uneingeschränktes Vertrauen ist Hilfe genug." Ana lehnt sich auf dem Stuhl zurück. „Irgendwie muss es klappen. So schwer kann es nicht sein. Ich bin es schließlich gewohnt, den Bullen der Keoki-Plantage zu reizen. Nur dass es diesmal kein rotes Tuch, sondern grünes Ananaseis ist."

19

Chris

Nachdem ich das dritte Schälchen Eis geleert habe, brauche ich eine Pause. Obwohl Ana behauptet hat, jede Sorte würde auf eigene Art den Gaumen verwöhnen, konnte ich keinen Unterschied herausschmecken. Alles war lecker. Mehr kann ich nicht sagen. Anscheinend bin ich der schlechteste Verkoster aller Zeiten.

„Hast du eine Sekunde?", fragt Pierce mich in dem Moment, als ich mich auf einen der wenig bequemen Stühle fallen lassen wollte. Wir stehen zu viert in der Großraumküche der Plantage und reden über Eis. Nein, wir philosophieren über die unterschiedlichsten Zutaten für Eis. Dieses spezielle Thema ist noch ein bisschen langweiliger. Kein Wunder, dass Pierce lieber mit Ana allein wäre. So wirklich spannend ist dieser Vormittag nicht. Bestimmt hat er das vorausgeahnt. Mein bester Kumpel kennt seine Freundin schon ziemlich gut. Wenigstens bin ich satt und habe sogar Kaffee bekommen. Ein Segen. Ob ich es schaffe, in den nächsten Monaten durchweg koffeinfrei zu leben, weiß ich noch nicht. Es wird jedenfalls eine ziemliche Herausforderung.

„Klar", beantworte ich Pierce' Frage und halte in der Bewegung inne, weil ich nicht weiß, ob mein Freund

219

vor den Frauen mit mir sprechen möchte oder wir uns ein stilles Plätzchen suchen sollen.

Mit dem Kopf nickt er in Richtung Tür. Also das stille Plätzchen.

Ich gebe Nika einen Kuss auf die Wange und sage ihr, dass ich kurz mit Pierce nach draußen gehe. Da sie mit Ana über den Säuregehalt von Limetten und Zitronen fachsimpelt, hört sie mir gar nicht zu, sondern winkt nur ab. Die Geste ist mein Zeichen, ich bin entlassen.

„Was gibt es?"

Pierce steuert auf zwei bequem aussehende Liegestühle zu, die am anderen Ende der Terrasse aufgebaut sind, wo auch der Frühstückstisch steht.

„Ich muss mit dir reden." Mein Freund lässt sich nieder.

„Das hast du bereits gesagt", antworte ich und nehme den anderen Stuhl. Wenn das nicht der richtige Ort ist, um kurz die Augen zu schließen, weiß ich es auch nicht. Warum hat Pierce mich nicht schon vorher aus der Küche geholt? Hier ist es viel schöner – und so ruhig.

„Dir ist es also tatsächlich ernst mit Wanika?", fängt er die Unterhaltung an.

Meine Lider, die sich bereits auf Halbmast gesenkt haben, öffnen sich wieder. Was soll die Frage? Höre ich da Unverständnis heraus? Als Nika und ich angekommen sind, hat er auch schon eine blöde Bemerkung über uns beide gemacht.

„Ja." Mein Kopf dreht sich in seine Richtung, um keine noch so kleine Regung in seiner Miene zu verpassen. Natürlich ist es zwecklos. Pierce ist ein ebenso guter Anwalt wie ich. Wenn wir nicht wollen, dass uns etwas vom Gesicht abgelesen wird, dann wissen wir das zu verhindern.

„Sie ist schwanger", klärt er mich auf.

Wie bitte? Will er mich auf den Arm nehmen? „Diese Tatsache ist mir bekannt."

„Das Kind ist nicht von dir."

„Auch die Information ist nicht neu." Muss ich mir Sorgen um seinen Geisteszustand machen? Warum teilt er mir das mit? Und dann auch noch in einem Tonfall als wäre ich derjenige, der Probleme beim Denken hat.

„Du möchtest also tatsächlich eine Beziehung mit einer Schwangeren führen? Einer Schwangeren, die in ein paar Monaten nur noch Zeit für das Baby hat, dessen Vater du nicht bist?" Pierce wirkt enttäuscht. „So kenne ich dich nicht. Du bist ein Aufreißer, jemand der nichts anbrennen lässt, der mit den Augen rollt, wenn seine Mutter mal wieder das Thema anschlägt: *Eine Familie gründen ist wichtiger.*" Pierce seufzt und wirkt jetzt mehr verzweifelt als enttäuscht. „Du bist kein Familienmensch. Hast du das vergessen? Dein Job ist dir wichtig. Die Karriere steht an erster Stelle."

„Vielleicht bin ich es doch – ein Familienmensch. Unter Umständen hat meine Mutter ein klitzekleines bisschen recht." Ich grinse, weil ich weiß, dass Pierce sich dann unterlegen fühlt. „Manchmal überrasche ich mich selbst."

Pierce wäre nicht Pierce, wenn er meine Bemerkung einfach so hinnehmen würde. Über seinem Kopf ziehen deutliche Gewitterwolken auf.

„Ist dir mal in den Sinn gekommen, dass diese Frau dich nur ausnutzen will? Dass sie nach jemandem sucht, der für sie und ihr Kind aufkommt? Der ihre Rechnung bezahlt und ihr ein sicheres Zuhause bietet?"

Zur Hölle! Was für ein impertinenter Mistkerl!

Mit dem Vorwurf hat der Wichtigtuer eine Grenze übertreten.

„Nein." Die Wut steigt in mir hoch, langsam und stetig. Ich spüre, wie mein Halsansatz rot wird und meine Hände sich ballen. Mein Freund hat kein Recht so etwas zu behaupten. Er kennt Nika nicht. Mit dieser Anmaßung ist er zu weit gegangen.

Bleib ruhig, Chris!

„Denk doch mal nach", reizt er mich weiter. „Die Postkarte mit den drei Worten: *Ich bin schwanger.* Welcher Mann würde da nicht nachhaken? Sie wusste, dass du mit ihr in Kontakt treten wirst, wenn sie dir die Karte schickt." Als wäre das nötig, bestätigt sich Pierce seine Worte mit einem überheblichen Kopfnicken. „Und genauso vorhersehbar wie ich es gerade geschildert habe, hast du dich verhalten – und dich im Anschluss um den Finger wickeln lassen. Du bist zu gutgläubig, Chris. Das warst du schon immer. Keine Ahnung wie du mit der Eigenschaft ein knallharter Anwalt sein kannst. Deine Mandanten haben verdammtes Glück."

Genug ist genug.

„Du weißt gar nichts", fahre ich ihn scharf an. Es kostet mich alle Kraft, nicht unhöflich oder ausfallend zu werden. „Nika ist nicht so eine Frau."

Mein Freund will protestieren, aber ich lasse ihn nicht zu Wort kommen.

„Sie weigert sich, Geld von mir anzunehmen. Selbst den Bodyguard, den ich für sie anstellen wollte, hat sie abgelehnt, obwohl ihr Ex sie tätlich angegriffen hat.

Nika will mein Geld nicht." Um mich zu beruhigen, atme ich lange aus. Es gefällt mir nicht, was Pierce sich da zusammengereimt hat. Dieser Quatsch ist totaler Unsinn. „Ich wünschte, sie würde meine Unterstützung akzeptieren, denn sie denkt darüber nach, Paulo Kaipo nach der Geburt um Unterhaltszahlungen zu bitten. Zumindest, wenn keiner der Kaipos ihr eine Abfindung mit Verschwiegenheitserklärung anbietet."

Mein Freund schweigt. Die Zahnräder in seinem Kopf drehen sich so laut, dass ich es hören kann. Hoffentlich kommt er zu dem einzig richtigen Schluss. Nika wird an meiner Seite bleiben. Ob Pierce das gefällt oder nicht. Da kann er mit mir diskutieren so viel er will. In dem Punkt lasse ich mich nicht umstimmen.

„Vielleicht begehst du einen Fehler, vielleicht auch nicht."

Himmel! Will er nicht verstehen?

„Du hast dir Ana angelacht. Nun sei kein schlechter Freund und lass mir Nika", versuche ich Frieden zwischen uns zu stiften.

„Ich bin ein guter Freund. Ich will doch nur verhindern, dass du ins Unglück rennst", erklärt er und malt mit dem Kiefer. Wenigstens sieht er nicht mehr ganz so überzeugt von seiner Theorie aus.

„Nika ist kein Unglück. Ich liebe sie."

Pierce' Blick schnellt in Sekundenbruchteilen zu mir. „Hast du gerade gesagt, du liebst sie?" Völlig regungslos sieht er mich an. Die Verwunderung ist ihm anzumerken.

Wow!

Ich bin von mir selbst überrascht, dass mir der Satz so leicht über die Lippen gekommen ist. „Ja." Meine Mundwinkel ziehen sich vermutlich bis zu den Ohren. „Ich liebe sie", wiederhole ich die magischen Worte. Es lässt sich so leicht wie beim ersten Mal aussprechen – sogar leichter. „Ich. Liebe. Nika."

„Verdammt." Pierce setzt sich aufrechter. Verblüffung und Erstaunen haben ihn fest im Griff. „Dich hat es wirklich erwischt. So richtig." Er mustert mich von oben bis unten, als müsste er abchecken, ob ich ein anderer bin. „Ich habe dich noch nie *Ich liebe dich* sagen hören. Nicht, wenn es um eine deiner Freundinnen ging."

„Da hast du recht." Ich lehne mich zurück und schließe nun doch die Augen. Es ist genug gesagt. Der Tag ist zu schön, um sich unnötig aufzuregen. „Bisher war ich auch noch nie verliebt", füge ich hinzu und spüre, wie das letzte bisschen Missbilligung von mir abfällt. „Nur in den Käsekuchen von *Candy's Cakery*."

Einen Moment herrscht angenehme Stille.

„Nur mal angenommen, du liegst mit deiner Annahme richtig und...", Pierce' Ton ist plötzlich verständnisvoller, „deine neue Freundin will dich nicht ausnehmen, wie stellst du dir eure Zukunft vor? Eine Zukunft mit Baby. Würdest du tatsächlich nach Hawaii ziehen?"

„Angst, ich könnte die Wohnung gleich neben deiner mieten?", frage ich ohne mir die Mühe zu machen die Augen zu öffnen. Meinen Tonfall halte ich herausfordernd. Den Spruch hat er verdient.

„Nein."

Also schön... ich öffne die Augen und wende mich dem Wissbegierigen zu. „Nika ist nicht Ana. Schön, wenn du – wenn ihr", korrigiere ich mich, „hier auf Hawaii glücklich werdet. Aber dieser feuchte Brutkasten ist nicht der Ort, an dem ich mich zu Hause fühlen könnte. Mein Leben ist und bleibt in Chicago."

„Und wie soll es in dem Fall weitergehen? Du in Chicago und Nika und ihr Nachwuchs auf O'ahu?"

Verrückte Situation. Mein Freund scheint sich mehr mit meinen Problemen als mit seinen zu beschäftigen. „Ich habe Nika gefragt, ob sie sich vorstellen kann bei mir in Chicago zu leben." Ich zucke mit den Schultern und freue mich, dass ich diese Gelassenheit an den Tag legen darf. „Sie hat ja gesagt."

Pierce' Miene ist zu komisch. Die hochgezogenen Augenbrauen und das Runzeln sind schräg und lassen ihn völlig anders als sonst aussehen. Meinen besten Freund kann ich nicht oft überraschen. Aber heute ist es mir gelungen.

„Können wir jetzt einen Moment nicht reden? Ich würde zu gerne wieder die Augen schließen und die Ruhe genießen. Mir fehlt haufenweise Schlaf. In der Kanzlei war in den letzten Wochen die Hölle los."

Mein Gesprächspartner gibt nur ein Brummen von sich und lässt sich geschlagen zurück in den Liegestuhl fallen. Bravo, mehr wollte ich gar nicht.

Den Rest des Tages verbringen wir auf der Keoki-Plantage. Ana zeigt uns alles, von den fruchttragenden Ananaspflanzen bis hin zu den Lagerhallen, in denen Tonnen von Ananas auf ihre Bestimmung warten. Anscheinend wird ein Großteil direkt vor Ort verarbeitet. Nur eine kleinere Menge verlässt die Insel.

Wir sind zu viert unterwegs und sogar Pierce ist nach unserem Gespräch auf der Terrasse deutlich umgänglicher. Meine Worte scheinen ihn zumindest zum Nachdenken angeregt zu haben. Hoffentlich hält er in Zukunft weitere Bemerkungen zurück. Nika hat keine seiner Unterstellungen verdient.

Als der Zeitpunkt gekommen ist, nach Hause zu fahren, umarme ich Ana zum Abschied. Pierce bekommt keine Umarmung, sondern nur einen fragwürdigen und äußerst belustigten Blick auf seine Beine.

„Wirst du jetzt immer bunte Shorts tragen, wenn ich dich in Hawaii besuchen komme?" Ich starre weiter auf seine Schienbeine, deren Farbe darauf schließen lässt, dass mein Freund kaum etwas anderes trägt, wenn er hier ist.

Ana legt sich die Hand über den Mund. Zu spät, ich habe ihr Kichern längst gehört.

Pierce lässt sich nicht aus der Ruhe bringen. Er zupft am Bund und lächelt. „Surfershorts sind bequem. Außerdem...", er wackelt aufreizend mit den Hüften, wie es sonst nur Frauen machen, „... hat ein Mann viel Bewegungsfreiheit." Sein Grinsen wird breit und herausfordernd. „Untenrum... du verstehst." Wieder bewegt er sich.

Gott steh mir bei! Ich kann gar nicht hinsehen.

Ana schnappt nach Luft und nun ist es Nika, die ein Kichern nicht zurückhalten kann.

Spaßvogel. Natürlich muss dieser Komiker in meinem Beisein den Aufreißer raushängen lassen. War ja klar, dass er die Vorlage nicht unkommentiert verstreichen lassen kann. Nicht bei mir.

„Ich denke, wir sollten jetzt gehen", sagt Nika, nachdem sie sich umständlich geräuspert hat.

Meine Freundin hat verflucht recht. Ich ignoriere Pierce und seine Shorts samt Bewegungen und ziehe meinen Schatz an meine Seite. „Wir sehen uns die Tage." Ich hebe die freie Hand. „Ana, viel Glück mit deinem Eis. Es hat vorzüglich geschmeckt. Bye Pierce."

Ana ruft uns ein herzliches „Tschüssi" zu.

„Schnell weg", flüstere ich Nika ins Ohr. „Bevor uns noch weitere Vorzüge von Surfershorts zur Schau gestellt werden. Darauf können wir getrost verzichten. Mehr Kopfkino ist nicht von Nöten."

20
Nika

Vier Wochen später

Ich freue mich, dass Chris zwei weitere Wochen auf O'ahu bleiben kann. Heute Morgen hat er mit der Kanzlei telefoniert und das ersehnte Okay bekommen. Ursprünglich hätte er in der zweiten Februarwoche zurück nach Chicago fliegen müssen, aber nun darf er noch bis Ende des Monats bleiben. Anscheinend hat der neue Kollege sich gut eingearbeitet und einen Teil von Chris' Fällen übernommen.

Momentan fühlt sich das Leben an wie in einer Friede-Freude-Eierkuchen-Blase. Ich erledige meine Arbeit im Hotel und Chris wartet bereits auf mich, wenn ich nach Hause komme. Manchmal holt er mich auch ab. Da ich aber mit dem Fahrrad zur Arbeit fahre und Chris den Weg zu Fuß gehen muss, passiert das eher selten. Mein Freund findet die Temperaturen zu hoch, um lange Fußmärsche zu unternehmen. Daran würden auch ein T-Shirt und Shorts nichts ändern.

Anders als Pierce kann sich Chris nicht mit kurzen Hosen anfreunden. Er findest sie durchweg albern und trägt sie nur, wenn wir schwimmen gehen oder zum Strand fahren.

Ich trete gerade aus dem Personalausgang des *Lailani Beach Hotels* als ich ihn auf der Bank sitzend antreffe. Chris ist stets überpünktlich. Noch nie habe ich auf ihn warten müssen, wenn wir verabredet waren.

Mein Freund trägt ein dunkelblaues Poloshirt, von denen er unendlich viele zu haben scheint, eine Jeans und Flipflops. Lange Hose, nackte Füße und Flipflops gehören zu seinem bevorzugten Look auf Hawaii. Obwohl er kein Fan von Surfershorts ist, die bequemen Schuhe wird er in Chicago vermissen. Ich vermutlich auch. Die Dinger sehen aber auch wahnsinnig anziehend an ihm aus. Vor allem, wenn er sie mit einer langen Hose kombiniert, die unten lässig aufgekrempelt ist.

„Hey du", begrüße ich ihn und beuge mich zu ihm herunter, um ihm einen Kuss zu geben. „Wartest du schon lange?"

„Nein." Er schlingt die Arme um mich und zieht mich neben sich auf die Bank. „Setz dich und mach einen Moment Pause."

Chris ist süß. Ständig befürchtet er, dass ich mich überarbeiten könnte. Dabei ist seine Sorge völlig unbegründet. Das Hotel weiß über die Schwangerschaft Bescheid und hat meinen Aufgabenbereich dementsprechend angepasst. Und da mein Bauch noch nicht im Weg ist, war das Arbeiten eigentlich noch nie leichter. „Es geht mir gut", erkläre ich zum gefühlt hundertsten Mal in den letzten Wochen. Am liebsten würde Chris mich in den Koffer packen und mit zu sich nach Hause nehmen.

Ich freue mich schon auf Chicago. Unser Plan für die Zukunft nimmt mehr und mehr Formen an. Aber bis ich in den Mutterschutz gehe, werde ich arbeiten und auf O'ahu bleiben. Danach bin ich bereit, meinem wunderbaren Freund überall hin zu folgen. Meine Wohnung auf O'ahu werde ich aber behalten. Vorerst. Vielleicht kann ich sie bis auf weiteres untervermieten. Es fühlt sich noch nicht richtig an, in einem so frühen Stadium unserer Beziehung, alle Zelte abzubrechen.

Pierce wird im Mai seine Stelle in Honolulu antreten und ich werde Anfang Juni zu Chris nach Chicago ziehen. Bis dahin müssen wir uns damit begnügen, uns an den Wochenenden zu sehen. Da das aber bei Ana und Pierce geklappt hat, werden wir es ihnen einfach nachmachen und hoffen, dass wir es ebenso gut hinbekommen.

„Wo steckt Bitsy?", reißt Chris mich aus meinen Gedanken an die Zukunft. Er lässt den Personaleingang nicht aus den Augen.

„Sie kommt schon noch. Einen Augenblick musst du dich noch gedulden. Bitsy hat noch etwas mit dem Hotelmanager zu besprechen. Es kann nicht mehr lange dauern."

Chris greift nach meiner Hand und streicht mit dem Daumen über meinen Handrücken. Seine Finger sind feucht.

„Bis du nervös?" Heute treffen mein Freund und meine beste Freundin zum ersten Mal aufeinander.

„Und wie", presst er die Worte aus dem Mund, dass ich mir nur schwer ein Lachen verkneifen kann. Diese Ehrlichkeit ist nur eine Eigenschaft, die ich an Chris liebe.

„Keine Sorge. Bitsy ist meine Freundin. Sie wird dich mögen, weil ich dich mag." Nichts anderes ist denkbar.

„Da bin ich mir nicht so sicher. Ich glaube, sie wird mich auf Herz und Nieren prüfen."

„Das auch." Ich muss einfach grinsen. Es geht nicht anders. Chris' Angst ist völlig unbegründet. Bitsy wird ihn lieben. Da gibt es keine Zweifel.

„Findest du es nicht merkwürdig, dass es in den letzten Wochen nie eine Gelegenheit für ein Treffen gab?"

Ich zucke mit den Schultern, obwohl ich mich bereits das gleiche gefragt habe. „Bitsy ist Single, sie hat viel zu tun. Außerdem hatten wir auch nicht jeden Tag Zeit für ein chilliges Beisammensein zu dritt", versuche ich die ständigen Absagen meiner Freundin zu rechtfertigen.

„Ich hoffe, das hat nichts zu bedeuten."

„Was soll das denn zu bedeuten haben?" Chris spinnt.

„Ich weiß es nicht. Vielleicht lehnt sie mich aus Prinzip ab."

„Mit welcher Begründung?"

„Ich bin Anwalt. Möglicherweise hat sie keine gute Meinung über Juristen. Wer weiß das schon."

„Das ist völliger Quatsch." Ich schüttele so heftig den Kopf, dass mir schwindelig wird. „Bitsy wird dich mögen – sie wird dich bewundern. Da bin ich mir sicher."

„Jetzt kommt sie!" Chris drückt meine Hand. „Das ist sie doch, oder? Da vorn?" Sein Kopf bewegt sich unauffällig.

„Ja, das ist Bitsy. Mit ihrer wilden blonden Mähne fällt sie überall auf." Die letzten Worte spreche ich mit einem Lächeln aus, weil ich die Haarpracht toll finde, meine Freundin aber ständig flucht, weil die einzelnen Locken sich kaum bändigen lassen. Ich könnte mir Bitsy mit keiner anderen Frisur vorstellen. Sie passt zu ihr und ihrem Typ. Genau wie der Hippie-Stil, den sie bevorzugt, wenn sie keine Kluft des Hotels trägt.

„Hey", begrüßt sie uns mit der freundlichen Stimme, die ich stets von ihr gewohnt bin. „Chris." Sie nickt ihm gesondert zu.

„Bitsy. Schön, dass wir uns endlich treffen." Chris klingt, als hätte er einen Frosch verschluckt. Warum hat seine Stimme diesen merkwürdigen Unterton? Passiert hier vor meinen Augen etwas, von dem ich nichts weiß? Misstrauen macht sich breit. Was soll das werden?

„Bist du bereit?" Bitsy setzt sich neben mich und zieht ein Klemmbrett aus ihrer Umhängetasche.

Ein Klemmbrett?

Was...?

Ich verstehe nicht. „Wofür ist er bereit?" Wissbegierig beuge ich mich vor, um einen Blick auf den Zettel zu werfen, der auf dem Klemmbrett festgesteckt ist. Bitsy zieht es weg, bevor ich etwas erkennen kann.

„Leg los!", antwortet Chris und stößt ein Seufzen aus. Beide scheinen meine Anwesenheit vollständig auszublenden. Er sieht nur Bitsy an, ist vollkommen auf sie fixiert.

Was zum Geier habe ich verpasst? Wieso hat mich keiner eingeweiht? Na warte!

„Wie hoch ist dein Jahreseinkommen?" Meine Freundin löst professionell wie eine erfahrene Mitschreiberin den Stift, der oben am Klemmbrett befestigt ist.

Ach du liebes Gottchen! Habe ich das richtig verstanden? Ich muss mich verhört haben.

„Das geht dich nichts an", antwortet Chris. Sein Tonfall ist klar und bestimmend. Die Unsicherheit, die ihn eben fest im Griff hatte, scheint gänzlich von ihm abgefallen zu sein.

Bitsy nickt und denkt einen Moment nach. Sie kratzt sich sogar mit dem Ende des Stiftes am Kopf. „Dann formuliere ich die Frage anders. Verdienst du genug, um für Nika und den Winzling zu sorgen?"

Wie bitte?

Das hat sie nicht wirklich gefragt… nein… meine Freundin scheint den Verstand verloren zu haben. Und wieso nennt sie mein Baby Winzling? „Ich habe mein eigenes Geld", werfe ich ihr an den Kopf, aber sie ignoriert mich.

„Ja", beantwortet Chris diese Ungeheuerlichkeit. Auch er achtet nicht auf mich. Nicht mal einen Blick bekomme ich. Er ist voll auf die Fragestellerin, die morgen einiges zu hören bekommen wird, fixiert.

Bitsy macht einen Haken auf dem Papier.

„Hast du in deiner Wohnung ein Kinderzimmer?"

„Nein."

„Bist du bereit, aus deinem Fitnessraum ein Kinderzimmer zu machen?"

„Selbstverständlich. Einen Teil der Geräte habe ich bereits abholen lassen."

Mir klappt der Mund auf. Was soll das alles? Wann hat Chris diesen Transport organisiert? Er war doch die ganze Zeit hier bei mir. „Vielleicht möchte ich die Wiege lieber ins Schlafzimmer stellen", spreche ich in gedämpftem Ton mit mir selbst, da mich eh keiner beachtet.

„Bist du bereit, nachts aufzustehen und dem Baby das Fläschchen zu geben, sollte es bei Nika mit dem Stillen nicht klappen?"

Chris senkt kurz das Kinn, sein Blick ist anklagend. „Natürlich."

Bitsy setzt überaus zufrieden den nächsten Haken. Offensichtlich hat sie einen kompletten Fragenkatalog zusammengestellt. Nur aus dem Grund hat sie vier Wochen gebraucht, um für uns Zeit zu finden. Meine Fassungslosigkeit hält mich fest im Griff. Was habe ich nur für eine Freundin?

„Was ist mit den Windeln?"

„Ich habe keine Erfahrung mit dem Wickeln von Babys, aber ich traue mir zu, es zu lernen."

Dieses Gespräch ist ein Albtraum. Ich überlege, aufzustehen und zu gehen. Vermutlich würde mein Verschwinden den beiden gar nicht auffallen.

Bitsy scheint noch etwas auf dem Klemmbrett nachzulesen. Nachdem sie zwei weitere Haken gesetzt hat, nickt sie und reicht es Chris. „Hier." Sie gibt ihm ebenfalls den Stift. „Bitte auf der gepunkteten Linie unterschreiben."

Das ist zu viel.

Nein!

Ich stehe auf.

„Jetzt ist es genug", fahre ich dazwischen und schlage Bitsy das Klemmbrett aus der Hand. Es fliegt mit einem hohen Salto zu Boden. „Du..."

Starke Arme umschlingen mich und halten mich fest. Im nächsten Augenblick liege ich in Chris' Armen und sein Mund drückt sich auf meinen. „Nicht aufregen, meine Süße!" Seine Stimme klingt unendlich sanft. „Es gibt keinen Grund dafür." Er küsst mich erneut. „Du weißt doch... ich bin Anwalt. Ich würde niemals etwas ohne eine gründliche Gegenprüfung unterschreiben.

Schon gar nicht im Beisein einer Zeugin." Er streicht mir die Haare über die Schulter. „Bitsy weiß das. Es war ein ganz schlechter Test."

„Er hat recht", höre ich eine Stimme hinter mir. „Dein neuer Liebhaber hat die Prüfung bestanden. Komplett. Hundert Punkte. Behalte ihn. Meinen Segen hast du."

Ich bin immer noch völlig entsetzt von dieser lächerlichen Prüfung. „Du hättest mich einweihen können", beschwere ich mich bei meiner Freundin.

„In dem Fall hättest du mich aufgehalten", folgt Bitsys Antwort auf dem Fuße. Dieses selbstgefällige Grinsen ist schrecklich.

„Da kannst du dir sicher sein."

„Eine letzte Frage habe ich noch, Herr Anwalt."

Diese Frau ist unmöglich. Sollte ich sie jemals wieder allein erwischen, werde ich sie gehörig in die Mangel nehmen. Aber so was von.

„Also dann, frag mich", gibt Chris den Gelassenen.

„Wofür steht das T in Christopher T. Markham?"

„Für welche Abkürzung steht Bitsy?", kontert Chris, kaum dass die Nervensäge ihre Frage gestellt hat.

Dieser Schlagabtausch ist schlimmer als ein aufreibendes Tennismatch. Hoffentlich ist es bald vorbei. So habe ich mir das erste Aufeinandertreffen der beiden nicht vorgestellt.

„Thomas."

Bitsy nickt. „Elisabeth"

„Sind wir jetzt endlich fertig mit diesem Quatsch?" Das ist nicht zum Aushalten. „Nur zur Info: Ich bestimme ganz alleine, wer mein Freund oder meine Freundin sein darf und wer nicht. Und wenn ihr beiden weiter so daherredet und euch unmöglich aufführt, streiche ich euch einträchtig von der Liste." Genau.

Kaum habe ich ein Machtwort gesprochen, fühle ich mich besser. Um mich weiter zu beruhigen, atme ich lange und tief durch. Freunde können enorm anstrengend sein. Vor allem die, die einem wichtig sind.

Ehe ich mich versehe, hat Chris mich zurück auf die Bank geschoben. „Setzt dich, wir werden uns ab jetzt benehmen. Versprochen."

„Dein Freund hat recht." Bitsy wirft mir einen entschuldigenden Blick zu. „Alles gut." Ich sehe erst in ihr Gesicht und anschließend über ihre Schulter. Was...?

Die merkwürdige Fragerunde und der Zwist sind vergessen. Ein schwarzes luxuriöses Auto hat meine Aufmerksamkeit erregt. Die Limousine hält vor dem Eingang des *Lailani Beach Hotels*, gleich vor dem roten Teppich, der nur zu besonderen Anlässen ausgerollt wird. Kaum hat der Chauffeur angehalten, schwingt die hintere Autotür auf. Paulo steigt aus und hält einer Person, die von meinem Platz nicht zu erkennen ist, die Tür auf. Mein Exfreund trägt einen dunkelblauen Anzug, eine Krawatte und hat sich die Haare nach hinten gegelt. Es scheint einen offiziellen Anlass für seinen Besuch im Hotel zu geben, sonst hätte er sich nicht so in Schale geworfen. Außerdem läge der Teppich dann nicht vor dem Hotel.

Als würde er spüren, dass ich ihn anstarre, sieht er sich um. Es dauert nicht lange, bis er mich entdeckt. Ich sitze zwischen Bitsy und Chris in einem wenig eleganten Sommerkleid auf der Bank und starre ihn an. Der Unterschied zwischen uns könnte nicht größer sein. Bestimmt wäre es schlauer, ich würde weggucken und ihn nicht unnötig reizen, aber ich will nicht die Erste sein, die den Blickkontakt abbricht. Ich habe keine Angst vor ihm. Das darf er ruhig wissen.

Paulo starrt mir ins Gesicht.

Und dann... auf den Bauch.

Unmissverständlich ist sein Blick tiefer gewandert, nur um gleich drauf wieder hochzuschnellen. Er hat die kleine Kugel, die sich deutlich unter dem dünnen Kleid abzeichnet, bemerkt. In meinem Bauch wächst sein Kind heran und er reagiert mit Entsetzen? Unglaublich. Was sagt das über den Mann aus, in den ich dachte, verliebt zu sein? Wie habe ich mich nur so in ihm täuschen können? Er hat mir wochenlang etwas vorgespielt und ich habe nichts bemerkt. Seine Augenbrauen sind zusammengezogen und seine Miene wirkt zerfurcht. Wut und Ärger dominieren seinen Blick, der immer noch an mir festklebt. Seine komplette Körperhaltung ist angespannt. Sogar die Hand, die er auf dem Autodach abgelegt hat, ist zur Faust geballt. Anscheinend hält er sich nur mit Mühe zurück.

Gerade als ich überlege, zu lächeln und es auf die Spitze zu treiben, steigt eine Frau aus dem Auto. Emilia Vida. Ich erkenne sie an ihren blonden Haaren und dem königlichen Auftreten. Offensichtlich hat sie vergeblich darauf gewartet, dass Paulo ihr eine Hand reicht und ihr beim Aussteigen behilflich ist.

Aber Emilia wäre nicht Emilia, wenn sie diese Kleinigkeit nicht alleine bewerkstelligen könnte. Natürlich dreht sie sich in meine Richtung, kaum dass sie das Gleichgewicht auf ihren High Heels gefunden hat. Ihr orangerotes Kleid ist ein Traum und sicherlich von einem angesagten Designer. Es hat einen tiefen Ausschnitt und betont ihre schlanken Schultern. Natürlich muss sie den Schein waren und sollte sich nichts anmerken lassen, aber ich sehe trotzdem, wie einer ihrer Mundwinkel zuckt. Ich habe immer noch nicht herausgefunden auf welcher Seite sie steht. Worüber amüsiert sie sich?

Freut sie sich, dass mein Anblick vor dem Hotel in Paulo den Zorn hochkochen lässt? Was hat sie davon, wenn er schlechte Laune hat? Höchstwahrscheinlich genießt sie es, ihm seinen Fehltritt mehr als einmal unter die Nase reiben zu können. Ein Psychospielchen der besonderen Art. Im Grunde ist es mir egal was sie denkt – was sie beide denken. Aber dass sie für mich eine Abfindung rauschlagen wollte, war irgendwie ein nettes Angebot. Obwohl es offenbar nicht geklappt zu haben scheint. Bisher hat sich nämlich niemand von der Familie Kaipo bei mir gemeldet.

„Solltest du darüber nachdenken, ihr zuzuwinken…“, kommt es in brummigen Tonfall von Chris, „… dann lass es besser bleiben.“ Seit er von dem Treffen mit Emilia erfahren hat, ist er besonders aufmerksam und auf mich bedacht. Er traut weder den Vidas noch den Kaipos. Außerdem vermutet er hinter allem einen Komplott.

Mein Gesichtsmuskel zuckt, aber ich fange nicht an zu schmunzeln. Ich halte mich zurück. Chris scheint das mit dem Gedankenlesen außerordentlich gut drauf zu haben.

„Nika!“, warnt Bitsy mich als wäre das nötig.

„Keine Sorge. Ich bin ein vernünftiger Mensch und nicht lebensmüde.“ Weil es das richtige Verhalten ist, wende ich mich von dem Schauspiel am Hoteleingang ab und gebe Chris einen Kuss auf die Wange. Anschließend bekommt Bitsy einen. „Ich habe Hunger. Können wir etwas Essen gehen? Soweit ich weiß, war das unser ursprünglicher Plan, bevor ihr dieses Fragespiel abgezogen habt.“

***

Am nächsten Morgen checke ich als erstes die lokale Klatschpresse und erfahre, dass Paulo und Emilia bei der gestrigen Wohltätigkeitsveranstaltung im *Lailani Beach Hotel* über ihre Zukunftspläne nach der Hochzeit gesprochen haben. Im nächsten Jahr werden zusätzlich zwei neue Vida-Boards auf den Markt kommen. Die Designer stecken bereits knietief in der Entwicklung dieser limitierten Edition. Und da Paulo schrecklich verliebt in seine Emilia ist, wird er extra für sie ein *Love-Forever-Design* entwickeln lassen. Die einzigartige Gestaltung wird hauptsächlich aus Weißtönen bestehen und auf eine Produktion von fünfhundert Stück begrenzt sein. Bevor die *Love-Forever-Boards* in den Verkauf gehen, werden sie als außergewöhnliche Dekoration für den Hochzeitsempfang benötigt, der natürlich am *Waikiki Beach* stattfindet. Kitschiger geht es kaum.

Mit keinem Wort wird erwähnt, wie viel Geld an dem Abend für die Krebshilfe gesammelt wurde. Das ist traurig. Die Wohltätigkeitsveranstaltung sollte im Vordergrund stehen, nicht das Traumpaar des Jahres.

Missgestimmt schalte ich das Display aus und schiebe das Tablet weg. Die Hochzeit wird dieses Jahr ohne

Frage das Highlight in Honolulu sein. Sämtliche Klatschspalten sind schon jetzt voll davon, und das, obwohl es noch Wochen hin ist.

„Bist du fertig?", kommt Chris fragend aus dem Badezimmer. Seine Haare sind nass vom Duschen und er wirkt leicht gehetzt. Natürlich ist er unrasiert. Anders als sonst trägt er keine Flipflops, sondern richtige Schuhe – und Socken. Mich überläuft ein kurzer wohliger Schauer. Der Mann ist eine Erscheinung, egal, was er an den Füßen hat.

„Du fragst mich, ob ich fertig bin?" Eilig schnappe ich mir meine Tasche und streife mir den Henkel über. „Ich warte nur auf dich. Du bist derjenige von uns, der verschlafen hat."

„Ich weiß. Ich weiß." Chris schiebt mich zur Tür hinaus. Ein Uber wartet bereits vorm Haus auf uns. „Jetzt bin ich endlich fertig und es kann losgehen."

„Ich hätte auch allein gehen können."

„Auf keinen Fall."

„Bist du neugierig?" Da ich es selbst kaum aushalten kann, ist die Frage berechtigt.

„Und wie." Chris öffnet mir die Tür und nach einer kurzen Fahrt steigen wir bei meinem Gynäkologen auf dem Praxisparkplatz wieder aus. Meine Hand wird von Chris schraubstockartig umklammert als hätte er Sorge, ich könnte die Flucht ergreifen, bevor er einen Blick auf das Ultraschallgerät geworfen hat. Wenn wir Glück haben und mein Baby uns nicht den Rücken zuwendet, erfahren wir heute, ob es ein Junge oder ein Mädchen wird.

Ich gehöre nicht zu den willensstarken Frauen, die sich überraschen lassen wollen. Sollte das Geschlecht zu erkennen sein, möchte ich es erfahren. Meine Neugier ist unermesslich groß.

Wir erledigen die Formalitäten an der Anmeldung und als wir uns entscheiden sollen, welche Ultraschalluntersuchung wir bevorzugen, nimmt Chris mir den Stift aus der Hand und setzt das Kreuzchen an der *teuersten* Stelle. Da ich in der Praxis und vor der Arzthelferin nicht mit ihm diskutieren will, schweige ich. Nicht mal, als er seine Kreditkarte über den Tresen schiebt, um die Rechnung zu begleichen, sage ich etwas.

Später. Später werden wir darüber reden. Nicht jetzt.

Falls Chris es heute so handhaben möchte, bekomme ich eben eine Exklusivbehandlung. Da dies sein erster Besuch bei einem Frauenarzt ist, habe ich Nachsicht mit ihm.

Wir müssen nicht lange warten und auch keine Zeitschriften im Wartezimmer lesen, denn wir sind sofort an der Reihe. Ob Chris ohne mein Wissen eine bevorzugte Behandlung verlangt hat? Gab es weitere Kreuzchen auf dem Formular? Aufgefallen ist mir nichts. Ein bisschen schade ist es schon. Ich hätte Chris zu gerne mit einer Babyzeitschrift in der Hand gesehen. Höchstwahrscheinlich hätte der Anblick mich zu einer Pfütze auf dem Boden zerfließen lassen.

Wenige Minuten später liege ich auf dem Untersuchungsstuhl und habe durchsichtigen Glibber auf dem Bauch. Chris hält meine Hand, die sicher bald kleiner als die andere ist, weil er sie schon zusammenquetscht seit wir aus dem Auto ausgestiegen sind. Sein Blick ist starr auf den Monitor gerichtet, auf dem momentan nur Schneegestöber zu erkennen ist.

„Möchten Sie wissen, ob es ein Junge oder ein Mädchen wird?", fragt die Ärztin und sieht von meinem Freund zu mir.

„Ja." Ich nicke. Chris antwortet nicht.

Völlig weggetreten, schaut er auf das winzige Baby, das aus dem Schneegestöber aufgetaucht ist. Es strampelt und tritt, als würde es ihm nicht gefallen, beobachtet zu werden. „Er möchte es auch wissen", sage ich lächelnd und verzichte auf weitere Erklärungen. Die Ärztin muss nicht wissen, dass er nicht der Vater ist und ich diese Entscheidungen alleine treffen kann.

Dr. Holl bewegt die Sonde über meinem Bauch und sucht nach der richtigen Stelle. Es dauert nicht lange, dann hält sie an und friert das Bild ein. Chris hat noch kein einziges Mal hochgeschaut, seit sie den Monitor eingeschaltet und das stetige Pochen des Herzschlags eingesetzt hat. Langsam mache ich mir Gedanken. Wird er die Flucht ergreifen, sobald wir die Praxis verlassen haben? Ist ihm das alles doch zu viel? Hat er Angst? Panik? Es ist ein Unterschied, über ein ungeborenes Baby zu reden oder es live zu erleben, seinen Herzschlag zu hören. Besser ich stelle mich auf ein aufreibendes Gespräch ein.

„Es wird ein Junge", sagt Dr. Holl und unterbricht damit mein Gedankenkarussell, das gerade Fahrt aufnehmen will.

„Ein Junge?"

„Ja. Sie deutet auf das Bild. Eindeutig ein Junge. Der kleine Mann ist sehr fotogen. Sehen sie, wie er sich zu uns dreht."

Chris richtet sich auf und drückt die Brust raus, als würde er vor Stolz platzen. Sein Kiefer bewegt sich und... Mist, seine Augen kann ich nicht sehen. Aber ganz bestimmt leuchten sie. Es ist fast spannender, Chris anzusehen als mein Baby. Aber nur fast. Schnell, um nichts zu verpassen, schaue ich auf meinen ungeborenen Sohn, der nun mit den Füßen gegen die Sonde tritt. Er strampelt immer noch und scheint hellwach zu sein.

„Nika... wir bekommen einen Jungen", sagt Chris voller Ehrfurcht und drückt meine Hand noch fester. Dass meine Finger ziemlich wehtun, ist mir egal. Dieser Satz aus seinem Mund voller Stolz ausgesprochen, reicht aus, um alle Zweifel wegzuwischen. Ich bin unendlich glücklich. Chris wird an meiner Seite bleiben, auch wenn wir die Praxis verlassen haben. Er wird an *unserer* Seite bleiben.

Wir werden wirklich und wahrhaftig eine Familie sein.

21
Chris

Ende Februar

Der Knutschfleck an Nikas Hals ist diesmal kaum zu erkennen. Meine Freundin hat aufgepasst und im richtigen Moment bewusst Schlimmeres verhindert. Auch gut. Dann gebe ich mich dieses Mal eben mit einem nur leicht roten Mal zufrieden.

„Du schaust auf meinen Hals", kommentiert Nika meinen Blick.

„Stimmt." Ich streiche über die rötliche Stelle und verursache mit meiner Berührung bei ihr eine Gänsehaut.

„Mein *Sweet Kiss*, nur für dich."

Nika schüttelt den Kopf als wäre ich ein hoffnungsloser Fall. Zu meinem Glück verzichtet sie auf einen Kommentar. Ich will mich nicht streiten. Nicht jetzt. Wir stehen am Flughafen, mein Koffer zu meiner linken Seite und umarmen uns. Es ist Zeit, Abschied zu nehmen – mal wieder. Ich konnte keine freien Tage mehr herausschlagen und muss Montag zurück in der Kanzlei sein. Und da Nika sich strickt weigert, mich jetzt schon zu begleiten, fliege ich allein. Sie kommt Anfang Juni zu mir nach Chicago und dann... sehen wir, wie es läuft. Bis dahin habe ich die Wohnung vorbereitet. So ist der Plan. Ich möchte, dass alles perfekt für sie und das Baby ist. Das wird meine Überraschung. Hoffentlich vermassele ich es nicht. Ich möchte das schönste Kinderzimmer aller Zeiten erschaffen.

Seit ich den kleinen Kerl auf dem Ultraschall gesehen habe, bin ich fasziniert. Hingerissen von der Vorstellung, dass ein kleines Baby in ihrem Bauch heranwächst. Ein Junge. Wir bekommen einen Jungen. In Gedanken bin ich schon zum wir übergegangen. Irgendwie wird es auch mein Baby sein, obwohl ich nicht der Erzeuger bin. Ich möchte die Vaterrolle übernehmen. Bis vor ein paar Monaten hätte ich mir das nicht träumen lassen. Aber jetzt... jetzt möchte ich es unbedingt. Mehr als alles andere.

Wir haben noch keine Einzelheiten besprochen. Es zu überstürzen, wäre wenig hilfreich. Nika kommt zu mir nach Chicago und sobald der kleine Spross auf der Welt ist, wird sich alles finden. So oder so. Wer weiß... vielleicht möchte ich irgendwann sogar heiraten. Aktuell ist das noch nicht der Fall, aber ich hatte auch nie vor, eine feste Freundin zu haben. Und jetzt habe ich bald eine Freundin mit Kind. Alles scheint plötzlich möglich.

„Wo bist du mit deinen Gedanken?", fragt Nika mich mit einem Lächeln auf den Lippen. Sie schnippt sogar mit den Fingern vor meinen Augen.

Ich bekomme ihren frechen Finger zu fassen und drücke im nächsten Moment ihren Körper an mich. „Weit weg. Leider. Ich wünschte, du könntest mitkommen." Eine Hand lege ich in ihren Nacken und mit der anderen reibe ich ihr über den Rücken.

„Ich komme nach. Bis Anfang Juni ist es doch gar nicht mehr lange hin." Nika drückt ihre Nase in meine

Halsbeuge und atmet lange ein. Mich überkommt der Verdacht, dass sie in meinen Duft so vernarrt ist, wie ich in ihren. „Außerdem gibt es in den nächsten Monaten bestimmt noch einige Wochenenden, an denen du mit Pierce nach Hawaii fliegen kannst." Ihre Worte sind schwer zu verstehen, weil sie sich immer noch an mich schmiegt. Am liebsten würde ich noch Stunden hier stehen und sie im Arm halten. Abschiednehmen ist unglaublich schwer. Heute besonders.

„Das ist der einzige Grund, warum ich gehe. In ca. zwei Wochen, am Freitag, bin ich wieder da."

„Echt?" Nika sieht hoch. Ihre Miene ist voller Hoffnung. „Ist das wahr?"

„Natürlich. Den Flug habe ich schon gebucht." Ich löse mich sanft und ziehe den Griff an meinem Rollkoffer heraus. „So schnell wirst du mich nicht los."

Ein breites Strahlen, das voller Vorfreude ist, ist meine Belohnung auf die Antwort. Darauf habe ich spekuliert. Ich wollte, dass sie das Flughafengebäude mit einem Glücksgefühl verlässt, obwohl ich gehen und sie für die nächsten Tage allein lassen muss.

Jetzt muss ich es nur noch schaffen, mich von ihr abzuwenden, um durch die Taschenkontrolle zu gehen. Dass es sich so schmerzlich anfühlt, hätte ich nicht für möglich gehalten. Obwohl ich es nicht gerne zugebe, habe ich in diesem Moment Verständnis für Pierce' schlechte Laune, die ihn in regelmäßigen Abständen befällt. Meist, wenn sein Kurztrip auf Hawaii mal wieder zu Ende gegangen ist. Es ist furchtbar, die Freundin zurücklassen zu müssen. Seit heute kann ich es nachempfinden.

„Wir sehen uns in zwölf Tagen."

Nika lächelt. „So ausgesprochen, hört es sich gar nicht schlimm an."

Ein schneller Kuss auf den Mund und dann gelingt es mir, sie gänzlich loszulassen. „Bye, Nika." Samt Koffer setze ich mich in Bewegung.

Verflucht!

Ein *Ich liebe dich* lag mir auf den Lippen. Warum habe ich es nicht ausgesprochen? Sogar Pierce habe ich erzählt, dass ich Nika liebe. Warum kann ich es ihr nicht sagen? Was ist so schwer daran, es auszusprechen? Ich verlangsame meine Schritte und überlege zurückzugehen.

„Chris?", kommt Nika mir mit ihrem Rufen zuvor.

Ich drehe mich um und sehe meinen Schatz mit hängenden Schultern zwischen den umherlaufenden Menschen stehen. Die Hände hat sie auf den Bauch gelegt. „Ich liebe dich."

Unendliches Glück überflutet mich. Es rast geradezu in Höchstgeschwindigkeit durch meinen Körper hindurch und entzündest ein Feuerwerk. „Ich liebe dich auch", antworte ich ihr, über die kurze Entfernung hinweg. Plötzlich geht es ganz leicht. Die Worte purzeln nur so aus mir heraus. „Ich liebe dich", wiederhole ich mich, um zu testen, ob es mir auch beim zweiten Mal leichtfällt. Das tut es. Und es fühlt sich verdammt richtig an.

Mit glasigem Blick verlasse ich das Flughafengebäude und halte nach Bitsy Ausschau. Meine Freundin hat uns zum *Daniel K. Inouye International Airport* begleitet und Chris versprochen, dafür zu sorgen, dass ich unversehrt zurück nach Hause komme. Als wäre ich nicht in der Lage, diese Aufgabe alleine zu bewerkstelligen. Nur, weil ich an seinem Abreisetag nicht mit Chris streiten wollte, habe ich auf einen Protest verzichtet. Anscheinend haben alle um mich herum vergessen, dass ich mein Leben bisher gut alleine gemeistert habe. Ganz ohne Babysitter.

Es tut nichts zur Sache, dass ich möglicherweise ein kleines bisschen froh bin, gleich mit der redseligen und stets gutgelaunten Bitsy im Uber zu sitzen und mich von ihrer überschäumenden Art ablenken zu lassen. Ich wünschte, Chris hätte noch auf Hawaii bleiben können.

„Hast du deine Sahneschnitte ins Flugzeug gesetzt?" Bitsy tippt mir von hinten auf die Schulter. Offensichtlich hat sie es sich auf einer Bank im Schatten bequem gemacht und dort auf mich gewartet.

„Ja. Chris ist weg." Ich ziehe die Nase hoch und schaue kurz nach oben, damit bloß keine Träne über meine Wange rollt. Mist. Ich habe mir geschworen, nicht zu weinen. Nicht am Flughafen und auch nicht Zuhause.

„Die Hormone haben dich fest im Griff, wie ich sehe." Bitsy legt einen Arm um meine Schultern.

„Ja. Genau. Die Hormone. Wegen denen muss ich heulen. Die blöden Schwangerschaftshormone sind schuld." Ich wische mir über die Augen. „Aber ich heule gar nicht. Nicht richtig. Vermutlich ist mir etwas ins Auge geflogen." Erneut ziehe ich die Nase hoch und suche nach einem Taschentuch in meiner Handtasche. „Es ist ziemlich windig heute. Da fliegt eine Menge Zeug durch die Luft."

„Hier." Bitsy hält mir ein Tuch vor die Nase.

„Danke." Ich schnäuze mich und überlege, was ich mit dem restlichen Sonntag anfangen kann. Was habe ich gemacht, bevor Chris sich in mein Leben geschlichen hat?

„Bist du bereit?"

„Wofür?"

„Lass dich überraschen. Ich habe einige Anweisungen bekommen. Und da mir mit schlimmen Folgen gedroht wurde, sollte ich irgendetwas davon vergessen, habe ich vor, alle Anweisungen strikt zu befolgen."

Ich verstehe nicht. „Was für Anweisungen?"

Bitsy zieht eine Kreditkarte aus der Hosentasche ihrer Shorts. „Wir gehen shoppen." Ihr Grinsen ist frech und breit. Ich glaube sogar ein paar Dollarzeichen in ihren Augen funkeln zu sehen.

„Wie bitte? An einem Sonntag?" Rasch schnappe ich mir das Kärtchen und lese den eingeprägten Namen. „Wie kommst du zu Chris' Kreditkarte?" Das ist ein starkes Stück. Ungeheuerlich.

Bitsy reißt sie mir aus den Fingern. Ihre Miene ist schlagartig streng. Sie hat sogar einen hartnäckigen Zug um den Mund, den ich noch nie zuvor an ihr gesehen habe. „Dieses Kärtchen ist ganz allein für mich bestimmt. Nicht für dich. Chris hat es *mir* anvertraut, da du dich sicher nicht traust, es ausgiebig zu benutzen.“

Das ist kaum zu fassen.

„Richtig“, schnaube ich und weiß gar nicht, wie ich meine Empörung deutlicher zum Ausdruck bringen soll. Meine Freundin ist verrückt – und mein Freund auch. „Wir werden die Kreditkarte nicht benutzen. Sie gehört uns nicht. Darauf lasse ich mich nicht ein. Niemals.“ Erneut versuche ich, Bitsy die Karte abzunehmen. Aber meine Freundin ist flink. Schwupps, hat sie sie zurück in ihre Tasche gesteckt. „BITSY!“

„Zu spät.“ Meine persönliche Shoppingpartnerin hakt sich bei mir unter und setzt sich in Bewegung. „Komm, ich kenne einen ausgezeichneten Laden in Downtown, der wie für uns gemacht ist. Die haben Schwangerschaftsklamotten, die nicht aussehen als würde meine Oma sie kaufen wollen. Außerdem macht der Besitzer für uns heute eine Ausnahme. Nirgends lässt es sich sonntags besser einkaufen. Glaub mir.“

Nein!

Auf keinen Fall.

„Ich werde Chris‘ Kreditkarte nicht benutzen“, stelle ich erneut klar, lasse mich aber zum Parkplatz führen. Warum ist Bitsys Griff so fest und unnachgiebig? Und warum habe ich das Gefühl, diesen Kampf bereits verloren zu haben?

„Ich weiß. Ich bin vollkommen im Bilde. Deshalb musst du auch nur alles anprobieren, was ich dir in die Umkleidekabine reiche. Das Bezahlen übernehme ich.“ Sie tätschelt meinen Unterarm. „Es ist ganz leicht. Du wirst schon sehen.“

22
Nika

Am Montag trete ich nach der Arbeit aus dem Personaleingang des Hotels. Chris ist vor zweiunddreißig Stunden nach Chicago geflogen. Den ganzen Tag konnte ich erfolgreich verdrängen, dass ich gleich in eine leere Wohnung komme. Aber jetzt... jetzt muss ich mich nur noch für fünf Minuten aufs Fahrrad schwingen und dann... den Abend allein verbringen. Selbstverständlich werden Chris und ich telefonieren, vielleicht sogar skypen. Aber das ist nicht dasselbe.

Der Drang, den Hotelmanager um unbezahlten Urlaub vor dem Mutterschutz zu bitten ist groß. Trotzdem lasse ich es bleiben. Zunächst bezweifele ich, dass Mr. Okalani einer solchen Anfrage überhaupt zustimmen würde und dann ist da noch das Gefühl Chris' Großzügigkeit auszunutzen. Obwohl er das sicher anders sieht und mich am liebsten so schnell wie möglich bei sich in Chicago hätte, habe ich die Befürchtung, dass wir die Sache übers Knie brechen und es später bedauern.

Ich möchte nichts bereuen und mein Glück auch nicht herausfordern. Es ist eh schon ein gewagter Schritt für mich, nach Chicago zu ziehen. Einfach so. Mein Zuhause und meine Arbeit aufzugeben und neu anzufangen – mit einem Baby im Gepäck.

251

Ich hoffe, ich tue das Richtige.

Ich hoffe, ich tue das Richtige für meinen Sohn.

Auch wenn Paulo nicht erneut versucht hat, mit mir Kontakt aufzunehmen, wird es mir in Chicago leichter fallen, seine Drohungen und Anfeindungen zu vergessen. Auch Emilias Warnung, so schnell wie möglich das Weite zu suchen, kann ich nicht vollständig ignorieren. Jetzt, wo Chris weg ist, und ich mich verletzbarer fühle, kommen die Gedanken sicher häufiger hoch. Da hilft nur Ablenkung.

Ich trete an den Fahrradständer, der gleich neben der Touristikhaltestelle liegt, und beuge mich hinunter, um das Schloss am Rahmen zu lösen. Kaum habe ich mich aufgerichtet und den Schlüssel zurück in die Tasche gesteckt, steht James-Dean neben mir. Wenn ich seinen näherkommenden Schatten nicht schon auf dem Boden bemerkt hätte, wäre ich zu Tode erschrocken.

„Hey Nika, hast du Feierabend? Geht es dir gut?" Er tritt auf der Stelle, hat die Hände in den Taschen vergraben und lässt die Haltestelle nicht aus den Augen.

Sofort zuckt es an meinen Mundwinkeln. „Hallo James-Dean." Ich sehe hoch, direkt in sein Gesicht. „Erwartest du in den nächsten Minuten einen Bus mit Touristen?"

„Yep." Sein Kopf wendet sich in Richtung der Straße. „Außerdem bin ich heute allein für die Neuankömmlinge verantwortlich. Kane liegt mit Rückenschmerzen flach."

Mit einem geübten Ruckeln ziehe ich mein Vorderrad aus der Führung am Ständer. „Oje. Ich möchte nicht mit euch tauschen. Lieber mache ich den ganzen Tag

Betten, als dass ich Tonnen von Gepäck von A nach B schleppe.“

„Man gewöhnt sich dran“, kommt seine Antwort mit einem Schulterzucken.

„Dann wünsche ich dir viel Erfolg. Ich hoffe, du bekommst ein gutes Trinkgeld.“

Gerade will ich an ihm vorbeigehen, da hält er mich auf. Seine Hand legt sich an meinen Lenker. „Du hast meine Frage nicht beantwortet.“

Verwirrung macht sich breit. „Welche Frage?“

James-Dean schaut nach oben und anschließend zu mir. „Na, ob es dir gut geht.“

Echt? Darum geht‘s?

Meine Freunde sind unmöglich. Wenn dieser Wissensdrang nach meinem Befinden die Regel wird, habe ich ein paar anstrengende Wochen vor mir.

Verflucht Chris!

„Mir geht es gut“, sage ich und zügele meinen Tonfall. „Sehr gut sogar. Ausgezeichnet. Ich habe eine lange Mittagspause gemacht und Bitsy hat mir sämtliche schweren Sachen aus der Hand genommen, noch bevor ich danach greifen konnte.“ Wenn diese Auskunft ihn nicht zufriedenstellt, weiß ich es auch nicht.

James-Dean nimmt die Hand vom Lenker, steckt sie zurück in die Hosentasche und wirkt ungewöhnlich verlegen. „Ich werde es deinem Freund ausrichten.“

„Gute Idee.“ Mir war sofort klar, dass Chris ihm weiterhin den Auftrag erteilt hat, den Bodyguard für mich zu spielen. Während Chris auf Hawaii war, haben weder Bitsy noch James-Dean übermäßig auf mich aufgepasst. Aber heute... kaum ist mein Freund einen Tag weg, glucken die beiden um mich herum, dass ich vergesse, wo mir der Kopf steht. Ob das bis Juni so weitergeht? Hoffentlich nicht.

„Ich wünsche dir einen schönen Abend. Fahr vorsichtig." James-Dean deutet auf mein geliebtes Fahrrad, das schon meiner Mutter gehört hat, aber gepflegt und in top Zustand ist. Er tritt zurück, damit ich es auf die Straße schieben kann.

„Natürlich bin ich vorsichtig. Ich bewege mich tagtäglich im Straßenverkehr. Bisher ist mir noch nie etwas passiert." Kurz winke ich ihm zu, dann mache ich mich auf den Weg. Die Luft ist mal wieder feuchtwarm und wenig angenehm, aber der Fahrtwind wird für Abkühlung sorgen.

Ich bin gerade losgefahren, da sehe ich den Bus, der vom Flughafen kommt und gleich an der Touristikhaltestelle des Hotels anhalten wird. James-Dean steht bereit. Der Junge sieht vom Bus zu mir und wieder zum Bus.

Möchte er mir noch etwas zurufen? Er streckt die Hand nach oben und auch sein Mund klappt ein Stückchen auf. Ist es Verwunderung oder Panik, die sich auf seiner Miene abzeichnet? Ich kann es unmöglich ausmachen. Weil er heftiger winkt und auch meinen Namen ruft, bleibe ich stehen. Verdammt. Weit gekommen bin ich nicht. Höchstens fünfzig Meter.

Womit habe ich das verdient? Ich habe Hunger und wenig Lust, umzudrehen. Wenn James-Dean mir noch etwas sagen will, muss er herkommen. Mein Rad werde ich nicht wenden, solange ich nicht sicher bin, dass es wirklich ultrawichtig ist. Der Teenager hat aufgehört, zu winken und auch seine Miene wirkt nicht mehr panisch, eher wachsam.

In lockerem Laufschritt trabt der Bagagist auf mich zu und deutet auf ein schwarzes Motorrad, das hinter dem Bus um die Ecke gebogen ist und nun angehalten hat. Der Fahrer trägt einen schwarzen Helm sowie schwarze Lederkleidung. Sogar das Visier ist dunkel getönt.

Ich habe nicht die geringste Ahnung, warum James-Dean nach mir gerufen oder weshalb er auf das Motorrad gezeigt hat. Was will er mir zu verstehen geben? Motorräder gibt es unzählige auf der Insel. Sollte ich den Fahrer kennen?

„Nika." Endlich ist James-Dean so nah, dass ich ihn verstehen kann. „Warte einen Moment." Er klingt außer Atem. Verständlich. In der gestärkten Hoteluniform lässt es sich nur schwerlich rennen.

„Warum?"

Bevor James-Dean antworten kann, heult das Motorrad auf. Ich höre, wie der Fahrer Gas gibt. Da der Bus mir teilweise die Sicht versperrt, sind die Geräusche eindrucksvoller als das wenige, das ich sehen kann. Was…?

In den nächsten Sekunden geschehen unzählige Dinge gleichzeitig. Das Motorrad schießt mit quietschenden Reifen hinter dem Bus hervor, James-Dean dreht sich um und breitet die Arme aus. Er steht gut zehn Meter vor mir, als wolle er dem Fahrer die Sicht auf mich versperren. Und dann… dann nimmt das schwarze Gefährt Kurs auf. Auf mich und James-Dean, der schützend vor mir steht. Er fuchtelt wild mit den Händen, macht auf sich aufmerksam und schreit. Was er ruft, kann ich nicht verstehen. Ich bin abgelenkt, völlig auf die nahende Gefahr fixiert.

Teufel!

Plant James-Dean im letzten Moment zur Seite zu springen? Und was dann? Kracht das Motorrad in mich? Ist das eine dieser dämlichen Mutproben? Kennt James-Dean den Fahrer? Ist das möglicherweise ein Freund von ihm, der sich einen Spaß erlaubt?

Unzählige Fragen schießen in Hochgeschwindigkeit durch meinen Kopf. Ich weiß nicht, was ich zuerst denken soll.

Stopp!

Nein.

Oh Gott nein.

Das ist kein Spaß, sondern purer Wahnsinn.

Der Fahrer nähert sich, das Dröhnen des Motors wird lauter. Und James-Dean...

Ich will den Blick abwenden, aber ich kann nicht. Mein Körper ist in Schockstarre gefallen. Mein Beschützer bleibt stehen und senkt die Arme. Sonst nichts. Er bleibt einfach stehen und... stellt sich zwischen mich und den durchgeknallten Motoradfahrer, der unaufhaltsam näherkommt.

Abbruch!

Abbruch!

NEIN!

Mein übersteuertes Gehirn funkt immer und immer wieder Abbruch, aber mein Körper zögert. Ich kann den Blick nicht von James-Dean abwenden.

Ein Schwall Adrenalin schieß spürbar durch meine Adern und endlich... meine Beine bewegen sich. Ich lasse das Rad fallen und springe zur Seite. Meine Hüfte landet auf der Bordsteinkante und mein Bein wird vom verkanteten Fahrradrahmen niedergedrückt.

Verfluchter Mist!

Halb auf der Straße liegend, die Arme über dem Kopf verschränkt, sehe ich zu, wie das Motorrad sich unaufhaltsam nähert. Bevor es James-Dean rammen kann, hebt der Fahrer das Vorderrad in den Wheelstand als wäre er der Hauptakt einer Motorshow. Was soll das? Ich kann gar nicht hinsehen. Alles geht wahnsinnig schnell. James-Dean bewegt sich jetzt doch, der anscheinend wenig geübte Motorradfahrer verliert erst den Halt und anschließend das Gleichgewicht. Er geht zu Boden und das Gefährt begräbt James-Dean unter sich, der es nicht mehr schafft, rechtzeitig zur Seite zu springen.

Zwei Menschen und ein Haufen Stahl schlittern auf mich zu. Da das Fahrrad zwischen meinen Beinen klemmt und meine Hüfte sich verdreht hat, habe ich keine Chance, mich rechtzeitig aus der Schusslinie zu ziehen. Ich kann den Aufprall nicht verhindern.

Fest presse ich die Lider zusammen und halte die Luft an. Bitte lieber Gott... mein Baby...

Chris

Es ist nach acht Uhr abends als ich endlich Zeit finde die Telefonnummer meiner Eltern zu wählen. Der erste

Tag auf der Arbeit endete erwartungsgemäß mit Überstunden. Montage sind für gewöhnlich immer stressig, lang und mit Terminen vollgepackt, aber heute war es extrem. Dass ich wochenlang nicht im Büro gewesen bin, hat es nicht besser gemacht. Der Aktenberg auf meinem Schreibtisch war mannshoch als ich gekommen bin und nach Feierabend nur unwesentlich kleiner.

Am liebsten würde ich sofort Nika anrufen und fragen, wie ihr Tag war, aber meine Eltern muss ich vorher zufriedenstellen. Claire-Susan Markham ist nicht dumm. Sie ahnt bereits, dass etwas im Busch ist. Für jemanden wie mich, der keine Hobbys hat und nur selten Urlaub nimmt, sind fast sieben Wochen Ferien auf Hawaii eine Besonderheit. Die lange Abwesenheit von Chicago ist meinen Eltern natürlich nicht entgangen.

Bisher habe ich ihnen nichts von Nika erzählt. Ich wollte verhindern, dass meine Mutter überreagiert. Sobald sie spitzbekommt, dass ich eine Freundin habe, fängt sie an, unser Monogramm in Pärchenbademäntel zu sticken. Ich sehe das geschwungenen *N&C* schon vor mir. Wir hätten keine Chance, ihrem Übereifer zu entkommen. Die einzige Möglichkeit, es hinauszuzögern ist, geschickt vorzugehen. Heute verrate ich meinen Eltern, dass ich eine feste Freundin habe und später... in den nächsten Wochen werde ich meine Mutter langsam an den Gedanken heranführen, dass sie am dritten Juli Oma wird.

Allein bei dem Gedanken wird mir sterbenselend. Hoffentlich fällt meine Mutter nicht spontan in Ohnmacht. Egal, was passiert... die Nachricht wird sie umhauen. Auf positive Weise.

Meine Eltern werden beide ausflippen. Sogar meinem Vater, der eher zu der schweigsamen Sorte Mensch gehört, traue ich beim Thema Nachwuchs überschäumende Euphorie zu. Obwohl meine Mutter diejenige ist, die mich ständig davon überzeugen will, dass Karriere nicht alles im Leben ist, ist mein Vater ähnlich gepolt. Er zeigt es nur nicht bei jeder Gelegenheit. Beide werden völlig aus dem Häuschen sein, sobald sie von der Neuigkeit erfahren.

Hoffentlich schaffe ich es, ihre Freude in geordnete Bahnen zu lenken. Halbe Kraft voraus reicht vollkommen aus.

Die Tatsache, dass ich nicht der leibliche Vater von Nikas Baby bin, wird meine Eltern nicht belasten. Sie sind cool, mit der Zeit gegangen und werden sich für uns freuen. Vor allem, wenn sie die ganze Geschichte um Paulo herum erfahren haben. Natürlich wird meine Mutter mich drängen, Nikas Kind zu adoptieren, sobald es geboren ist. Da ich das eh vorhabe, kann ich ihr sofort den Wind aus den Segeln nehmen. Aber... alles der Reihe nach.

Los Chris, bring es hinter dich! Mach den ersten Schritt.

Meine Mutter geht nach dem dritten Klingeln ans Telefon.

„Aloha Mom, ich bin zurück aus Hawaii und habe euch ein paar Neuigkeiten mitzuteilen. Hast du kurz Zeit?" Ich rede zu schnell und verhaspele mich beinahe. Und warum zum Geier habe ich Aloha gesagt? Verdammte Nervosität! Sie dringt mir aus jeder Pore.

„Natürlich. Für dich immer, mein Junge, das weißt du doch."

„Ich...", setze ich an und werde sofort unterbrochen.

„Dein Vater glaubt, dass du eine Freundin hast. Ist das wahr?"

Treffer versenkt!

Meine Eltern können hellsehen. Die Vermutung überkommt mich nicht zum ersten Mal in meinem Leben. „Äh... ja." Da es das ist, was ich ihr mit dem Anruf mitteilen wollte, rede ich nicht lange um den heißen Brei herum, sondern bejahe einfach. Guter Plan.

Ich höre, wie mein Vater aus dem Hintergrund meine Mutter anweist, mich nach den Schuhen zu fragen.

Was für Schuhe? Mir schwant Übles.

„Außerdem behauptet er, dass deine neue Freundin schwanger ist. Ich habe ihm mehrfach erklärt, dass das Unsinn ist, weil du uns Bescheid geben würdest, wenn du eine Freundin hättest. Und erst recht, wenn eben diese Freundin schwanger wäre. Aber er hat dich vor Weihnachten, als er mit seinen Golfkumpels in Chicago zum Shoppen gewesen ist, gesehen, wie du in einem Sportgeschäft winzige Babyturnschuhe gekauft hast." Meine Mutter seufzt als würde die Vorstellung, wie ich Babysachen kaufe sie verzücken. „Du kennst ja deinen Vater, er fühlt sich wie Sherlock Holmes persönlich, wenn ihm etwas auffällt, das vom Gewöhnlichen abweicht. Ich habe ihm verboten, dich an Weihnachten auf diesen sonderbaren Einkauf anzusprechen. Wir wollten dich nie unter Druck setzten. Auch künftig nicht. Solltest du keine Familie gründen wollen, ist das dein gutes Recht. Wir verstehen das zwar nicht, werden uns aber damit abfinden. Wenn du nicht heiraten möchtest, ist das vollkommen in Ordnung. Wir lieben dich, so wie du bist. Auch ohne Frau und Kind." Sie ringt kurz nach Luft.

In drei Teufels Namen!

Dieser Redeschwall ist kaum auszuhalten. Anscheinend ist meiner Mutter entgangen, dass ich ihre Frage nach einer Freundin bereits mit ja beantwortet habe.

„Er hat recht", stoße ich die Worte aus, bevor meine Mutter beschließt, die kurze Atempause zu beenden und weiter ohne Punkt und Komma zu reden. Sie kann ohne Unterlass vor sich hin brabbeln, wenn sie einmal in Fahrt gekommen ist.

„Womit?" Ihre Verwunderung ist meine Genugtuung. „Dass du eine Freundin hast? Oder dass du tatsächlich Babyschühchen in einem Sportgeschäft gekauft hast? Sind sie vielleicht für Pierce' Freundin? Ich habe deinem Vater gesagt, dass es dafür eine Erklärung geben muss. Unter Umständen hat er sich auch verguckt oder war vom Golftraining in Aufregung. Dein Vater sieht mit den Jahren immer schlechter."

Wer hätte das gedacht? Meine Mutter will offensichtlich nicht verstehen. Lange ausatmend fahre ich mir durch die Haare und wechsele das Handy ans andere Ohr. Diese Unterhaltung habe ich mir eindeutig anders vorgestellt. „Nein, Mom", starte ich einen Versuch. „Dad hat sich nicht verguckt. Die kleinen Sneakers, die ich vor Weihnachten gekauft habe, waren nicht für Ana. Sie waren für Nika, meine Freundin. Äh... meine Freundin ist schwanger. Du wirst dieses Jahr noch Oma. Glückwunsch."

Gott steh mir bei. Jetzt ist es raus.

Stille.

Habe ich zu viel gesagt? Den Bogen überspannt?

Nichts ist zu hören, außer die leisen Atemgeräusche meiner Mutter, die etwas hektischer als zuvor klingen. Gerade als ich denke, dass sie einer Ohnmacht nah ist, fängt sie an zu sprechen. „Wann?"

„Wie bitte?"

„Wann werde ich Oma?"

„Am dritten Juli."

„Was ist am dritten Juli?", höre ich die dumpfe Stimme meines Vaters aus dem Hintergrund. Anscheinend hat er kurz abgeschaltet und möchte jetzt wieder mitreden.

Mit der freien Hand reibe ich mir über das Gesicht. Womit habe ich etwas Derartiges verdient? Dieses Gespräch könnte kaum schlimmer laufen. Wie konnte es mir so entgleiten? „Mom. Ich werde euch alles erklären. Was hältst du davon, wenn ich am Sonntagabend bei euch vorbeikomme?", schmeichele ich mich ein. „Wir könnten zusammen essen und anschließend alle Fragen klären, die euch auf der Seele brennen."

Ein Schnauben, das mir deutlich macht, dass ich das falsche gesagt habe, ist zu hören. „Christopher T. Markham, du glaubst doch nicht allen Ernstes, dass ich sechs Tage ausharre, nachdem du eine solche Bombe gezündet hast. Dein Vater und ich warten schon seit Jahren darauf, dass du wenigstens mal ein Mädchen mit nach Hause bringst." Wieder ist ein empörtes Schnauben zu hören, diesmal lauter. „Und jetzt... nein... auf keinen Fall... so nicht, mein Junge... ich will heute Informationen. Heute! Wer ist diese Nika? Ist Nika ihr richtiger Name oder ein Spitzname und was macht sie beruflich? Und das Wichtigste... wirst du sie heiraten?"

Hilfe!

Könnte es schlimmer kommen? Ich glaube nicht.

Mein Handy meldet einen eingehenden Anruf. Laut und deutlich. Das ist meine Rettung, mein verdammtes Glück. Noch nie habe ich eine Unterbrechung so sehr herbeigesehnt wie in diesem Moment. Danke.

„Mom, ich muss schlussmachen. Jemand versucht mich zu erreichen. Sicher ist es dringend. Wenn du möchtest, melde ich mich morgen, bevor ich zur Arbeit fahre. Ein paar Einzelheiten kann ich dir selbstverständlich auch am Telefon verraten." Gute Idee. Eine Nacht drüber schlafen hat schon oft geholfen, die Gemüter zu besänftigen. „Den Rest, samt Fotos von Hawaii, gibt es dann am Sonntag, wenn ich euch besuchen komme. Versprochen. Hoch und heilig."

Wieder tutet es in der Leitung.

„Aber...", wirft meine Mutter unzufrieden und mit Enttäuschung in der Stimme ein.

„Morgen, Mom. Morgen früh. Ich verspreche es. Nach acht melde ich mich bei euch. Der Anruf ist wichtig. Ich muss das Gespräch auf der anderen Leitung annehmen, bevor derjenige auflegt." Dass es höchstwahrscheinlich Nika ist, die mir von ihrem Tag erzählen will, verrate ich nicht. Wenn ich die Gelegenheit für einen Aufschub bekomme, ergreife ich sie. Da kommt eine kleine Notlüge gerade recht.

Chris, du bist ein Feigling.

„Solltest du mich nicht bis acht Uhr angerufen haben, melde ich mich bei dir, mein Junge." Ihr Tonfall ist streng und unnachgiebig. Würde ich vor ihr stehen, hätte sie sicher zusätzlich den Finger gehoben.

Mir rennt die Zeit davon. „Bis morgen, Mom. Hab dich lieb."

Schleunigst nehme ich das Handy vom Ohr, sehe auf das Display und kann nicht nachvollziehen, warum Bitsy versucht mich anzurufen. Was kann Nikas Freundin von mir wollen? Um diese Uhrzeit?

23

Nika

Mir ist übel. Außerdem fühle ich mich seltsam. Wo bin ich überhaupt? Langsam öffne ich die Augen, nur um sie gleich wieder zu schließen. Es ist hell – zu hell. Ich will die Hand heben, um das Licht abzuschirmen, aber das geht nicht. Ich bin angebunden. Ein Schmerz fährt mir in den Unterarm als ich versuche mich loszumachen.

„Stopp." Meine Hand wird zurück auf etwas Weiches gedrückt. Wo bin ich? Warum kann ich mich nicht bewegen? „Nicht! Sonst reißt du dir die Infusion heraus."

Achtung. Die Stimme kenne ich. „Bitsy?"

„Ja, genau die."

Langsam und nur ein winziges bisschen hebe ich die Lider an und erkenne mein Umfeld. Weiße Wände, ein Fenster und ein leeres Bett zu meiner Linken. Im nächsten Moment fällt mir der penetrante Geruch von Desinfektionsmittel und Zitrone auf. Sofort rümpfe ich die Nase. Krankenhaus – ich bin im Krankenhaus. Meine Freundin sitzt auf einem Stuhl neben meinem Bett. Ein Bett? Ich liege im Bett. Warum liege ich in einem Bett? Und warum denke ich alles doppelt?

Nur langsam klären sich meine Gedanken. Eine Welle bruchstückhafter Erinnerungen bricht über mich herein. Das Motorrad, James-Dean, der Unfall, meine Hüfte... mein Baby.

Ruckartig und ohne auf den Schmerz hinter meiner Stirn zu achten, reiße ich die Augen vollständig auf und versuche, mich aufzusetzen. Vergeblich. Bitsy hält mich fest und drückt mich sogar zurück in die Matratze. „Bleib liegen! Alles ist gut! Wenn du brav bist und mir zuhörst, erkläre ich dir, was geschehen ist." Natürlich. Sie mag zwar behaupten, dass alles okay ist, aber ich kenne meine Freundin schon länger als ein paar Tage. Ihr Blick spricht eine andere Sprache und ihre gedrückte Stimme ebenfalls. Etwas Schlimmes ist passiert.

„Mein Baby..." Mir treten Tränen in die Augen. Die dumme Hüfte schmerzt nicht. Aber ich kann mich erinnern, dass ich auf der Bordsteinkante gelandet bin. Warum tut mir nichts weh? Da stimmt etwas nicht.

„Deinem Jungen geht es gut. Die Gynäkologin möchte später noch einen zweiten Ultraschall machen, aber die Herztöne sind normal und auch sonst scheint alles in Ordnung zu sein. Du hast keine Blutungen. Der kleine Kerl ist zäh wie seine Mama. Ihm ist nichts passiert."

Danke.

Danke. Danke.

Erleichterung überkommt mich. Ich ziehe die Nase hoch und drücke die Tränen zurück. Zumindest versuche ich es. Dummerweise endflutscht mir doch eine und rinnt mir über die Wange.

„Was ist überhaupt passiert? Was ist mit James-Dean? Als ich ihn das letzte Mal gesehen habe, lag er eingeklemmt unter dem Motorrad dieses Spinners."

Bitsys Miene verschließt sich. „Du warst in einen Verkehrsunfall verwickelt", klärt sie mich mit tonloser Stimme auf. Ich sehe meine Freundin vor mir, aber sie scheint nicht richtig anwesend zu sein. Steht sie ebenfalls unter Schock? Warum redet sie so merkwürdig zurückhaltend als müsste sie etwas vor mir verbergen? Es scheint fast, als würde sie durch mich hindurchsehen.

„Das war kein Verkehrsunfall." Ich lasse sie kurz aus den Augen und rutsche auf der Matratze ein Stück nach oben. Es geht, obwohl ich den Schmerz in meiner Hüfte nun doch spüre. „Was ist mit mir passiert? Was habe ich für Verletzungen?"

Bitsy setzt sich zurück auf den Stuhl neben mein Bett. Sie atmet lange aus und fährt sich durch die Haare. „Du hast großes Glück gehabt, Nika." Sie schluckt und ich glaube Tränen in ihren Augen stehen zu sehen. „Deine Hüfte ist geprellt, genau wie deine Schulter und ein paar andere Stellen an deinem Körper, die auf dem Beton gelandet sind. Aber sonst geht es dir, abgesehen von den Hautabschürfungen, gut."

„Mir tut nichts weh." Die Tatsache verunsichert mich enorm. „Müsste mir nicht jeder Knochen im Leib wehtun?"

„Du hast Schmerzmittel bekommen." Bitsy hebt die Hand. „Und bevor du protestierst, die Ärzte haben mir versichert, dass es dem Baby nicht schaden wird."

Erschöpft lasse ich meinen Kopf in das Kissen sinken. „Kann ich etwas zu trinken bekommen? Ich habe schrecklichen Durst." Es bleibt mir nichts anders übrig, als Bitsys Worten und den Ärzten zu vertrauen.

„Natürlich." Noch bevor ich meinen Kopf anheben kann, hält Bitsy mir einen Strohhalm an den Mund. „Hier. Aber trink langsam. Nicht zu hastig."

„Was ist mit James-Dean?", frage ich, nachdem ich genug getrunken habe.

Bitsy stellt das Glas auf den Nachttisch neben mein Bett und weicht meinem Blick aus. Mich überkommt ein seltsames Gefühl.

„Was ist mit James-Dean?", wiederhole ich meine Frage. „Bitte, sag es mir." In meinen Augenwickeln sammelt sich Feuchtigkeit. „Er lag auf der Straße...", meine Stimme bricht, „.... unter dem Motorrad. Ich habe es gesehen."

„Ich weiß nichts Genaues." Bitsy versucht mich zu beruhigen, indem sie nach meiner Hand greift und sie sanft drückt. „Keiner der Ärzte oder Schwestern gibt Informationen preis, da ich nicht zur Familie gehöre. Ich habe seine Mutter informiert." Bitsy sieht mich nun doch an. Vermutlich steht sie unter Schock. Ihr Gesicht ist blass, sogar ihre Lippen scheinen farblos. „Mrs. Makaio ist auf dem Weg ins Krankenhaus. Sobald sie da ist, erfahren wir mehr. Ich weiß nur, dass James-Dean im OP ist. Der Motorradfahrer übrigens auch."

Obwohl ich mich benebelt fühle, versuche ich vor meinem inneren Auge das letzte Bild von vor meiner Bewusstlosigkeit abzurufen. Mein Beschützer hat unter dem Motorrad gelegen. Sein Körper war fast vollständig darunter begraben. Wie schwer ist ein Motorrad überhaupt? Kann ein Mensch das überleben?

Ohne nachzudenken, werfe ich einhändig Sachen in den Koffer, den ich gestern erst ausgepackt habe. Mit der anderen Hand halte ich mein Handy ans Ohr und warte darauf, dass Pierce endlich das verfluchte Gespräch annimmt. Es tutet ewig in der Leitung, aber mein Freund geht nicht dran.

Verfluchter Mistdreck!

Sollte er nicht zu erreichen sein, habe ich kaum Alternativen. Bitsys Anruf hat mich völlig durcheinandergebracht. Ich kann nicht klar denken und fluche in einer Tour. Mein Entsetzten ist groß – größer geht es kaum. Warum habe ich Nika nicht einfach mit nach Chicago genommen? Jetzt ist es zu spät.

Bitsy hat von einem Verkehrsunfall gleich vor dem *Lailani Beach Hotel* gesprochen. Möglicherweise hat sie recht und es war ein unglücklicher Zufall, aber meine Zweifel lassen sich nicht ignorieren. Was, wenn Paulo Kaipo etwas damit zu tun hatte?

Allein der Gedanke lässt das Blut in meinen Adern zu Eis gefrieren.

„Verdammt, Pierce! Zur Hölle mit dir."

Frustriert unterbreche ich die Verbindung und werfe das Handy aufs Bett, gleich neben den offengeklappten Koffer. Weitere Klamotten fliegen wahllos durch die Luft. Die Ungewissheit, wie es Nika geht, lässt mich am ganzen Körper zittern. Bitsy hat behauptet, Nika wäre nur leicht verletzt und dem Baby ginge es auch gut.

Aber was weiß Bitsy schon. Sie ist keine Expertin. Außerdem hat sie mir gesagt, dass die Ärzte ihr nur sehr ungern Auskunft gegeben haben, da sie nicht mit Nika verwandt ist. Vermutlich ist sie nur unvollständig informiert.

Da ich es keine Sekunde länger aushalte, greife ich erneut nach dem Handy und wähle Pierce' Nummer. Irgendwann muss er schließlich auf sein Telefon schauen.

„Hey Bro, was ist so wichtig?", meldet sich mein Freund nach dem ersten Läuten, mit einer unglaublichen Ruhe in der Stimme, als würde ich nicht seit zehn Minuten händeringend versuchen, ihn zu erreichen.

„Gott sei Dank. Ich dachte schon, du willst mich noch länger ignorieren." Das Zittern in meinen Fingern lässt etwas nach.

„Der Gedanke ist mir kurzzeitig gekommen. Du weißt, wie heilig mir meine freie Zeit mit Ana ist." Er klingt angefressen, fast schon vorwurfsvoll.

„Pierce…"

Mein Freund unterbricht mich, bevor ich eine Erklärung abgeben und mich rechtfertigen kann. „Ich kann nichts dafür, dass du deinen kompletten Jahresurlaub samt Überstunden an einem Stück verplempert hast", belehrt er mich. „Du hättest dir deine Zeit besser einteilen sollen. Ich bin diese Woche und das Wochenende auf O'ahu und ich bleibe hier… egal, was du mir gleich erzählen wirst. Du musst allein damit zurechtkommen. Frag einen anderen Kollegen. Einen, der nicht in Hawaii bei einer wunderschönen Frau sitzt, die ihm jeden Wunsch von den Augen abliest."

Zur Hölle!

Warum muss mein Freund gerade jetzt schwierig sein? Er hätte sich keinen schlechteren Zeitpunkt aussuchen können.

„Pierce…", versuche ich erneut zu ihm durchzudringen. Diesmal klinge auch ich angefressen. „Mir ist bekannt, dass du auf O'ahu bist, deshalb rufe ich ja an. Du musst für mich ins Krankenhaus fahren. Ich schicke dir alle Informationen, die Bitsy an mich weitergeleitet hat, an dein Handy. Fahr für mich in die Notaufnahme und schau wie es Nika geht. Sie hatte einen Verkehrsunfall. Ich nehme die nächste Maschine und bin spätestens morgen Vormittag da."

Kurz herrscht Stille in der Leitung.

„Fuck."

„Genau." Da meine Finger wieder anfangen, heftiger zu zittern, lasse ich mich auf die Matratze sinken. Ich stütze die Ellenbogen auf die Oberschenkel und verberge mein Gesicht in der freien Hand. Anschließend atme ich tief durch. Unter Umständen sollte ich etwas essen. Vermutlich bin ich unterzuckert, da ich seit dem Mittag nichts zu mir genommen habe.

„Wie geht es ihr? Ist Nika schlimm verletzt?" Pierce klingt sachlich. Seine Sorge dringt nur unterschwellig durch die Leitung, trotzdem spüre ich sein Mitgefühl für meine Situation.

„Ich denke nicht. Bitsy sagt, sie hat Prellungen und irgendwas mit der Hüfte, aber dem Baby geht es, Gott sei Dank, gut. Unserem Jungen ist nichts passiert."

Unserem Jungen. Wie gut sich die Worte ausgesprochen anhören. Pierce weiß nicht, dass Nika einen Jungen bekommt. Aber es ist nicht der richtige Zeitpunkt, um über das Geschlecht des Babys oder das *unserem*, das Pierce sicher nicht entgangen ist, zu diskutieren.

„Ana und ich fahren umgehend hin." Im Hintergrund höre ich, wie Ana etwas zu Pierce sagt, das wie *Ich beeile mich* klingt. „Und wenn Nika heute noch entlassen werden sollte, nehmen wir sie mit zur Plantage. Hier kann sie sich ausruhen und von uns umsorgen lassen."

Das wollte ich hören. Zuversicht macht sich breit und ich werde automatisch ruhiger. Ein Glück, dass Pierce vor Ort ist. „Danke. Du hast was gut bei mir."

„Nicht dafür. Du würdest das Gleiche tun, wenn es Ana schlecht ginge und ich nicht erreichbar wäre." Wieder höre ich Stimmen im Hintergrund. „Schick mir alle Informationen und ich melde mich, sobald wir im Krankenhaus sind. Gib auch dieser Bitsy Bescheid, damit sie informiert ist, dass wir auf dem Weg sind."

„Mach ich." Mir entweicht ein Seufzer, der eine große Portion Erleichterung enthält. „Bis morgen."

„Sei unbesorgt. Wir kümmern uns", sagt Pierce und beendet das Gespräch.

Sei unbesorgt. Pierce hat gut reden. Wie soll das gehen? Ich lasse mich nach hinten fallen und starre zur Decke. Wie hat dieses Unglück nur passieren können? War es wirklich ein Unfall? Merkwürdig sind die Umstände allemal. Kaum bin ich abgereist, geschieht eine Katastrophe. Alles Zufall? Oder doch ein ausgeklügelter Plan der Kaipos? Ich möchte nicht schlecht von Menschen denken, die ich nicht kenne. Trotzdem kann ich es nicht abstellen. Meine Gedanken haben selbstständig angefangen, um den Punkt zu kreisen.

Wenn Nika glaubt, sie könne jetzt noch auf Hawaii bleiben, sobald sie sich erholt hat, kennt sie mich schlecht. Wir werden unsere Zukunftspläne ändern müssen. So kann es nicht weitergehen. Mit der ständigen Angst im Nacken, es könnte wieder etwas passieren, kann keiner von uns beiden existieren. Die Unsicherheit, was noch geschehen könnte, sollte sie auf O'ahu bleiben, ist zu groß.

So wie ich das sehe, kann Nika mit ihren Verletzungen eh nicht zurück an die Arbeit. Ich hoffe, sie denkt nicht mal darüber nach. Morgen fliege ich nach Hawaii und sobald sie fit genug ist zu reisen, werde ich sie zu mir nach Chicago holen. Hier ist sie in Sicherheit.

Den Hinflug habe ich bereits gebucht, bevor ich Pierce angerufen habe. Jetzt muss ich nur noch meiner Assistentin Bescheid geben und ihr erklären, dass ich einen Notfall in der Familie habe. Da ich heute den ersten Tag im Büro war, wird sich niemand darüber freuen, dass ich gleich wieder weg muss. Leider geht es nicht anders.

24
Nika

„Es geht mir gut.“

„Ja, ich weiß.“ Sarkasmus ist aus den wenigen Worten herauszuhören.

„Wirklich. Mir tut nichts weh.“ Frustriert starre ich zur Decke und überlege was ich noch sagen kann, damit Bitsy mich versteht.

„Natürlich bist du schmerzfrei. Die Ärzte haben dir schließlich etwas gegeben. Sobald die Wirkung nachlässt, wirst du dich nicht mehr fühlen, als könntest du fliegen.“

„Ich fühle mich nicht, als könnte ich fliegen“, beschwere ich mich über diese Anmaßung. „Davon bin ich weit entfernt. Ich will lediglich nach Hause. Sobald wir wissen, wie es James-Dean geht, möchte ich gehen. Hier riecht es komisch. Ich mag die abgestandene Luft nicht. Mir wird davon übel.“ Wieso lasse ich meine Laune an Bitsy aus? Und wieso höre ich mich an, wie ein quengelndes Kind. Furchtbar. So bin ich nicht.

„Ich mag den Krankenhausmief auch nicht. Aber...“, meine genervte Freundin zuckt mit den Achseln, „... du wirst dich damit abfinden müssen, weil Chris mich umbringen würde, wenn ich dich nach Hause gehen lasse, bevor du ein Okay der Ärzte hast.“ Sie lächelt irgendwie gemein. „Und ich hänge an meinem Leben. Ich möchte nicht sterben.“

War ja klar.

„Wie lächerlich ist das bitteschön? Du hast ganz sicher keine Angst vor Chris. Hundertprozentig. Dafür kenne ich dich zu gut.“

Meine Freundin zieht den Stuhl näher und setzt sich. In der Hand hält sie einen Kaffee, den sie sich gerade am Automaten gezogen hat. „Ich bin ziemlich schlau“, stellt sie fest. „Vermutlich würde ich mich nicht umbringen lassen, aber da ich mit deinem Liebsten in diesem Punkt einer Meinung bin, können wir die Diskussion an der Stelle abbrechen. Bleib eine Nacht hier und morgen früh, wenn Chris da ist, kann er dich nach Hause bringen.“

Wie bitte? Habe ich mich verhört? „Was bedeutet: wenn Chris da ist?“

Bitsy verdreht die Augen und seufzt als wäre ich von vorgestern. „Glaubst du allen Ernstes, dass dein vernarrter Freund, der, der noch nie in seinem Leben bis über beide Ohren verliebt war, nicht sofort in ein Flugzeug springen würde, wenn er hört, dass seine Freundin einen Unfall hatte und im Krankenhaus liegt?“

„Echt?“ Eine Wärme erfüllt mich, die ich so noch nie gespürt habe. Chris kommt zurück nach Hawaii – meinetwegen.

„Echt“, antwortet Bitsy und trinkt von ihrem Kaffee. Sie versteckt das Gesicht hinter dem Becher. Höchstwahrscheinlich macht sie sich über mich und mein sicher dämliches Gesicht lustig.

„Woher weiß er, dass ich einen Unfall hatte?“, frage ich argwöhnisch.

„Von mir.“

„Du hast ihn angerufen? Wann?“

Bitsy stellt den To-go-Becher auf meinen Nachttisch. „Keine Ahnung. Ist schon eine Weile her.“

„Ist dir nicht in den Sinn gekommen, dass es in Chicago bereits Nacht sein könnte?“

„Nope.“

„Mist verdammt! Vielleicht hättest du mit dem Anruf lieber noch gewartet. Er ist doch erst seit einem Tag wieder in Chicago. Chris hat keinen Urlaub mehr.“ Hoffentlich bekommt er keinen Ärger. Das wäre mir unangenehm. Vor allem, weil ich nur ein paar Prellungen habe.

Bitsy zuckt mit den Achseln. „Nicht mein Problem. Er nimmt die erste Maschine und ist im Laufe des Vormittags in O’ahu. Sobald er eine genaue Uhrzeit hat bekomme ich eine Info.“

Oh Gott! Chris tauscht sich mit Bitsy aus. Die beiden bilden eine Einheit. Ob das gut für mich ausgeht?

Ich kann nicht lange über diese Ungeheuerlichkeit nachdenken, da es an der Tür klopft. Bevor ich Herein rufen kann, ist Bitsy mir zuvorgekommen. Anscheinend traut sie mir gar nichts zu und nimmt mir sogar das Sprechen ab.

Pierce steckt den Kopf durch den Türschlitz. „Dürfen wir reinkommen?“

„Klar“, antwortet Bitsy an meiner Stelle.

„Was machst du hier?“, frage ich, bevor ich Ana hinter Pierce entdecke. „Was macht ihr hier?“, korrigiere ich mich.

Die beiden treten ein und schließen die Tür hinter sich. „Chris hat uns angerufen, er macht sich große Sorgen und hat uns gebeten, zu dir ins Krankenhaus zu fahren."

Ana tritt um Pierce herum. Sie hat Blumen in der Hand. „Wie geht es dir?" Mit einem besorgten Blick tastet sie meinen Körper ab.

„Alles halb so wild", versuche ich den Unfall herunterzuspielen, indem ich abwinke. Kaum habe ich mich ein Stück zur Seite gedreht, fährt mir ein scharfer Schmerz in die Hüfte und lässt mich das Gesicht verziehen. Keiner sagt etwas, aber ich sehe, wie Bitsy und Pierce Blicke tauschen. Das kann ja heiter werden.

„Was ist mit James-Dean? Wir haben gehört, dass er ebenfalls verletzt worden ist." Anas Stimme zittert leicht. „Mrs. Makaio wartet im Bereich vor der Notaufnahme auf Informationen. Sie sagt, ihr Sohn wird noch operiert."

Da ich über den Zustand von James-Dean weniger als Bitsy weiß, antwortet sie für mich. Wie schon die ganze Zeit zuvor. „Ja. Er scheint irgendwie in das Geschehen verwickelt worden zu sein. Der Motorradfahrer, der den Unfall verursacht hat, liegt ebenfalls im Operationssaal."

Ana umklammert die Blumenstängel und ich sehe ein paar Tränen in ihren Augenwinkeln aufblitzen. Da sie und James-Dean von je her gute Freunde sind, ist es verständlich. Für mich ist der liebenswerte Bagagist ein Freund und Arbeitskollege, aber bei Ana ist es anders. Sie liebt den frechen Teenager wie einen kleinen Bruder.

„Das war kein Unfall." Meine Stimme ist laut und hallt von den Zimmerwänden wider. Wer könnte es besser wissen als ich?

„Wie meinst du das?" Pierce tritt näher. Seine Miene hat jegliches Mitgefühl verloren.

„Der Zusammenprall war kein Unfall. James-Dean wollte mir etwas sagen, etwas zurufen. Er hat den Motorradfahrer schon frühzeitig hinter dem Bus der Touristen entdeckt. Ich war bereits mit meinem Fahrrad auf der Straße." Ein trockenes Gefühl im Mund lässt mich Schlucken. Sich daran zu erinnern, fühlt sich entsetzlich an. „Ich habe angehalten und dann... der Motorradfahrer hat Gas gegeben und Sekunden später... ich weiß nicht... alles ging furchtbar schnell. James-Dean hat mit den Armen gefuchtelt und sich in den Weg gestellt. Reflexartig habe ich das Rad fallen gelassen und bin zu Boden gekracht. Das Letzte, was ich wahrgenommen habe war... ein schlitterndes Motorrad. Es kam direkt auf mich zu."

Ana stößt einen Laut aus, der furchtbar klingt. Eine Träne läuft ihr über die Wange und Pierce nimmt sie sogleich in den Arm. Er drückt sie an sich und streicht ihr über den Rücken. Auf die Blumen, die Ana immer noch festhält, nimmt er keine Rücksicht.

„Wenn James-Dean den Motorradfahrer nicht aus dem Gleichgewicht gebracht hätte, wenn er... wenn der Fahrer in vollem Tempo auf mich zugebrettert wäre..." Mit dem Handrücken reibe ich mir über die Augen, weil sie plötzlich feucht sind. „Ich weiß nicht, was dann passiert wäre", sage ich und versuche meine Atmung, die plötzlich schneller geht, in den Griff zu bekommen.

Bitsy reicht mir ein Taschentuch.

Leicht verwundert nehme ich es und hole tief Luft. Wann habe ich zu weinen angefangen?

„Er wird es schaffen", höre ich Pierce' leise Stimme. Unablässig streicht er seiner Freundin über den Rücken. „Er wird es schaffen", wiederholt er sich. „Ana, denk doch mal nach. James-Dean ist James-Dean, der hat in seinem Leben schon so unendlich viel Glück gehabt. Er wird sich erholen. Du kennst den Jungen doch. Der ist ein schlaues Kerlchen, dem niemand etwas anhaben kann." Zuversicht liegt in den Worten. „Der Busche ist zäh. Warte ab. Die Ärzte werden ihn zusammenflicken, nur damit er uns weiter mit seinen Taschenspielertricks in den Wahnsinn treiben kann."

Anas Kopf bewegt sich an Pierce' Brust. Es scheint, als würde sie nicken. Ich putze mir die Nase und wische mir über die Augen. Hoffentlich hat Pierce recht. Etwas anderes möchte ich mir nicht vorstellen. James-Dean muss wieder gesund werden. Es geht gar nicht anders. Das *Lailani Beach Hotel* wäre ohne den Jungen nicht mehr dasselbe.

Warum ist das letzte Bild in meinem Kopf nur so entsetzlich? Wie sollen die Ärzte das schaffen? Es braucht ein Wunder.

Ana löst sich von ihrem Freund und wendet sich an mich. „Ist es okay für dich, wenn ich zu Mrs. Makaio gehe? Sie ist allein und hat keinen an ihrer Seite." Ana kommt zum Bett und legt die zerdrückten Blumen an mein Fußende. „Sobald ich etwas über seinen Zustand erfahre, komme ich zurück und gebe euch Bescheid."

„Bitte, mach das. Ich möchte auch wissen, wie es James-Dean geht. Er hat mir das Leben gerettet." Ob das wirklich so ist, weiß ich nicht. Aber es fühlt sich stark danach an.

„Ich begleite dich." Pierce legt den Arm um seine Freundin. „Wir werden beide zu Mrs. Makaio gehen und wiederkommen, sobald wir Genaueres in Erfahrung gebracht haben."

Ich nicke, weil Pierce mich ansieht und offenbar eine Bestätigung braucht. „Natürlich. Geht und kommt bitte mit guten Nachrichten zurück."

„Bis gleich." Er zieht die schrecklich betroffen aussehende Ana mit sich und im nächsten Moment fällt die Tür ins Schloss.

Stille.

Schreckliche Stille.

Ohrenbetäubende Stille.

Oh Gott!

„Ich habe kein gutes Gefühl", sage ich auf die Tür starrend. „James-Dean... er... er kann den Eingriff unmöglich durchstehen. Der Zusammenprall war zu heftig." Meine Stimme hat jeglichen Klang verloren. Sie hört sich nicht mal wie meine an. „Die Operation wird scheitern."

„Das kannst du nicht wissen", wirft Bitsy ein und greift erneut nach meiner Hand, um sie zu drücken. Was würde ich nur ohne sie machen? „Vielleicht schläfst du ein wenig und ruhst dich aus. Wir haben dich unnötig aufgebracht. Zu viel Aufregung und Sorge sind nicht gut für dich und dein Baby."

Bitsy hat recht. Plötzlich erschöpft, lasse ich den Kopf zurück ins Kissen sinken und schließe die Augen. Unmittelbar taucht das Bild des Unfalls wieder auf... James-Dean unter dem Motorrad... eingeklemmt.

Schrecklich! Entsetzt reiße ich die Lider wieder auf. „Er wird das nicht überleben, Bitsy. James-Dean wird sterben."

***

Als ich Stunden später aufwache, bin ich allein im Zimmer. Zumindest glaube ich, dass Stunden vergangen sind. Genau weiß ich es nicht. Es ist niemand da, der das bestätigen könnte und eine Uhr trage ich nicht.

Unumwunden denke ich an James-Dean. Ob es schon Neuigkeiten gibt? Operieren die Ärzte ihn noch? Vermutlich ist es ein gutes Zeichen, wenn es so lange dauert. Wo steckt Bitsy?

Meine Blase meldet sich und ich überlege, ob ich zur Toilette gehen soll. Ist es sicher, es allein zu versuchen? Warum nicht? Ich mache mir zu viele Gedanken. Keiner hat mir verboten, aufzustehen – Prellungen hin oder her. Warum sollte ich nicht zum Klo dürfen? Wegen eines simplen Toilettengangs werde ich sicher nicht nach der Schwester klingeln.

Mit einem Ziel vor Augen schlage ich die Decke zur Seite. Ich trage ein Krankenhaushemd und keine Hose. Wo sind meine Sachen? Bestimmt waren sie zerrissen und blutig. Egal.

Vorsichtig und im Zeitlupentempo bewege ich die Beine über die Matratze und lasse sie über der Kante baumeln. Einen Moment fühle ich mich schwindelig, aber das geht schnell vorbei. Gut. In Slo-Mo gleite ich auf die Füße und halte mich dabei am Ende des Bettes fest. Ich stehe. Meine Hüfte meldet sich. Mein Rücken ebenfalls und meine linke Seite fühlt sich an, als wollte

sie nicht so wie ich. Aber ansonsten... bis auf die Weh-
wehchen geht es mir gut. Ich mache einen Schritt und
freu mich, dass kein Muskel nachgibt und ich im nächsten Moment zu Boden krache. Dem Gang zur Toilette
steht nichts mehr im Weg. Weil ich mein Glück nicht
auf die Probe stellen will, gehe ich zum Klo und beeile
mich anschließend, zurück ins Bett zu kommen.
Bäume ausreißen werde ich heute wohl nicht. Ich bin
völlig erledigt, als ich auf die Matratze zurücksinke.

Wo zum Geier steckt Bitsy?

Und was ist mit James-Dean?

Die Unwissenheit nervt und lässt das quälende und
schmerzhafte Gefühl in meinem Magen wachsen. Ich
möchte nicht mehr abwarten und geduldig sein.

Gerade, als ich überlege, doch nach der Schwester zu
rufen, geht die Tür auf und Bitsy kommt herein. Ihr
Kinn ist gesenkt, sodass ich ihr nicht ins Gesicht sehen
kann. Aber ihre Haltung... Warum lässt sie die Schulter
so hängen? Nur Leute die schlechte Nachrichten bekommen haben, lassen ihre Schulter so komisch nach
vorne fallen.

„Bitsy", flüstere ich, weil alles andere mir unpassend
erscheint. Sie wirkt auf mich, als würde sie jeden Moment in tausend Teile zerbrechen.

Meine beste Freundin und Kollegin blickt hoch.

Nein!

Nein!

Nein!

Ihre Augen sind rot und verquollen. Tränen laufen
ihr über die Wangen... und sie... hat einen Schock. Bitsy
hat einen Schock, diesmal wirklich. Ihre Miene ist völlig in sich zusammengefallen. Es hat den Anschein, als

würde sie nicht mich anstarren, sondern die Wand hinter mir.

„James-Dean ist tot. Die Ärzte haben alles versucht...“, sie kommt zum Bett, „... aber es hat nicht gereicht. Die Verletzungen waren zu schwerwiegend. James-Dean ist tot. Er ist tot, Nika.“

NEIN!

Oh Gott!

Das ist unvorstellbar. Ich will das nicht.

Wie ferngesteuert setzt Bitsy sich auf die Bettkante und wir fallen uns in die Arme. Die Person, die für gewöhnlich mein letzter Halt ist, vergräbt ihr Gesicht an meiner Schulter und sackt in sich zusammen. Als wäre ihr Körper aus Gummi hängt sie an mir und lässt mich ihr Gewicht tragen. An meine Prellungen, die sofort vor Schmerz aufheulen, denkt sie dabei nicht. Es ist auch egal. Die Qual ist gut. Sie verdeutlicht mir, dass ich noch lebe – anders als James-Dean.

Unser Freund und Kollege ist nicht mehr bei uns. Er hat die Operation nicht überlebt.

Bekümmert und fassungslos lege ich meinen Kopf gegen Bitsys und verharre. James-Dean Makaio, der Bagagist des *Lailani Beach Hotel* hat mir das Leben gerettet und ist dabei gestorben. Eine bittere Wahrheit.

Was soll ich zu Bitsy sagen? Wie kann ich ihr Trost spenden? Ich bin ratlos. Die Nachricht erschüttert unser beider Seelen.

Das ist schlimm. Tragisch. Unendlich tragisch.

Wir halten uns gegenseitig und lassen die Tränen laufen. Bitsy zittert und stößt Laute aus, die mehr nach einem Tier als nach einem Menschen klingen. Am liebsten würde ich es ihr gleichtun. Höchstwahrscheinlich ist es besser, wenn wir nacheinander zusammenbrechen und nicht gleichzeitig. Sanft streiche ich meiner Freundin über den Rücken und weine still. Die Tränen strömen mir über die Wangen, ein Aufhalten ist unmöglich. Das Schicksal hat auf brutale Weise zugeschlagen. Sollte der Motorradfahrer überleben, dann... dann... Ich kenne den Mann nicht, aber James-Dean hätte überleben *müssen*. Er hat mich gerettet. Dieser Junge hätte es verdient, zu überleben.

Bitsys Körper bebt und wird von heftigen Schluchzern geschüttelt. Sie wimmert und weint und lässt alles raus.

„Gut so. Weine ruhig", tröste ich meine Freundin und heule nun doch. Es ist unmöglich nur ein bisschen mitzuweinen, die Erschütterung ist zu groß. Dann brechen wir eben doch gemeinsam zusammen. James-Dean war ein Held. Er war mein Held.

25
Chris

Als ich endlich mit meinem Handgepäckkoffer zum Ausgang stürme, ist es bereits Mittag. Anders als beim letzten Mal habe ich mich für legere Kleidung entschieden. Die Ankunftshalle ist voll und das Gedränge groß. Bisher hatte ich keine Abneigung gegen überfüllte Flughäfen, aber heute wünsche ich mir, es wären weniger Menschen unterwegs. Pierce hat mir versprochen mich abzuholen. Ich hoffe, wir laufen nicht aneinander vorbei. Bei dem Durcheinander ist das durchaus denkbar.

Pierce hat mich gestern nicht mehr zurückgerufen. Ich habe nur eine kurze Textnachricht von ihm bekommen.

Nika geht es gut. Ich hole dich vom Flughafen ab, wenn du mir deine Flugnummer schickst.

Mein Freund ist nie ein Fan vieler Worte gewesen, aber ein bisschen mehr hätte er ruhig schreiben können. Egal. Wichtig ist, dass es Nika gut geht. Ich hoffe, sie musste nicht zu viel durchmachen.

Die Hitze, an die ich mich langsam gewöhne, empfängt mich als ich ins Freie trete. Sofort entledige ich mich meiner Jacke. Wenigstens regnet es nicht. Zu meiner Überraschung brauche ich Pierce nicht lange zu suchen. Er steht in Jeans und T-Shirt am Taxistand und schaut auf sein Handy. Seine Freundin, Ana, sehe ich nirgends.

„Aloha", begrüße ich ihn und trete an seine Seite in den Schatten. „Danke, fürs Abholen."

Pierce sieht vom Handy hoch und ich erstarre. Was ist mit meinem besten Freund passiert? Warum sieht er so aus? Sein Gesicht ist eine Maske. Seine Augen sind rot und sein Mund ist fest zusammengepresst. Es hat den Anschein als würde er sich nur mit Mühe davon abhalten, in Tränen auszubrechen. Ich habe Pierce noch nie weinen gesehen. Ich kenne ihn schon viele Jahre, wir haben das komplette Jurastudium zusammen durchgezogen, aber nie habe ich Tränen in seinen Augen schimmern sehen. Und jetzt...

„Ist was mit Nika?" Mir rutscht das Blut aus dem Gesicht.

„Nein." Pierce schüttelt den Kopf und wischt sich über die Augen. Anschließend holt er Luft als müsste er Anlauf für etwas Großes nehmen. „Deine Freundin ist bei Ana auf der Keoki-Plantage. Es geht ihr soweit gut." Weil da definitiv noch mehr kommt, warte ich ab. Mein Blick klebt an Pierce' Lippen.

„Es... es geht..." Er bricht ab und sieht zu Boden.

Ist Pierce in dem Zustand Auto gefahren? Er steht völlig unter Schock. „Wie bist du hergekommen?", übernehme ich das Ruder, weil ich mir ernsthaft Sorgen um ihn mache.

Der völlig neben sich Stehende hebt die Hand und zeigt auf den Parkplatz für Abholer. „Ein Angestellter der Keoki-Plantage hat mich gebracht. Er wartet im Wagen auf uns."

„Dann komm, lass uns verschwinden. Du kannst mir alles unterwegs erzählen."

Als wir auf der Rückbank sitzen und in Richtung Honolulu unterwegs sind, ist mein Freund genauso schweigsam wie vor drei Minuten. Dermaßen verstört, habe ich ihn noch nie erlebt. Obwohl ich vor Anspannung platze, gebe ich ihm die Zeit, die er braucht.

„James-Dean", sagt er plötzlich, als wäre das die Antwort auf eine Frage, die ich gestellt habe.

Ich verstehe nicht. Die Situation wird immer sonderbarer. „Was ist mit dem Jungen. Hat er wieder Brieftaschen geklaut und sich in Schwierigkeiten gebracht?" Die Wahrscheinlichkeit ist groß. „Braucht er juristischen Beistand?" Hoffentlich nicht. Weder Pierce noch ich haben Erfahrungen mit Kleinkriminalität.

„Nein." Endlich sieht Pierce mir direkt ins Gesicht. „Er ist tot."

Im ersten Moment glaube ich, mich verhört zu haben, aber dann werfe ich einen zweiten Blick in die verstörte Miene meines besten Freundes und mir wird bewusst, dass das nicht der Fall ist. Meine Ohren sind in Ordnung. Pierce hat mir gerade erzählt, dass James-Dean tot ist. Der Bagagist des *Lailani Beach Hotel* ist nicht mehr am Leben. Der Junge, der für Nika den Bodyguard spielen sollte, ist gestorben. Wie ist er gestorben? Warum hat mir keiner etwas erzählt?

„Wie? Weshalb...?" In meinem Kopf herrscht das pure Chaos. Bitsy hat mir nur über Nikas Befinden Bericht erstattet. James-Dean hat sie mit keinem Wort erwähnt.

„Er war in den Unfall verwickelt, bei dem deine Freundin verletzt wurde", erklärt Pierce mit einem Schaudern in der Stimme.

Oh Gott!

Ich kann mir nicht selbst ins Gesicht blicken, aber ich habe das Gefühl, augenblicklich ähnlich wie Pierce auszusehen. Mir fehlen die Worte. Mein Mund ist fest geschlossen und in meinem Gehirn überschlagen sich die Reaktionen. Es blitzt und zuckt, aber ich komme zu keinem Schluss.

„Aber..."

„Nika behauptet, er habe ihr das Leben gerettet."

„Wie bitte?" Eine Hiobsbotschaft folgt der nächsten. „Heißt das...?" Den Gedanken möchte ich nicht zu Ende denken. „Der Junge sollte nur beobachten. Dass er sich mitten in die Gefahr stürzt, war nicht abgemacht." Ein Berg an Schuldgefühlen trifft mich mit voller Wucht. Ich habe James-Dean gebeten, auf Nika aufzupassen. Wenn der Junge wegen meines Auftrags gestorben ist dann...

Übelkeit steigt in mir auf.

„Du bist nicht schuld." Pierce legt mir eine Hand auf den Oberschenkel. „James-Dean hätte sich dem Motorrad nicht in den Weg stellen dürfen. Er hat gewusst, was passieren würde, wenn er sich mit dem Fahrer anlegt. Du bist nicht schuld", wiederholt Pierce die Worte, die ich gerade mehr als alles andere brauche.

Leider wirken sie nicht. Ein völliges Durcheinander aus Emotionen und wirren Gedanken rollt über mich hinweg.

Ich bin nicht überzeugt – kein bisschen. Trotzdem sage ich in den nächsten Minuten nichts mehr. Stumm blicke ich aus dem Fenster, lasse die Landschaft vorbeiziehen und hoffe, dass es nicht mehr lange dauert, bis wir auf der Plantage ankommen. Meine Gedanken wollen nicht stillstehen.

Nika.

Meine Freundin ist alles, was ich jetzt brauche. Ob sie sich die gleichen Vorwürfe macht wie ich? Ich gehe davon aus. Sie hat James-Dean gemocht, genauso wie Bitsy und Ana. Wieso... wieso ist diese Ungerechtigkeit geschehen?

Dreißig Minuten später biegen wir auf die Zufahrt zur Plantage ein. Pierce steigt wortlos aus und ich folge ihm. Meinen Handgepäckkoffer lasse ich, genau wie meine Jacke, im Auto.

Auf der Terrasse vor dem Eingang, am Tisch, wo für gewöhnlich gefrühstückt wird, sitzen Ana und Mrs. Makaio. Ich habe James-Deans Mutter noch nie gesehen. Die etwa fünfzigjährige, stark übergewichtige Hawaiianerin sieht ihm nicht sehr ähnlich, trotzdem weiß ich sofort, dass sie einen Sohn verloren hat. Es steht ihr ins Gesicht geschrieben. Ihre Miene ist eingefallen, ihre Augen verheult, außerdem redet Ana unaufhörlich und in sanfter Tonlage auf sie ein.

Ich bleibe stehen und umarme Ana als diese die Unterhaltung unterbricht und aufsteht. Sie sieht noch schlechter aus als Pierce. Bestimmt bewahrt sie nur wegen Mrs. Makaio die Fassung. „Hallo Ana. Danke, dass ihr Nika aus dem Krankenhaus geholt habt." Ohne auf Antwort zu warten, wende ich mich Mrs. Makaio zu. „Mein Beileid für Ihren Verlust." James-Deans Mutter steht ebenfalls auf. „Danke. Ich werde jetzt gehen. Ich muss meinen Kindern erzählen, dass sie ihren Bruder verloren haben."

Keiner erwidert darauf etwas.

„Bitte scheuen Sie sich nicht, mich anzurufen", sagt Ana, bevor Mrs. Makaio die wenigen Stufen von der Terrasse geht. Unten angekommen dreht die Frau sich um.

„Liebe Ana, du warst James-Dean immer eine gute Freundin. Dafür bin ich dir dankbar."

Die Worte lösen bei Ana eine Tränenflut aus. Pierce zieht seine Freundin in die Arme. Umschlungen stehen die beiden da und geben sich Halt. Ana ist völlig aufgelöst.

Ich fühle mich überflüssig, also verdrücke ich mich still und leise ins Haus. Da ich schon hier war und das große Esszimmer, in dem sich meistens alle aufhalten kenne, gehe ich einfach in die Richtung. Bei allem Schrecken, den ich mir in Chicago ausgemalt habe, als ich von dem Unfall erfahren habe, war dieses Szenario nicht dabei.

Stimmen und leise Musik schlagen mir entgegen, je näher ich dem Esszimmer, der einem Speisesaal gleicht, komme.

Was ich sehe, kaum dass ich den Raum betreten habe, wundert mich. Damit habe ich nicht gerechnet.

Der lange Tisch, an dem mindesten zwanzig Personen Platz finden und der von zwei langen Bänken umsäumt wird, ist vollgepackt mit Speisen und Getränken. Unzählige Schüsseln, Teller, Platten und Gläser stehen mit den verschiedensten Köstlichkeiten bereit.

Ich sehe mich um und halte nach Nika Ausschau. Gut dreißig Menschen befinden sich im Saal und unterhalten sich, essen oder sitzen einfach da und starren ins Leere. Ich erkenne ein paar Angestellte aus dem *Lailani Beach Hotel* und auch einige Arbeiter der Plantage. Viele tragen das gelbe T-Shirt mit dem Ananas-Logo auf der Brust.

Dieses offensichtlich spontane Zusammentreffen, bei dem jeder etwas zu Essen mitbringt, erinnert an eine Totenwache. Keine Ahnung, ob das auf Hawaii üblich ist oder eine Idee von Ana war. Aber es gefällt mir. So hat jeder die Möglichkeit zu trauern und James-Dean die letzte Ehre zu erweisen. Bestimmt hätte das dem Jungen gefallen.

Endlich entdecke ich Nika. Sie sitzt in einem Sessel, der etwas abseits vom Geschehen steht und hat die Füße hochgelegt. Bitsy hockt auf einem Stuhl gleich neben ihr. Sofort suche ich ihren Körper nach offensichtlichen Verletzungen ab. Meine Freundin hat ein paar Kratzer im Gesicht und auch ihr Ellenbogen ist mit einem Verband umwickelt. Aber sonst kann ich nichts feststellen.

Gott sei Dank.

Sie vor mir sitzen zu sehen, lässt die Anspannung, die mich seit Bitsys Schreckensnachricht fest im Griff hat, abfallen. Ich habe sie nicht verloren. Alles wird in Ordnung kommen. Stück für Stück. Irgendwann.

Langsam gehe ich auf sie zu und warte auf den Moment, in dem sie mich erkennt.

Jetzt!

Ihre Augen füllen sich mit Tränen, sie schluchzt und streckt die Hand nach mir aus. Mit zwei langen Schritten bin ich bei ihr und beuge mich zu ihr herunter. Ich lasse mich auf die Knie fallen und nehme sie in die Arme.

„Du bist gekommen."

Hat sie etwa daran gezweifelt? „Natürlich bin ich gekommen." Ich löse mich und streiche ihr eine Haarsträhne aus dem Gesicht. Dabei sehe ich mir die Kratzer auf ihrer Stirn an. Unter dem Haaransatz verbirgt dich eine bläuliche Stelle, die auf einen Bluterguss schließen lässt. Sie muss bei dem Unfall einen Schutzengel gehabt haben. „Geht es dir gut?" Die Frage ist blöd, da es ihr offensichtlich nicht gut geht, aber ich bin zu aufgewühlt, um darüber nachzudenken.

„Ja, geht schon." Nika versucht sich an einem winzigen Lächeln. Es klappt eher schlecht.

„Hier." Bitsy steht auf. „Gut, dass du endlich da bist." Sie gibt mir einen Schubs gegen die Schulter. „Du kannst dich auf meinen Stuhl setzten und ab jetzt den Aufpasserjob übernehmen. Ich werde mir etwas zu Essen holen und mit den Kollegen reden."

„Danke." Bevor Bitsy geht, gebe ich ihr mit meinem Blick zu verstehen, wie sehr ich ihr Bemühen in den letzten Stunden wertschätze. Sie nickt und ich weiß, dass sie mich verstanden hat.

Kaum habe ich mich auf den freigewordenen Stuhl gesetzt, läutet mein Handy. Um ja keine Nachricht von Nika zu verpassen, habe ich es gleich nach der Landung eingeschaltet. Der Name, der jetzt auf dem Display leuchtet, lässt mich aufseufzen.

Verdammt!

Meine Mutter habe ich vollkommen vergessen. Sie wollte angerufen werden, bevor ich zur Arbeit gehe. Jetzt erinnere ich mich wieder. Wie spät ist es bei ihr? Mittag oder schon Nachmittag? Dass sie mit dem Anruf überhaupt solange gewartet hat, grenzt an ein Wunder.

Da sie unglaublich sauer auf mich sein wird, egal wann ich das Gespräch annehme, drücke ich sie weg. Später kann ich mich mit ihr auseinandersetzen. Jetzt möchte ich mit Nika reden, sie in den Arm nehmen und schnellstmöglich von hier wegschaffen. Mit den Prellungen und in ihrem Zustand ist das wenig bequeme Sitzen im Sessel sicher nicht angenehm für sie.

„Wer war das?", fragt Nika und lässt mich nicht aus den Augen.

„Meine Mutter. Dummerweise habe ich ihr versprochen sie heute Morgen, Chicagoer Zeit, anzurufen." Ich kratze mich am Kopf. „Unter Umständen ist mir rausgerutscht, dass ich eine Freundin habe und diese schwanger ist." Nikas Lächeln verbreitert sich. Ohne Frage gefällt ihr die Tatsache, dass meine Eltern über uns Bescheid wissen. „Jetzt möchte meine Mutter, die sich jahrelang danach gesehnt hat, dass ich eine feste Beziehung führe, alles wissen. Komplett alles." Ich unterstreiche die Worte mit einer passenden Handbewegung. „Über dich, über das Baby und wann sie dich kennenlernen darf. Eben alles." Meine Schultern sacken nach unten. „Es tut mir leid. Sie wird dich in Beschlag nehmen und mit ihrer Liebe überschütten. Ich werde das nicht verhindern können." Hoffentlich vertreibt meine Mutter meine erste feste Freundin mit ihrem Gehabe nicht.

Nika wirkt augenblicklich nachdenklich. Der winzige freudige Gesichtsausdruck ist verschwunden. „Weiß sie, dass du nicht der Vater bist?"

„Nein. Noch nicht." Ich nehme Nikas Hand in meine. „Aber das wird schon. Meine Eltern halten nicht an veralteten Denkweisen fest und sind stets offen. Ich habe ihnen noch keine Einzelheiten erzählt, deswegen wollte ich meine Mutter heute Morgen in aller Frühe anrufen. Meine Eltern vertrauen mir, in allem was ich tue. Sie werden sich nicht daran stören, dass ich nicht der Erzeuger deines Babys bin. Sie sehnen sich schon so lange nach einem Enkelkind." Vielleicht glaubt Nika mir nicht, aber ich bin mir sicher, dass ich mich auf meine Eltern in dem Punkt verlassen kann. Hundertprozentig.

Einen Moment lang schweigen wir.

„Du bist nicht der Erzeuger, aber du wirst der *Vater* meines Babys sein. Der Punkt ist wichtiger als alles andere."

Bei den Worten geschieht etwas in mir. Ich fühle mich unbesiegbar und registriere welches Glück ich habe. Dankbarkeit überkommt mich. Langsam beuge ich mich vor und drücke meine Lippen auf Nikas. Ich schiebe meine Hand in ihren Nacken und küsse sie, langsam und zärtlich, weil ich ihr unter keinen Umständen unbewusst wehtun möchte. Keine Ahnung, wo ich sie anfassen darf. Sobald wir zu Hause sind, werde ich mir alle ihre Verletzungen genauestens ansehen.

Einen Moment gebe ich Nika, was sie braucht, dann breche ich den Kuss gezwungenermaßen ab und löse mich von ihr. Unser Verhalten ist unpassend, dies ist schließlich eine Totenwache.

„Möchtest du noch hierbleiben oder soll ich dich nach Hause bringen? Wir machen es so wie es für dich am besten ist.“

Nika seufzt und legt ihre Stirn gegen meine. „Ich würde gerne noch bleiben, aber mir tut alles weh. Ich kann mich auf dem Sessel kaum rühren, außerdem muss ich aufs Klo und traue mich nicht, ohne Hilfe den weiten Weg von hier durch den Gang bis hinter die Küche zu laufen.“ Sie hebt den Kopf und wirkt augenblicklich verlegen. „Ich muss wirklich dringend.“

Wenn es mehr nicht ist. „Halt dich fest.“

„Was?“ Nika reißt die Augen auf, schlingt aber die Arme um meinen Hals. „Chris, das geht nicht. Ich bin zu schwer.“

Mit wenigen Handgriffen habe ich sie auf die Arme gehoben. Mir entgeht nicht, dass Nika das Gesicht verzieht und ein leises Stöhnen von sich gibt. Wieso hat sie niemandem gesagt, dass sie Schmerzen hat und gerne liegen möchte? „Du bist nicht zu schwer. Aber du musst mir den Weg weisen. Ich habe keinen Schimmer, wo die Toiletten sind.“

Wir ignorieren alle Leute und sämtliche Blicke um uns herum und verlassen den Saal. Am Ziel setze ich Nika so sanft wie möglich ab und warte bis sie das Gleichgewicht gefunden hat, dann öffne ich ihr die Tür zum Badezimmer. „Ruf mich, wenn du Hilfe brauchst.“

Nika schließt die Tür hinter sich und ich lehne mich mit dem Rücken gegen die Wand. Was hat sie für ein Glück gehabt. Was habe ich für ein Glück gehabt. Gut, dass ich sie nicht verloren habe.

Mein Handy brummt in meiner Hosentasche. Ohne aufs Display zu schauen, weiß ich, dass es meine Mutter ist. Verflixt. Sie wird nicht aufgeben und mich weiterhin in den Wahnsinn treiben, wenn ich das Gespräch nicht endlich annehme. Besser ich beiße in den sauren Apfel und gebe ihr, wonach sie verlangt.

Mit wenigen Worten erkläre ich ihr die Umstände und die Tatsache, dass ich bereits wieder auf Hawaii bin. Danach bitte ich sie inständig, sich zu gedulden, bis ich mit Nika zurück nach Chicago geflogen bin. Wann auch immer das sein wird.

Meine Mutter ist nicht zufrieden – natürlich nicht –, aber sie wäre keine Markham, wenn sie nicht wüsste, welches Verhalten in dieser Situation angemessen ist. Sie wünscht mir Glück und verabschiedet sich mit wenigen Worten. Ein Segen.

Als Nika aus dem Bad kommt, ist sie blass und wirkt noch erschöpfter als vor dem Toilettengang. Ich frage sie gar nicht erst, ob wir nach Hause fahren sollen, sondern nehme sie wieder auf die Arme und steuere den Ausgang an. Bestimmt kann ich mir ein Auto leihen. Am besten das, indem mein Koffer und meine Jacke liegen.

26
Nika

Eine Woche später

Körperlich geht es mir besser. Die Prellungen färben sich langsam gelb-orange und meine Hüfte tut nur noch weh, sobald ich mich rückartig zur Seite drehe. Aber der körperliche Schmerz ist nicht vergleichbar mit dem seelischen. James-Dean ist tot. Er wird nicht zurückkommen und uns seine Heldentat erklären können. Was hat er sich nur dabei gedacht? Diese Frage habe ich mir in der letzten Woche eindeutig zu oft gestellt.

Heute ist die Beerdigung. Das Hotel hat sämtliche Fahnen auf Halbmast gehenkt und dem gesamten Personal für die Dauer der Beerdigung freigegeben, damit sich jeder verabschieden kann. Sogar Mr. Okalani wird kommen und eine Rede halten. Der Hotelmanager war zutiefst betrübt, als er von dem Todesfall erfahren hat. Ob alle Gefühlsbekundungen der letzten Tage echt sind, wage ich zu bezweifeln. Aber da der Verkehrsunfall mit Todesfolge sich vor seinem Hotel ereignet hat, steht er im Fokus der Presse. Mr. Okalani steht für sein Leben gern im Fokus. Der Grund ist nebensächlich.

Ich will dem Mann kein unrecht tun... das steht mir nicht zu. Vielleicht ist seine Grabrede sogar besser als erwartet. Wir werden es gleich hören.

„Bist du fertig?", fragt Chris mich und kommt aus dem Badezimmer. Genau wie ich, hat er sich mit alaea Salz bestreut und trägt die Blätter der Feuerpalme bei sich. Diese Rituale sollen nach altem Brauch die bösen Geister vom Grab fernhalten.

Ich hänge nicht an den alten Bräuchen und an böse Geister glaube ich ebenfalls nicht, aber Mrs. Makaio glaubt daran, und deshalb tun wir es für sie. Da ich schwanger bin und wegen der Geister eigentlich nicht zur Beerdigung gehen sollte, trage ich eine extra Portion Feuerpalmenblätter bei mir. Quasi zur Sicherheit.

Chris verhält sich mustergültig. Nicht nur, was die Bräuche einer hawaiianischen Beerdigung angeht, sondern auch in allen anderen Dingen. Seit er mich von der Plantage getragen hat, war ich keine Sekunde allein. Er hat mich nie aus den Augen gelassen. Mein Freund hat nichts gesagt, aber ich weiß, dass er um mein Leben fürchtet und nur darauf wartet, dass ich einwillige, mit ihm nach Chicago zu gehen. So schnell wie möglich.

„Ja, wir können gehen", beantworte ich seine Frage und lege mir den Henkel meiner Tasche über die Schulter. Mit Demut und Ehrerbietung greife ich nach dem Sträußchen, das ich gestern besorgt habe.

Als wir am Friedhofsparkplatz aus dem Auto steigen, das zur Keoki-Plantage gehört und das Ana uns für die nächsten Tage geliehen hat, ist es bereits ziemlich voll.

Unzählige Leute sind gekommen. Nicht nur James-Deans Freundeskreis oder die Arbeitskollegen, auch einige Stammgäste des Hotels sind unter den Trauernden. Kaum jemand trägt schwarz, weil es hier nicht üblich ist. Mein Sommerkleid ist weiß mit einem großen Blumenprint.

Ich war noch nicht oft auf einer Beerdigung. Aber schon jetzt weiß ich, dass mir die nächste Stunde zusetzen wird. Wer weiß, was passiert wäre, wenn James-Dean nicht das getan hätte, was er getan hat.

Kaum habe ich das leidliche Gedankenkarussell in Fahrt gebracht, zieht Chris mich in seine Arme und hält mich fest. „Du weißt nicht, was passiert wäre. Die Zukunft kennt keiner", sagt er als hätte ich meine Gedanken laut ausgesprochen.

Mein Freund hat recht. Nickend stimme ich ihm zu und lege meinen Kopf für einen Moment an seine Brust. „James-Dean würde nicht wollen, dass ich mich schuldig fühle."

„Das ist sicher." Chris reibt mir über den Rücken.

„Außerdem würde ich seine Heldentat nicht angemessen ehren, wenn ich mir unablässig Vorwürfe machen würde", spreche ich dicht an seine Brust.

Chris weicht ein Stückchen zurück und hebt mit dem Finger mein Kinn an, um mir in die Augen zu sehen. „Kann es sein, dass du gestern mit Ana geredet hast?"

„Ist dir aufgefallen, dass das ihre Worte sind?" Wie immer ist Chris ein guter Beobachter.

„Ein bisschen." Mein Freund küsst meine Nasenspitze. „Aber Ana hat recht. Wiederhole ihre Worte immer wieder, solange es nötig ist. James-Dean würde es nicht anders wollen." Erneut drückt Chris mich an sich. „Wer könnte das besser wissen als Ana."

Die Zeremonie ist besinnlich, geruhsam und friedfertig. Sogar Mr. Okalani trifft die richtigen Worte, wie ich finde. Anscheinend nimmt ihn der Vorfall doch mehr mit, als ich zu anfangs gedacht habe.

Als der Zeitpunkt gekommen ist, um vorzutreten und die Blumen aufs Grab zu legen, greifen die Leute sich in die Hosentaschen und stellen sich in einer Reihe auf. Mir ist schon zu Beginn aufgefallen, dass nur wenige Trauergäste Blumen dabeihaben. Aber jetzt –?

Brieftaschen?

Ich sehe viele... Brieftaschen.

James-Deans Freunde zücken ihre Geldbeutel. Fassungslos sehe ich zu, wie sich einer nach dem anderen in die Gesäßtasche greift. Meine Augen weiten sich und füllen sich gleich im Anschluss mit Tränen.

Das ist... Oh Gott!

Mrs. Makaio und ihre Kinder machen den Anfang und legen ihre mitgebrachten Blumen auf den Sarg. Mr. Okalani hat auch Blumen, genau wie ein paar Leute, die ich noch nie zuvor gesehen habe. Aber dann... dann geht es los.

Pierce setzt sich in Bewegung und die Schlange folgt ihm. Er zückt die Brieftasche, öffnet sie und holt die Kreditkarten und seine ID heraus. Danach legt er das edle Designerstück aus hochwertigem Leder zu den Blumen. Dem Umfang nach, ist sie prall mit Geld gefüllt. Als er auch noch seine Uhr abnimmt und sie zu der Brieftasche legt, laufen mir die Tränen übers Gesicht. Ich kann sie unmöglich zurückhalten. Sie laufen und laufen und – ich fange an unkontrolliert zu schluchzen.

Pierce und Ana, die eine Flasche Ananassaft für James-Dean dabei hat, machen Platz für Chris und mich. Chris öffnet ebenfalls seine Brieftasche und tut es Pierce gleich, indem er seine Karten herausholt. Ich sehe ihm zu und bemerke ein paar Hunderter im Fach für das Bargeld. Erneut strömen mir Tränen unaufhörlich über das Gesicht. Eine nach der anderen.

Bevor mir die Sicht völlig verschwimmt, lege ich meine Blumen neben Chris' Brieftasche und trete nach ihm aus der Reihe.

Ich mache Platz für unzählige Trauergäste, die alle ihre Brieftaschen auf den Sarg legen. Es ist unglaublich. Anscheinend wussten doch mehr Menschen von James-Deans Nebentätigkeit als wir vermutet haben.

Manche Brieftaschen sind nagelneu, andere sind abgenutzt und in vielen befindet sich Geld. Unzählige Geldscheine stechen aus den unterschiedlichsten Portemonnaies heraus und machen deutlich, wie sehr James-Dean von allen geliebt wurde. Gut möglich, dass Ana hier und da ein bisschen nachgeholfen hat.

Natürlich werden alle Brieftaschen in Gedenken an einen guten Freund gegeben und bevor der Sarg in die Erde gelassen wird, wird das Geld entfernt und gesammelt, denn von Ana weiß ich, dass Mrs. Makaio Geldsorgen hat und jeden Cent gebrauchen kann, um die Beerdigung zu bezahlen. Das macht die Geste umso schöner.

„Sollen wir los?", fragt Ana, obwohl die Schlange am Grab noch nicht kürzer geworden ist. Es wird ewig dauern, bis jeder an der Reihe war.

„Wohin?" Ich schnäuze mir die Nase und bin erleichtert, dass ich es endlich geschafft habe, mit dem Heulen aufzuhören.

„Zum Strand." Ana greift nach Pierce' Hand. „Wir möchten aufs Meer hinausfahren und zum Gedenken ein paar Lei ins Wasser legen. Alles, was wir dafür brauchen, haben wir im Wagen."

Wie schön. „Das ist eine fabelhafte Idee. Da machen wir gerne mit." Ich wende mich Chris zu, der einen Arm um meine Taille geschlungen hat und sehe ihn an.

„Natürlich", bestätigt er.

In Hawaii gibt es sogenannte Paddle-Outs für verstorbene Surfer, bei denen sich die Sportler in Kreisformation mit ihren Boards auf dem Wasser aufstellen und Blumenketten aufs Meer legen. Ana ist eine begnadete Surferin und kennt das Ritual. James-Dean war kein Surfer, aber ich bin mir sicher, dass er Gefallen an Anas abgewandeltem Einfall gefunden hätte.

Als wir am Abend nach Hause kommen, bin ich vom Tag erschöpft. Meine Hüfte schmerzt und das, obwohl ich keine ruckartigen Bewegungen gemacht habe. Wie ungerecht.

Chris wirkt nicht so zerschlagen wie ich, dafür in sich gekehrt. Seit wir vom Strand gekommen sind, scheint er über irgendetwas nachzudenken.

„Was ist los?", frage ich und lasse mich auf den Sessel im Wohnzimmer fallen. Er ist bequemer als die Couch, auf der ich, ob schwanger oder nicht, immer zwei Anläufe brauche, um hochzukommen.

„Hast du Hunger?", weicht er meiner Frage aus.

„Nein. Mich interessiert nur, was dich bedrückt. Ist es wegen James-Dean?“ Ich versuche, in seinem Gesicht zu lesen, aber es gelingt mir nicht. Seine Anwaltsmiene ist wirklich schwer zu durchschauen.

„Nein.“ Chris setzt sich auf die Couch. Er hat nie Probleme aufzustehen. Bestimmt liegt es an den Bauchmuskeln, die ich nicht habe. „James-Dean ist zufrieden mit uns, davon bin ich überzeugt.“

„Das glaube ich auch. Anas Einfall, die Blumenketten aufs Meer hinauszubringen, hätte ihn glücklich gemacht. Bestimmt wäre er rot geworden, weil er heimlich in Ana verliebt war, aber es hätte ihm gefallen.“

Chris nickt und starrt auf die gegenüberliegende Wand. Sein Schweigen macht mich ganz kribbelig. Was ist nur los mit ihm?

„Wenn du jetzt nicht endlich mit der Sprache herausrückst, dann … dann … keine Ahnung. Mir fällt nichts ein, womit ich dir drohen könnte.“

Mist! Zuerst Nachdenken, dann reden, Nika.

Chris lächelt mich an. „Ich denke über uns nach. Jetzt, wo die Beerdigung vorbei ist, möchte ich dich gerne mit nach Chicago nehmen. Hier auf O‘ahu ist es nicht sicher.“

Einen Moment studiere ich Chris‘ Miene. Sind das Sorgenfalten auf seiner Stirn? „Du redest nicht um den heißen Brei herum, das muss ich dir lassen.“ Ich möchte nicht flüchten und mich verkriechen. Trotzdem sehe ich die Situation, in der wir uns befinden, seit dem Unfall kritischer. Es ist nichts bewiesen und ich habe keine Ahnung, ob der Motorradfahrer aus Vorsatz gehandelt hat, aber unheimlich ist das Ganze dennoch. „Solange der Motorradfahrer im künstlichen Koma liegt, werden wir keine Antworten auf unsere Fragen bekommen. Selbst die Polizei hat ihre Untersuchungen vorerst eingestellt.“

„Ich weiß.“ Chris schlägt die Beine übereinander und fängt an, mit dem Fuß zu wippen. „Deshalb möchte ich, dass wir gemeinsam nach Chicago gehen.“ Er hebt die Hand, obwohl ich überhaupt nicht protestieren wollte. „Ich muss zurück in die Kanzlei. Ich konnte wegen der Beerdigung und dem guten Klima im Büro, meine Abreise bis auf weiteres aufschieben. Aber jetzt...“ Chris seufzt und ich empfinde Mitgefühl. „Ich muss schnellstmöglich zurück. Bitte, komm mit mir. Bitte!“

Dieser Ton...

Und dieser Blick...

Ich schmelze dahin und werde zu einer Schlabbermasse mit Hüftproblemen. Wenn ich nicht schon verliebt wäre, würde ich mich jetzt verlieben. Seine bittende Miene ist einfach zu süß.

Dass Chris nicht verlangt, mich zu begleiten, sondern mich fragt, gibt den Ausschlag. Er hätte auch Forderungen stellen können, weil er um meine Sicherheit besorgt ist. Aber da er mich so lieb und aus tiefster Seele bittet, fällt es mir leicht, ja zu sagen.

„Okay“, stimme ich zu und bemühe mich, mit den Augen und dem Mund zu lächeln. Chris darf meine Freude ruhig sehen.

Mein Freund, der sich offensichtlich auf mehr Gegenwehr eingestellt hat, entknotet seine Beine und setzt sich auf. „Okay? Okay, wie: *Ja, ich komme mit dir nach Chicago. Jetzt sofort?*“

Mein Kopf sinkt nach hinten und meine Augenlider schließen sich. Ein enervierendes Stöhnen halte ich nur mit Mühe zurück. Dieser Mann ist verrückt. „Jetzt sofort? Können wir nicht wenigstens bis morgen warten. Wir haben nichts gepackt. Außerdem würde ich die Nacht lieber in einem Bett verbringen als in einem Flugzeug."

Chris steht auf und beugt sich im nächsten Augenblick über mich. Ich höre die Geräusche, spüre seine Nähe und öffne die Augen. Über mich gebeugt, stützt er sich an den Sessellehnen ab. „Ich habe uns einen Flug für morgen elf Uhr dreißig gebucht", klärt der Charmeur mit den hinterhältigen Tricks mich, bis über beide Ohren grinsend, auf. „Pierce holt uns nach dem Frühstück ab und bringt uns zum Flughafen. Es ist bereits alles organisiert."

Kurz bin ich sprachlos.

„Interessante Reihenfolge, Herr Anwalt. Du hast erst den Flug gebucht und mich anschließend gefragt, ob ich dich begleiten will", stelle ich überrumpelt fest. Nicht zu fassen.

Chris antwortet nicht, sondern drückt seine Lippen auf meine. Sanft schiebt sich seine Zunge vor. Sie verwöhnt mich, löst ein Kribbeln aus und lässt mich diesen kleinen Hinterhalt, in den er mich gelockt hat, vergessen. Mein Freund kann umwerfend gut küssen. Diese sanfte und zugleich fordernde Sorte Küsse liebe ich am allermeisten. Geschlagen schlinge ich meine Arme um seinen Hals und lasse ihn sich entschuldigen. Natürlich bin ich ihm nicht böse, wir verfolgen schließlich das gleiche Ziel.

Dann beginnt mein neues Leben in Chicago eben schon früher. Morgen... um genau zu sein.

27
Chris

Ende März

Wenn an einem Sonntagmorgen vor zwölf Uhr das Telefon klingelt, kann es nur Pierce oder meine Mutter sein. Nika wäre auch eine Option, aber die liegt auf der Matratze neben mir. Wunderbar nackt und mit dem schönsten Babybauch, den die Welt je gesehen hat. Unter Umständen bin ich ein winziges bisschen voreingenommen, aber das ist mir egal. Mit dem Fortschreiten der Schwangerschaft nimmt meine Freundin an Gewicht und Umfang zu. Ich liebe es, zuzusehen, wie ihr Bauch sich Woche für Woche rundet. Momentan gibt es für mich nichts Schöneres.

Erneut läutet mein Handy. Herr im Himmel, was kann so wichtig sein, dass es nicht bis zum Nachmittag Zeit hat? Da mein Freund oder meine Mutter, je nachdem wer gerade anruft, zu der hartnäckigen Sorte Menschen gehört, gehe ich ran, bevor Nika von dem nervigen Klingeln geweckt wird.

Ein Blick aufs Display verrät mir, dass es Pierce ist. Ich seufze leise und nehme das Gespräch an. „Ich denke, du bist bei Ana auf Hawaii und genießt die Sonne. Warum kümmerst du dich nicht um deine

Freundin und verzichtest darauf, uns den Sonntagmorgen zu ruinieren?"

„Störe ich?"

„Ein bisschen." Das Nika noch schläft, verrate ich nicht. Soll mein Freund ruhig denken, dass wir beschäftigt sind.

„Es ist wichtig."

„Ist es das nicht immer?", frage ich mit einem Seufzen. Ich bemühe mich leise zu sprechen. Das warme Bett möchte ich noch nicht verlassen.

„Der Motoradfahrer, der höchstwahrscheinlich eine Mitschuld an James-Deans Tod und Nikas Unfall trägt, ist aus dem künstlichen Koma erwacht."

Es fühlt sich an, als hätte Pierce mit der Information eine Bombe gezündet – gleich neben mir. Ich weiß im ersten Moment nicht, was ich sagen soll. Die Geschichte ist noch nicht vorbei. Dass Paulo sich in den letzten Wochen nicht gemeldet oder irgendwie versucht hat, zu Nika Kontakt aufzunehmen, war ein Segen. Sozusagen die Ruhe vor dem Sturm. Durch das Aufwachen des Motorradfahrers kommt gehörig Wind auf. Was bedeutet das?

„Bist du noch dran?"

„Ja. Was sagt dieser Mistkerl? Ist er schon von der Polizei verhört worden?"

„Nichts und nein", beantwortet Pierce meine Fragen. „Ich habe die Information direkt aus dem Krankenhaus. Eine Freundin von Ana arbeitet dort als Stationsschwester. Aber Montag wird ein Ermittlungsteam der Polizei dem Unfallverursacher einen Besuch abstatten und Fragen stellen."

Endlich kommt Bewegung in die Aufklärung. „Was denkst du?", frage ich mit gesenkter Stimme. „Du klingst so komisch." Ich setze mich auf und lehne mich mit dem Rücken gegen das Kopfteil des Bettes. Nika schläft weiterhin tief und fest.

Pierce seufzt was mich weiter verwirrt. Mein Freund seufzt höchstselten. „Ich möchte verhindern, dass der Typ sich rausredet. Er ist für den Tod von James-Dean verantwortlich. Er muss dafür bezahlen." Seine Stimme stockt und ich höre Bitterkeit heraus. „Und sollte dieser Paulo Kaipo etwas damit zu tun haben, möchte ich ihn ebenfalls drankriegen."

„Da sind wir einer Meinung. Das Gleiche möchte ich auch. Hast du einen Plan?"

„Keinen, der ethisch vertretbar ist." Pierce lacht und es klingt hässlich.

„Lass mich raten. Bei diesem ethisch nicht vertretbaren Plan würdest du dich dem Motorradfahrer als Anwalt zur Verfügung stellen und anschließend Informationen durchsickern lassen, die ihm einen langen Aufenthalt im Gefängnis bescheren." Pierce ist ein offenes Buch für mich. Ich weiß genau, wie er tickt, wenn er etwas erreichen will.

„Der Gedanke ist mir kurzzeitig gekommen." Seine Stimme ist zu einem Brummen geworden.

„Nein! Und noch mal nein!", rufe ich ihn leise zur Raison. Mir ist klar, dass Pierce ein besonderes Verhältnis zu James-Dean hatte und für Mrs. Makaio Vergeltung fordern will. Aber das ist der falsche Weg. „Es muss eine andere Lösung geben", versuche ich zu ihm durchzudringen. Ich glaube nicht, dass er einen solch fragwürdigen Plan jemals durchziehen würde. Mein Freund ist eine von Grund auf ehrliche Haut und würde nicht gesetzeswidrig handeln. Niemals.

Wieder seufzt Pierce lange und völlig untypisch für ihn. „Die Fakten sind mir bewusst. Deshalb rufe ich ja an. Bitte, hilf mir. Finde das Schlupfloch für mich."

Leichter gesagt als getan.

„Lass mich kurz nachdenken." Nika bewegt sich und die Decke verrutscht, sodass ich einen Teil ihres Rückens erkennen kann. So viel nackte Haut hilft mir nicht gerade in die richtige Richtung zu denken. Ich wende den Blick ab und sehe an die gegenüberliegende Wand, wo wir in den nächsten Wochen die Wiege aufstellen wollen. Sobald das Baby auf der Welt ist, wird dort der beste Platz sein.

„Bist du noch dran?"

Schnell räuspere ich mich und starre zum Fenster hinaus. Dort gibt es nichts Interessantes zu entdecken, das mich ablenken könnte. „Äh, ja. Was hältst du davon, wenn du Nikas Rechte in dem Fall vertrittst?" Die Idee kommt mir spontan. „Du könntest als ihr Anwalt fungieren und die Polizei um Informationen bitten. Wenn du behutsam agierst, hast du womöglich Glück und sie beziehen dich in ein paar Untersuchungen mit ein. Vielleicht bekommst du sogar Einsicht in die Akten. Ich habe mit Nika noch nicht darüber gesprochen, aber ihr steht auf jeden Fall ein Schmerzensgeld zu. Sollte der Motorradfahrer unter Vorsatz gehandelt haben, kann sich das Blatt weiter zu ihren Gunsten verändern. In dem Fall sieht die Sachlage völlig anders aus. Dann..."

Ich unterbreche mich selbst, da ich diese Eventualität bisher erfolgreich verdrängt habe. An so etwas Unvorstellbares will ich nicht denken. Pierce hat die gruselige Tatsache, dass Nikas Leben möglicherweise in Gefahr ist, wieder ans Licht geholt. Er hat unsere Seifenblase, in der wir verweilen, seit wir in Chicago sind, zerplatzen lassen.

„Der Vorschlag klingt prima", antwortet mein Freund voller Tatendrang und bereits Feuer und Flamme. Offenbar gefällt ihm mein Spontaneinfall. „Ich mache die Unterlagen fertig und schicke sie dir an deine E-Mail-Adresse. Sobald Nika die Vollmacht unterschrieben hat, kann ich in ihrem Namen agieren und alles für eine Schmerzensgeldklage vorbereiten."

Pierce ist Strafverteidiger und hat nichts mit Schmerzensgeldklagen am Hut. Wenn er sich so ins Zeug legt, muss es ihm wirklich wichtig sein.

„Halt mich auf dem Laufenden. Ich möchte wissen, was die Ermittlungen ergeben. Deine… und die der Polizei", füge ich hinzu. Im Stillen hoffe ich, dass es nicht nötig sein wird, in den nächsten Wochen zurück nach Hawaii zu fliegen. Sollte ich weiteren Urlaub einreichen müssen, bekomme ich womöglich die Kündigung.

***

Die nächsten Tage verlaufen ruhig. Nika unterschreibt alle Papiere, die Pierce uns zumailt. Bisher hat er zweimal angerufen, um uns mitzuteilen, dass der Motorradfahrer nicht vor hat, auszupacken und auch die Ermittlungen der Polizei nur schleppend vorankommen, sozusagen gar nicht. Dem wütenden Tonfall meines Freundes nach zu urteilen, ist Pierce der Einzige, der sich für eine baldige Aufklärung ins Zeug legt. Erst jetzt erkenne ich, wie nah er und James-Dean sich wirklich gestanden haben müssen.

Heute werden die restlichen Kisten von Nikas Umzug eintreffen. Da ich sie vor vier Wochen mehr oder weniger genötigt habe, innerhalb eines Tages mit mir nach Chicago zu gehen, blieb keine Zeit, einen kompletten Hausstand einzupacken. Nika hat damals auf meine Anweisung nur Kleidung und das Nötigste mitgenommen.

Bei einem gemeinsamen Gespräch haben wir beschlossen Nikas Wohnung vorerst zu behalten. In erster Linie bin ich überglücklich, dass Nika sich bereit erklärt hat, mit mir nach Chicago zu kommen. Ein gewagter Schritt, den nicht jede Schwangere gemacht hätte. Allein aus dem Grund möchte ich, dass wir die Bleibe auf O'ahu behalten. Nika soll nicht das Gefühl haben, ihren Rückzugsort zu verlieren. Außerdem müssen wir irgendwo unterkommen, wenn wir Pierce und Ana besuchen. Es ist also eine durchdachte Lösung für alle. Eine Ferienwohnung auf Hawaii! Wer wünscht sich das nicht!

Da Nika viele ihrer geliebten Sachen und Erinnerungsstücke zurückgelassen hat, habe ich ein Umzugsunternehmen gebeten, alles, was meine Freundin in Chicago haben möchte einzupacken. Offensichtlich gibt es einige wichtige Küchenutensilien, die Nika unbedingt braucht. Zugegeben, da ich den Lieferservice bevorzuge, oder meist auswärts esse und keine Ambitionen habe, selbst zu kochen, besitze ich zwar unzählige Kaffeetassen, aber keinen Schneebesen. Oder anderen

Kram, der, wie ich mir habe sagen lassen, zum Kochen benötigt wird.

Sobald die Umzugsleute heute die Kisten gebracht haben, wird Nika alles haben, was sie braucht. Einschließlich Fotoalben und Erinnerungsstücken. Und wenn unser Sohn erst auf der Welt ist, wird in der Küche nicht das kleinste Utensil fehlen. Nächste Woche gehen wir auf meinen Wunsch hin im Babymarkt shoppen. Nika findet es zu früh, aber ich möchte vorbereitet sein.

Wahrscheinlich brauchen wir die Rechnung nicht mal selbst bezahlen. Nie wieder, solange meine Mutter Freude daran hat, uns mit nützlichen und weniger nützlichen Dingen fürs Baby zu überschütten. Claire-Susan Markham ist völlig aus dem Häuschen, seit sie Nika kennengelernt hat. Die zukünftige Oma strahlt mich jedes Mal an, gleich nachdem sie Nika angestrahlt hat. Es ist ein gutes Gefühl, meine Eltern mit der Verbindung glücklich gemacht zu haben. Vor allem, weil diese Beziehung auch das ist, was mich glücklich macht. Noch nie war ich mit meiner Familie so einer Meinung. Nika hat uns alle verzaubert.

Meine Eltern haben wie erwartet reagiert. Dass ich nicht der leibliche Vater unseres Babys bin, hat nur im ersten Moment Fragen aufgeworfen. Nachdem wir drüber gesprochen und einige Dinge, bei denen es hauptsächlich um Paulo ging, geklärt haben, war es völlig in Ordnung.

Die leidlichen Fragen, die noch im Raum stehen, sind: Unterhaltszahlungen und das Sorgerecht. Wird Paulo Anspruch auf seinen Sohn erheben oder ist er froh, nie wieder etwas von Nika und dem Kind, an dessen Leben ihm nichts liegt, zu hören? Den Pressenachrichten zufolge, die ich mit Argusaugen verfolge, ist er schwer mit den Vorbereitungen seiner Trauung beschäftigt. Würde es nach mir gehen, müssten wir auf der Geburtsurkunde seinen Namen gar nicht eintragen lassen. Ich hasse den Kerl mehr als mir lieb ist.

Plötzlich klingelt es an der Tür sturm.

„Ich geh schon", informiere ich Nika rufend, die in der Küche einen Kuchen backt. „Das wird das Umzugsunternehmen sein. Ich habe dem Pförtner bereits heute Morgen Bescheid gegeben, dass er sich auf einige Umstände einrichten muss. Sicher wollen sie wissen, wie sie das Zeug nach oben schaffen sollen." In einem Wolkenkratzer zu wohnen hat nicht nur Vorteile. Sicher die Aussicht ist unglaublich, aber die Möbelpacker werden nicht erfreut sein, wenn sie unseren Lastenaufzug, der speziell für solche Zwecke vorgesehen ist, zu Gesicht bekommen. Er ist leider ziemlich klein. Einige Möbelstücke werden die Männer wohl oder übel auseinanderschrauben müssen.

„Pierce!" Ich mustere meinen Freund, der überhaupt nicht wie ein Möbelpacker aussieht. „Das ist eine Überraschung. Was machst du hier?"

„Dir auch einen schönen Tag", antwortet er und marschiert an mir vorbei. „Ist Nika da?"

„Sie ist in der Küche." Ich lasse die Tür hinter mir ins Schloss fallen. Wie hat mein Freund sich an unserem Pförtner vorbeigeschlichen? Jeder Besucher wird für gewöhnlich über die Gegensprechanlage angekündigt.

„Wir warten auf das Umzugsunternehmen", verrate ich meinem Freund nachgehend. „Sie müssten jeden Augenblick hier sein."

„Ich weiß. Das hat der Mann unten am Eingang mir bereits erzählt."

Schön, dass Pierce bereits ein Quätschchen gehalten hat. „Was willst du hier? Warum bist du nicht auf der Arbeit?"

Wir sind beide im Wohnzimmer angekommen. Mein Freund trägt einen dunkelblauen Anzug und seine Aktentasche. Seine übliche Kluft, wenn er nicht auf Hawaii ist. Der gebräunte Pierce in Surfershorts ist mit dem Business-Pierce, der gerade mit zufriedenem Blick in meinem Wohnzimmer steht, nicht zu vergleichen. Es sind zwei völlig verschiedene Menschen.

„Kannst du Nika holen? Wir müssen etwas besprechen. Ich habe die Ermittlungsunterlagen der Polizei dabei. Außerdem habe ich mit Paulo Kaipo gesprochen."

Bam!

Mein Freund lässt einfach so die Bombe platzen. In meinem Wohnzimmer, ohne Vorwarnung? Besten Dank auch.

Ich nähere mich dem Heimlichtuer, bis unsere Nasen sich fast berühren. „Wenn du mich frühzeitig angerufen hättest, hätte ich Nika darauf vorbereiten können", flüstere ich missgestimmt.

„Reg dich ab." Mein Gegenüber lässt sich auf die Couch hinter ihm fallen. „Kein Grund mich anzugreifen. Ich komme in Frieden... mit guten Nachrichten."

„Ja...?"

Misstrauisch beäuge ich unseren Besuch. Pierce hat bereits seine Tasche geöffnet und eine Akte mit Nikas Namen auf den Tisch vor sich gelegt. „Holst du deine Freundin nun dazu, oder sollen wir einen Termin in meinem Büro ausmachen?" Geschäftig sieht er auf seinen brandneuen Chronographen, den er immer nur dann trägt, wenn er in Chicago ist und von Ana getrennt sein muss. „Doch ich muss dich warnen, ich bin in den nächsten zwei Wochen völlig mit Terminen zu." Der Mistkerl grinst überheblich. „Wenn ihr neugierig seid, was ich herausgefunden und für Nika ausgehandelt habe, dann reden wir besser jetzt."

„Ich wusste doch, dass ich Stimmen gehört habe." Nika taucht im Türrahmen auf und putzt sich an einem Küchenhandtuch die Finger ab. Mein Schatz ist umwerfend schwanger und atemberaubend. Ihr Bauch ist von einer Küchenschürze verhüllt, die bereits einiges abbekommen hat. Marmelade, Kakaopulver und die gelben Flecken, die vermutlich aus Honig sind, lassen sie zuckersüß aussehen.

„Pierce ist da", sage ich unnötigerweise, weil Nika ihn schließlich auf unserer Couch hocken sieht, keine zwei Meter entfernt.

„Hallo. Was macht Ana? Geht es ihr gut? Wir wollten dieses Wochenende telefonieren."

Pierce' Miene beginnt zu leuchten, nur weil meine Freundin Ana erwähnt hat. Der Kerl ist genauso verliebt wie ich. Wir sind den Frauen in unserem Umfeld beide mit Anlauf ins Netz gegangen. Die Tatsache ist nicht zu leugnen.

„Ana geht es gut. Aber wenn du mit ihr telefonierst, kannst du vielleicht in Erfahrung bringen, was sie sich zum Geburtstag wünscht? Mir will sie nichts verraten. Sie sagt ständig, sie braucht keine Geschenke. Aber ich sehe das anders. Ein Tipp wäre enorm hilfreich."

Echt? Reden wir jetzt über Geburtstagsgeschenke?

Mit Ungeduld im Bauch lasse ich mich neben meinen Freund fallen und schnappe mir die Akte. „Können wir zum Thema deines Besuches kommen?" Wenn Pierce einmal anfängt, über Ana zu schwadronieren, machen wir den Rest des Tages nichts anderes mehr. Besser, ich gehe frühzeitig dazwischen. Das ist nur zu seinem Besten, schließlich hat er einen vollgepackten Terminplan.

„Natürlich." Er reißt mir die Akte aus der Hand, ohne mich eines Blickes zu würdigen und schlägt sie auf. „Setz dich doch Nika, ich habe Neuigkeiten aus Honolulu."

„Muss ich wieder etwas unterschreiben?"

Pierce grinst verheißungsvoll. „Das auch."

Nika setzt sich uns gegenüber, hält aber das Küchenhandtuch in den Händen. Sie knetet es und wirkt augenblicklich aufgeregt.

„Nun spanne uns nicht länger auf die Folter", sage ich und gebe Pierce einen Schubs, der seine Aufmerksamkeit ein wenig zu sehr genießt.

„Ich habe in den letzten Tagen mehrfach mit der ermittelnden Polizei gesprochen", beginnt er. „Der Verkehrsunfall bei dem James-Dean Makaio gestorben und der Motorradfahrer Mike Dannon, sowie Wanika 'Aulani verletzt wurden, ist und bleibt auch nach eingehender Untersuchung ein tragischer Verkehrsunfall. Ein absichtliches Verschulden von Seiten des Motorradfahrers konnte nicht nachgewiesen werden. Auch nach der Befragung aller Unfallbeteiligten und Zeugen nicht." Pierce leiert die Fakten sachlich runter und erlaubt sich keine Gefühlsregung. So wie es für einen Anwalt üblich ist. Lediglich, als er James-Deans Namen nennt, erkenne ich eine winzige Veränderung in seinem Gesicht.

„Und jetzt?" Nika umklammert das Küchenhandtuch fester. Sie hat es mittlerweile zu einem Ball zusammengedrückt.

„Die Schadensersatzklage wurde von meiner zukünftigen Kanzlei in Honolulu eingereicht. Leider kann es sich Monate hinziehen, bis dort ein Urteil gesprochen wird. Streitigkeiten um Schmerzensgeld gibt es leider zu Hauf."

Nika nickt und sieht auf ihre Füße. Sie wirkt geschlagen.

„Aber..." Ich bin mir sicher, dass da ein Aber kommt, denn sonst würde Pierce nicht so dämlich grinsen, wenn er glaubt keiner von uns sieht es.

„Meine Kanzlei in Honolulu, vertritt die Familie Kaipo in sämtlichen Rechtsbelangen. Die Kaipos sind schon seit Jahren Mandanten von *Jayden, Philly & Tyron*."

„Jetzt wird es interessant." Damit hat Pierce mich am Haken.

„Yep." Er zieht ein Papier aus der Akte und reicht es Nika. „Dies ist eine Verzichtserklärung auf das Sorgerecht eures gemeinsamen noch ungeborenen Kindes. Mit deiner Unterschrift verzichtest du auf alle Unterhaltszahlungen und verpflichtest dich zum Stillschweigen in sämtlichen Angelegenheiten, die dich, Paulo und euer Kind betreffen. Du verpflichtest dich ebenfalls, weder mit der Familie Vida noch mit der Familie Kaipo Kontakt zu pflegen. Dafür erhältst du eine einmalige fünfstellige Summe, die du in vollem Umfang zurückzahlen musst, solltest du eine der Auflagen verletzen."

Pierce reicht Nika einen Stift und deutet auf die Linie, die mit einem Kreuz versehen ist. „Unterscheibe dort."

„Warte." Ich nehme Nika den Stift aus der Hand. „Du unterschreibst nichts, bevor ich es nicht gelesen und geprüft habe."

Pierce lacht und lehnt sich zurück. Selbstverständlich ist er hochzufrieden. Soll das witzig sein? Ist das ein Déjà-vu? Obwohl es nicht ganz dasselbe ist, erinnert mich die Szene stark an Bitsy und ihr verfluchtes Klemmbrett.

„Der Mistkerl wollte mich nur testen. Er würde Ana auch nichts unterschreiben lassen, ohne dass er einen Blick darauf geworfen hat." Mit etwas zu viel Schwung werfe ich den Kugelschreiber auf den Tisch. Er kullert bis zur Kante und fällt anschließend zu Boden.

„Richtig erkannt." Pierce nickt, die Belustigung ist verschwunden. „Dieses Verhalten hat nichts mit mangelndem Vertrauen zu tun", erklärt er Nika, die überrascht aus der Wäsche schaut. „Zwei Anwälte sehen mehr als einer. „Falls es noch Klauseln gibt, die ich ändern lassen soll oder wenn ein Punkt übersehen oder hinzugefügt werden muss, dann lasst es mich wissen." Sein Blick wandert zu mir.

„Wird erledigt." Ich nehme das Schriftstück an mich.

„Wie hast du Paulo dazu bekommen?", fragt Nika mit Neugier in der Stimme. Das misshandelte Küchenhandtuch wandert auf den Wohnzimmertisch.

Pierce' Miene verrät nichts. „Ein bisschen gutes Zureden, eine Prise Erpressung, kombiniert mit der Tatsache, dass ich zukünftig zum Anwaltsteam gehöre, welches die Kaipos in Rechtsangelegenheiten vertritt und schwupps... plötzlich war es ganz einfach."

„Womit hast du Paulo erpresst?“, will Nika es genau wissen.

Pierce schließt seine Aktentasche und tut geschäftig. „Der Motorradfahrer...“

„Bitte?“, fahre ich dazwischen. „Du hast doch gesagt...“

„.... dass die Polizei die Ermittlungen eingestellt hat und den Fall als Verkehrsunfall zu den Akten nimmt.“ Pierce‘ Augen funkeln. „Ich weiß, was ich gesagt habe.“

„Ich verstehe... das ist die offizielle Erklärung“, schlussfolgere ich.

„Genau.“ Pierce steht auf. „Den Motorradfahrer habe ich mir, kaum dass er aus dem Krankenhaus entlassen wurde, vorgeknöpft.“ Pierce zuckt mit den Schultern. „Mein Angebot war besser als das der Kaipos. Sollte Paulo etwas Dummes tun oder auf wenig glorreiche Ideen kommen, dann packt Mike Dannon bei der Presse aus. Ein Anruf von mir genügt. Er wird kein gutes Haar an den Kaipos lassen und für deren gesellschaftlichen Untergang sorgen. Paulo, der Mikes Dienste wie erwartet schon des Öfteren in Anspruch genommen hat, weiß von diesem Arrangement.“

Bitte?

Entsetzen überkommt mich.

„Du arbeitest mit diesem schmierigen Typ zusammen, der für James-Deans Tod verantwortlich ist?“ Das passt nicht zu meinem Freund.

„Nein, das ist keine Zusammenarbeit“, erklärt er tonlos und schultert seine Aktentasche. „Ich hoffe, ich muss dieses Schwein kein weiteres Mal treffen, weil ich mich in dem Fall vermutlich nicht mehr so gut unter Kontrolle hätte wie zuvor. Aber ich möchte das Beste für alle Beteiligten. Und deshalb habe ich in den sauren

Apfel gebissen. Für Nika, für dich, für euren Nachwuchs – für uns alle."

Ich verstehe.

Der Schritt muss Pierce unglaublich schwergefallen sein. „James-Dean wäre damit einverstanden. Davon bin ich überzeugt. Außerdem...", meine Miene verzieht sich, „... nur weil wir Mike Dannon nicht für das drankriegen, was er unserem Freund angetan hat, bedeute das nicht, dass wir das in Zukunft nicht nachholen können. Wenn ich den übermütigen Biker richtig einschätze, wird er sich noch öfter in Schwierigkeiten bringen. Bestimmt lässt er sich auch von anderen Leuten schmieren und für ihre Zwecke einspannen."

„Das gleiche habe ich auch gedacht", stimmt Pierce mir zu. „Und sobald das passiert, bin ich zur Stelle und sorge dafür, dass die Polizei alle Beweise bekommt, um den Drecksack für Jahre ins Gefängnis zu bringen. Ich habe bereits Vorkehrungen getroffen, um Mike Dannon im Auge zu behalten."

Ich erwidere nichts. Es ist alles gesagt. Höchstwahrscheinlich hat Pierce ein ganzes Team aus Spionen und Privatdetektiven auf den Biker angesetzt. Dannons Untergang ist vorprogrammiert.

„Danke." Nika steht auf und tritt zu Pierce. Ich kann es von meinem Platz auf der Couch nicht genau erkennen, aber ich glaube, sie hat Tränen in den Augen. „Deine Hilfe in der Sache bedeutet mir viel."

„Gern geschehen." Pierce schließt sie kurz in die Arme und ist danach voller Mehlstaub. „Die Kaipos werden sich nie mehr in dein Leben einmischen. Versprochen."

„In unser Leben", korrigiere ich meinen Freund, der daraufhin einen Schritt zurücktritt und mich zustimmend mustert.

„Zeit zu gehen. Ich muss zurück ins Büro." Er hält mir die Faust entgegen. Dankbar für seine Hilfe erhebe ich mich, und stoße meine dagegen.

„Du bist der Beste! Hast was gut!"

„Darauf kannst du einen lassen, Bro." Kaum ausgesprochen, ist Pierce zur Tür hinaus und wir sind allein.

Nika sieht ihm nach und scheint in Gedanken versunken. Alles ist still. „Ich glaube, er würde neben Tante Bitsy einen hervorragenden Patenonkel abgeben."

Ich umrunde den Tisch und schnappe mir meinen Schatz. „Die Idee ist wunderbar." Bevor meine Freundin zurück in die Küche flüchten kann, drücke ich meine Lippen auf ihre. Sie schmeckt nach Marmelade und Honig und so viel mehr...

Epilog
Chris

Erste Juniwoche

Zu früh! Viel zu früh. Ich laufe auf dem Krankenhausflur auf und ab und weiß nicht, wohin mit meiner Nervosität. Nika ist im Kreißsaal und bekommt unser Baby. Jetzt! Heute! Der Gedanke löst Panik in mir aus. Es ist zu früh. Sogar vier Wochen zu früh.

Nika ist erst in der sechsunddreißigsten Schwangerschaftswoche. Warum macht sich unser Junge vorzeitig auf den Weg das Licht der Welt zu erblicken? Möchte er mich schon bei der Geburt zur Verzweiflung bringen? Mein Blutdruck macht mir seit Wochen zu schaffen, da ich mir ständig Sorgen um Nika mache, die unter Frühwehen leidet. Schon drei Mal waren wir deswegen im Krankenhaus. Übungswehen, vorzeitige Wehen und weiß der Geier, was es sonst noch für Wehen gibt. Senkwehen...

Ich kenne die gynäkologische Abteilung des *Chicago Hospitals* bereits in- und auswendig. Sogar das Angebot für die wartenden Väter. Der Kaffee schmeckt fürchterlich und kommt nur lauwarm aus dem Automaten. Außerdem ist die aktuellste Zeitschrift mindestens vier Monate alt.

Eine zu frühe Geburt könnte meinem Blutdruck den Rest geben. Die Tatsache, dass ich Blutdrucktabletten brauche, noch bevor unser Kind zur Welt kommt, ist wenig erfreulich. Wie sollen erst die nächsten Jahre werden?

Eröffnungswehen! Die kannte ich bisher noch nicht. Sie haben uns vor vier Stunden hergeführt.

Angeblich, wenn ich den Krankenschwestern Glauben schenken soll, reagiere ich überdreht. Aus dem Grund bin ich auch auf dem Gang und nicht im Kreißsaal. Die Hebamme hat einen Blick in mein rotes Gesicht geworfen und mich zum Abkühlen nach draußen geschickt: Ein wenig frische Luft würde mir guttun. Die Luft auf dem Krankenhausflur muss es auch tun. Weiter gehe ich vom Kreißsaal nicht weg.

Natürlich haben mir der zuständige Gynäkologe sowie die Hebamme versichert, dass eine Geburt in der sechsunddreißigsten Woche kein großes Problem darstellt.

Bei einem späten Frühchen wie unserem, würde eine besondere Betreuung nach der Entbindung nicht von Nöten sein. Zumindest nicht, wenn alles glatt läuft.

Hoffentlich läuft alles glatt. Ich gehe ein paar Schritte und konzentriere mich auf meine Atmung. Irgendwo, ich glaube in einer vier Monate alten Schwangerschaftszeitschrift, habe ich gelesen, dass das Atmen in den Bauch helfen soll sich zu entspannen. Was für Schwangere gut und richtig ist, wird für mich schon nicht verkehrt sein. Vielleicht beruhigt es mich ebenfalls. Einen Versuch ist es wert.

Mit einem Ziel vor Augen hole ich tief durch die Nase Luft und atme langsam durch den Mund wieder aus.

Dabei drücke ich den Bauch raus als hätte ich fünf Tage am Stück zu viel gegessen. Auf die Ohhhs und Ahhhs, die man dabei ausstoßen soll, verzichte ich. Solch peinliche Verbalakrobatik ist eine Nummer zu viel für einen Kerl wie mich.

„Warum stehst du auf dem Gang? Ich dachte, du bist bei Nika im Kreißsaal und hilfst ihr durch die Wehen", fragt meine Mutter mich, die sich offensichtlich aus dem Nichts materialisiert hat und plötzlich vor mir steht. Gerade als ich kontrolliert durch die Nase wieder einatme.

„Äh." Und schon ist der Funken Entspannung, der sich gerade in mir ausbreiten wollte, wieder verschwunden.

„Machst du Atemübungen?", fragt sie mich, da ich mit jetzt angehaltener Luft vor ihr stehe.

Im Nu hebe ich die Hand vor den Mund und täusche ein Husten vor. Dabei lasse ich unauffällig meine Plauze verschwinden. Keine Mutter sollte ihren Sohn beim kontrollierten Atmen für Schwangere zusehen. Mir bleibt auch nichts erspart.

„Ist der Kaffee für mich?", lenke ich vom Thema ab und deute auf den To-go-Becher in ihrer Hand. Ich habe nicht vor, auf ihre zuvor gestellte Frage zu antworten. Nicht in diesem Leben.

„Bitte." Sie reicht mir den Becher, der nicht für mich gedacht war. Das sehe ich an ihrem nachtrauernden Gesichtsausdruck. „Ich dachte... ich wollte vorbereitet sein... falls ich warten muss." Sie deutet auf ihren Kaffee und zuckt mit den Achseln.

„Danke." Ich trinke einen Schluck und verbrenne mir prompt die Oberlippe. Mist. „Heiß!" Schnell reiche ich ihr das Getränk zurück, das offensichtlich nicht aus dem Automaten hier im Krankenhaus stammt. „Koffein ist sowieso nicht das richtige für mich und meinen verrücktspielenden Blutdruck."

Meine Mutter nickt. „Dein Vater kommt in wenigen Minuten. Er sucht noch nach einem Parkplatz."

Gott! Steh mir bei!

Was haben meine Eltern sich nur dabei gedacht, sich ins Auto zu setzen und herzufahren, kaum dass ich ihnen Bescheid gegeben habe, dass ich mit Nika im Krankenhaus bin? „Ihr hättet Zuhause warten sollen. Es kann noch Stunden dauern, bis es soweit ist."

Meine Mutter lässt sich auf den Stuhl, der neben ein paar anderen auf dem Gang steht, sinken. Mit beiden Händen umklammert sie ihren mitgebrachten Kaffee. „Ich habe Zeit." Sie lächelt selig wie eine Frau, die sich darauf freut, heute noch Oma zu werden.

Grundgütiger.

Wie soll ich den Anblick finden? Ich weiß es nicht. Claire-Susan Markham wirkt, als könnte sie jederzeit das Ruder für mich in die Hand nehmen.

Irgendwie unheimlich.

Es wird höchste Zeit, dass ich zurück in den Kreißsaal komme. Sobald mein Vater da ist und das baldige Großelternpaar seine geballte Kraft entfaltet, habe ich keine Chance mehr. Besser, ich suche schnellstmöglich das Weite – bevor es zu eng auf dem Gang wird.

Außerdem braucht Nika mich.

„Ich muss zurück. Sobald es Neuigkeiten gibt, gebe ich euch Bescheid." Gute Idee. Unter Umständen warte ich auch ein bisschen ab, bevor ich mich ihnen als frisch gebackener Vater präsentiere. Sollen meine Eltern sich ruhig eine angemessene Zeit lang dem Ereignis entgegensehnen. Sie scheinen ja unendlich viel Zeit zu haben.

Claire-Susan Markham stimmt mir mit einem zufriedenen Gesichtsausdruck zu und überkreuzt die Beine, um es sich bequem zu machen. Sie sieht aus, als warte sie in aller Ruhe auf den nächsten Bus. Na dann...

Vierundfünfzig Minuten später macht meine Freundin mich zum stolzesten Mann des ganzen *Chicago Hospitals*. Unser Junge ist auf der Welt. Er ist sechsundvierzig Zentimeter groß und zweitausendachthundert Gramm schwer. Der Winzling hat viele schwarze Haare und das Lächeln seiner Mutter. Es gibt kein schöneres Baby als unseres – das ist klar. Meine Mutter wird der gleichen Meinung sein.

Zum Glück ist die Geburt gut verlaufen. Es gab keine Komplikationen und eine Nachbehandlung braucht unser Frühgeborenes auch nicht. Der kleine Kerl muss lediglich einiges an Gewicht zulegen.

Nika sieht müde aus – aber zufrieden.

Ich sitze mit unserem Sohn neben ihrem Bett und weiß nicht, wen ich anschauen soll. Unseren Sohn, der friedlich schläft, oder meine Freundin, die anscheinend nicht damit aufhören kann, mich und unser Kind anzustarren. Offensichtlich fasziniert sie der Anblick unseres Krümelchens in meinen Armen.

Es klopft an der Tür, die gleich darauf geöffnet wird. „Dürfen wir reinkommen?"

Achtgegeben!

Jetzt kommt's! War ja klar.

Schachmattgesetzt blicke ich zur Decke. Natürlich kann meine Mutter es nicht abwarten. Es kommt einem Wunder gleich, dass sie nicht in den Kreißsaal gestürmt ist, als sie gehört hat, dass ich Vater geworden bin.

„Kommt rein", weißt Nika meine Eltern mit einer müden Handbewegung an. Sie ist völlig entkräftet, traut sich aber nicht, die frischgebackenen Großeltern abzuweisen und auf später zu vertrösten.

Fünf Minuten, Chris. Solange gibst du deinen Eltern, danach scheuchst du sie raus und lässt Nika schlafen.

Mein Vater taucht aus dem Schatten auf und fühlt sich offenbar nicht so wohl in seiner Haut wie meine Mutter, die keine Probleme damit hat, gleich nach der Geburt zu stören. Soll er ruhig ein schlechtes Gewissen haben. Es ist durchaus gerechtfertigt. Die beiden haben Glück, dass Nika so verständnisvoll ist.

„Darf ich euch Thomas James-Dean Markham vorstellen", sagt Nika und deutet strahlend auf unser Krümelchen, das in eine Decke gewickelt, in meinem Arm schlummert. Kaum ausgesprochen, schießen ihr die Tränen in die Augen. Das Thomas, den wir Tom rufen werden, als Zweitnamen James-Dean tragen wird, war uns von Anfang an klar. Schließlich wäre Tom ohne James-Deans heldenhaften Einsatz vermutlich nicht auf der Welt. Außerdem wird so immer ein Stückchen von James-Dean bei uns sein und uns an den Hawaiianer, der zu früh sterben musste, erinnern.

Meine Mutter leuchtet wie eine Hundertwattbirne. „Er soll Markham mit Nachnamen heißen?" Sie legt sich die Hand aufs Herz und stößt ein seliges Seufzen aus, das durchaus filmreif ist.

„Ja. Ich habe Nika im Kreißsaal einen Heiratsantrag gemacht. Gleich nachdem Tom uns zum ersten Mal angelächelt hat." Die Idee ist mir alles andere als spontan gekommen. Ich hatte es geplant und natürlich schon seit Wochen einen Ring in der Tasche. Ich wollte den Augenblick mit einem Antrag perfekt machen. So war von jeher der Plan.

Gott sei Dank ist bei der Geburt alles gutgegangen, sodass ich Nika ein doppeltes Glück bescheren konnte. Zuvor hatte sie keinen Mann an ihrer Seite und jetzt hat sie gleich zwei.

Die Hundertwattbirne, mit der ich verwandt bin, legt noch ein paar Volt drauf. „Du heiratest?" Meine Mutter scheint überwältigt und sieht mich an, als hätte ich ihr gerade von einem neuen Weltwunder berichtet.

„Ja." Ich stehe auf und lege ihr vorsichtig ihren Enkel in den Arm. Tom schläft den Schlaf der Gerechten und wird nicht wach. „Jetzt muss ich nur noch Pierce und Ana überzeugen es uns gleichzutun und dann kann es nächstes Jahr eine Doppelhochzeit auf Hawaii geben. Die Keoki-Plantage wäre ein wunderbarer Ort für eine Festlichkeit wie diese."

Nachwort

Wie auch schon beim ersten Band, *Küsse unter Kokospalmen*, möchte ich darauf hinweisen, dass die Keoki-Plantage fiktiv ist. Ebenso wie sämtliche Zahlen und Fakten über den Ananasanbau und die dortige Eisproduktion. Auch die supertollen Vida-Boards sind eine Erfindung und auf meinem Mist gewachsen.

Bei allen Lesern, die James-Dean ins Herz geschlossen haben, möchte ich mich entschuldigen. Der Junge hat es nicht verdient zu sterben. Er war nicht perfekt, aber er war ein Held. Zu gerne hätte ich ihn überleben lassen, damit er auch in Band drei sein Unwesen treiben kann. Aber im Verlauf der Geschichte habe ich mich dagegen entschieden. Ich habe schon mehr als dreißig Bücher geschrieben, aber noch nie einen liebgewonnen Nebencharakter in den Tod geschickt. Es ist mir unglaublich schwergefallen. Mehr als einmal habe ich überlegt, ob die Ärzte nicht vielleicht doch ein Wunder bewirken könnten. Aber nein... James-Dean wird immer der einzige und wahre Held der *Herzklopfen auf Hawaii*-Reihe bleiben. Dagegen kann kein Hauptprotagonist anstinken.

Ein Charakter geht, ein neuer kommt.
Freut euch auf Lexy. Bane Keoki wird in Band drei seine wahre Mühe mit dem heißen Feger haben. Fand er es

schon schwer, sich gegen seine kleine Schwester zu behaupten, wird Lexy ihm zeigen, was eine Frau von Welt alles auf dem Kasten hat.

Doppelhochzeit! Ich freu mich schon jetzt auf Anas Reaktion. Vermutlich müssen Pierce und Chris einiges an Überzeugungsarbeit leisten, bevor sie in die detaillierte Planung dieses Events einsteigen können.

Aloha und bis bald!

Rezept

Entschuldigt bitte. Ob Ana es tatsächlich schafft, ihren Bruder von dem grüngefärbten Ananaseis zu überzeugen, erfahrt ihr erst in Band drei der *Herzklopfen auf Hawaii-Reihe*. Um euch die Wartezeit zu verkürzen, dürft ihr heute schon mal probieren. Lasst es euch schmecken.

Ananas-Fruchteis mit Kokos & Limette
400 g Ananas „Extra Sweet"
60 g Zucker
den Saft einer Limette und etwas geriebene Schale
2 gehäufte Esslöffel Kokosmilchpulver
100 ml Wasser
grüne Lebensmittelfarbe
Kokoschips zum Garnieren

Schritt 1
+ Ananas in Stückchen schneiden und einfrieren.

Schritt 2
+ gefrorene Ananas im Mixer pürieren.
+ restliche Zutaten hinzugeben und die Masse erneut mixen.
+ in die Eismaschine geben und nach Anweisung gefrieren.

+ vor dem Servieren mit Kokosmilchpulver oder Kokoschips bestreuen.

*Tipp: Je reifer die Ananas, desto mehr Geschmack be-
kommt das Eis*